A Alain Delon

Dans un doux ronronnement, la Cadillac noire s'est garée le long du trottoir, devant l'entrée de la Sûreté nationale, 11, rue des Saussaies. Le chauffeur en livrée a coupé le contact. Un second domestique, lui aussi en livrée, a bondi de son siège. Il contourne par l'arrière la longue voiture, ouvre la portière. Une femme d'une quarantaine d'années, élégamment vêtue, la chevelure brune tirée en chignon maintenu par un peigne serti de diamants, les poignets et les doigts cerclés de bijoux, descend de la belle américaine. D'une démarche souple, elle gagne le poste de police, s'approche du comptoir, sort de son vaste sac en crocodile une convocation qu'elle tend au gardien de service.

« Je souhaiterais voir l'inspecteur Borniche », dit-elle.

Le policier en uniforme la contemple, subjugué. Puis il s'empare du combiné et, sans quitter la visiteuse des yeux, il compose un numéro intérieur.

Installé à mon bureau de bois blanc, je m'apprête à classer un dossier et à descendre boire un demi au Santa-Maria, *le café voisin de la Sûreté, lorsque le téléphone bourdonne. Je décroche. Une voix rocailleuse m'annonce :*

« Inspecteur Borniche ? Ici, le poste. Votre témoin est arrivé. »

J'autopsie ma mémoire, perquisitionne mon agenda, mais je n'ai pas le souvenir d'avoir convoqué quelqu'un en cet après-midi ensoleillé. Avec agacement, je demande :

« Qui est-ce ?

— La maharani de Radjpoutana, inspecteur.

— Ah ! Faites monter. »

Trois minutes s'écoulent, puis on frappe discrètement à ma porte. « Entrez », dis-je d'un ton sec en ajustant ma cravate. La maharani pénètre dans mon bureau, une convocation légèrement froissée dans sa main gantée. D'un geste, je l'invite à prendre place sur l'unique chaise, inconfortable, de la pièce. Elle s'assied en croisant les jambes, ses yeux étranges, orangés, parcourent le décor miteux, s'attardent sur le clou, planté dans la porte, qui me sert de portemanteau. Pendant quelques instants, nous nous dévisageons.

« Je suis Viviane Loutrel, la sœur de Pierre, dit-elle en me tendant le papier blanc. C'est sans doute à son sujet que vous souhaitiez me voir. Je ne me suis pas présentée plus tôt, car depuis la guerre j'habite l'Inde et je voyage beaucoup avec mon époux le Maharadjah. »

Mon regard examine la convocation. Elle date de 1947. Or nous sommes le 21 juillet 1950. Trois années ont passé. A l'époque, je m'en souviens, j'étais jeune inspecteur à la première brigade de police judiciaire, rue Bassano. J'avais des rai-

sons impérieuses pour interroger la sœur de Loutrel, le chef du célèbre gang des tractions avant, que la presse avait surnommé « Pierrot le Fou ». Un tueur tellement impitoyable que ses propres amis l'appelaient « le Louf ». Depuis, le temps a livré bien des éclaircissements : les arrestations, les interrogatoires, les preuves, les cadavres disséminés dans le pays ont constitué un volumineux dossier qui a révélé les activités d'un homme au destin tragique : Pierre Loutrel, l'ennemi public n° 1. Le témoignage de la maharani arrive trop tard. De nouveau, je l'observe. Et subitement je devine qu'une angoisse l'étreint :

« Inspecteur, me demande-t-elle, qu'est-il arrivé à mon frère ? La dernière fois que nous nous sommes vus, c'était en 1938 quand il s'engagea dans la Marine. »

Pendant une fraction de seconde, j'hésite. Mais le regard de la maharani implore une réponse. Je me décide. Je me penche sur une pile de documents qui encombrent les étagères, d'un classeur, en extrais un. Sur la chemise cartonnée, dans le haut, en lettres majuscules, un mot, un nom, un prénom : « AFFAIRE LOUTREL PIERRE ».

« Madame, dis-je en ouvrant le dossier, soyez courageuse. Vous allez découvrir la triste épopée de l'un des hommes les plus dangereux de notre époque. »

LIVRE PREMIER

LE PRINTEMPS DES CANAILLES

1.

« PIERRE... Tu me reconnais ? »

La voix est presque craintive. Rauque, elle trahit la détresse, le dénuement, la faim. Accoudé au bar, Pierre Loutrel repose sa coupe de champagne et se détourne avec lenteur, méfiant. Sa main droite a glissé dans la poche de son veston. L'homme qui lui a adressé la parole se tient à un pas de lui. Il est grand. Le veston élimé boudine une musculature qui a dû être impressionnante. La cravate, nouée avec soin, révèle un passé héroïque : elle est bleu, blanc, rouge. Le visage est carré, surplombé par des cheveux noirs et drus rejetés en arrière. Un front droit, couturé de rides. Des joues creuses. Le menton solide dénote l'entêtement. Le nez épaté a encaissé bien des coups.

Nerveusement, l'inconnu dénoue sa cravate-drapeau, dégrafe les premiers boutons de sa chemise, en écarte les pans. Sur son torse, parmi une jungle de poils sombres, un tatouage des Bat' d'Af' apparaît : un soleil et une lune. Plus une devise : *Mauvaise tête mais bon cœur.*

« Pierre... Tu te souviens ? »

Les yeux plissés, Pierre Loutrel, toujours sur ses gardes, examine son interlocuteur. Et, soudain, il sourit. Ses mains larges, aux doigts longs et nerveux, se tendent en avant.

« Jo Attia ! » s'exclame-t-il heureux.

Les deux hommes se donnent l'accolade. Puis Loutrel empoigne son ami par l'épaule, l'entraîne au fond de la salle, vers une table dans la pénombre : « Ici, on sera tranquilles », chuchote-t-il. Dans le bar qui s'était brusquement plongé dans un silence inquiet, le ronronnement des voix recommence.

Loutrel et Attia s'installent côte à côte, dans des fauteuils de cuir grenat, bas et enveloppants, face à la porte qu'ils peuvent surveiller. Le regard de Jo parcourt les boiseries sombres et vernies qui couvrent les murs, s'attarde, rêveur, sur quelques jolies clientes, contemple avec désir ces mollets et ces genoux gainés du premier réconfort de l'après-guerre : le nylon. Il y a bien longtemps qu'il ne s'était vautré dans tant de luxe ! D'un claquement de doigts, Loutrel appelle une serveuse, commande du champagne d'un ton sec, puis braque son regard orangé sur Jo. C'est un examen minutieux, rapide.

« Tu m'as l'air mal en point », dit enfin Loutrel.

Attia a un pauvre sourire qui découvre un trou dans sa belle denture blanche :

« Tu sais, les camps ça n'arrange pas un homme... »

Loutrel fronce le sourcil.

« Comment ça, les camps, Jo ?

— J'étais à Mauthausen. Quand j'en suis revenu, je pesais cinquante kilos à peine. Estomac rétréci, tripes nouées, scorbut, anémie. Heureusement, la carcasse est solide, j'ai repris du volume. Ce qui me ronge aujourd'hui, ce sont les affaires ! Elles ne tournent pas rond.

— Désormais, dit Loutrel avec emphase, tu n'as plus à te préoccuper de l'avenir. Tu vas travailler avec moi. Ça te va ? »

Avec soudaineté, il soulève son veston, fouille dans la poche de son pantalon. Quand sa main reparaît, elle tient une liasse de billets de banque. Il les pose en vrac sur la table, les pousse vers Jo du bout des doigts :

« Prends toujours ça. Il y a trois cents sacs. »

La surprise arrondit les yeux d'Attia :

« Pierre, tu es louf ! bredouille-t-il...

— Prends, je te dis, insiste Loutrel, j'en ai d'autres, t'inquiète pas... beaucoup d'autres. »

Avec gêne, Attia empoche l'argent, tandis que Loutrel demande :

« Pourquoi on t'a déporté ? Marché noir ? »

Attia sursaute. Il est impensable, songe-t-il, que Loutrel lui pose une telle question. Surtout lui. Il le regarde, stupéfait par tant d'inconscience, mais la dilatation, l'éclat anormal des pupilles révèlent que Loutrel en cette fin d'après-midi a déjà passablement bu : « La guerre, se dit-il, ne l'a pas modifié. »

« Je t'ai posé une question ! » s'impatiente Loutrel.

Le visage amaigri d'Attia est devenu livide. Ses doigts tremblent légèrement. Ainsi, pense-t-il ulcéré, ce poivrot, habillé comme un mannequin, couvert de bagues, les poches gonflées d'argent, ne se souvient pas ! Tranquillement, il a oublié que le 16 mars 1943, ses amis Lafont et Bony, les patrons de la Gestapo française de la rue Lauriston, l'ont arrêté, lui, le Grand Jo, un truand comme eux ! Jusqu'à sa capture, il avait louvoyé avec bonheur entre sa carrière de voyou et son chemin de l'honneur. Un équilibre parfait de cambriolages pour son compte et d'actions pour la Résistance avec, en prime, quelques passages de juifs et de patriotes en zone libre ou en Espagne. Lafont et Bony n'avaient guère apprécié ce travail de franc-tireur. Ils avaient tenté de l'enrôler dans leur équipe : telles des sirènes, ils lui avaient fredonné les grands airs qui chantaient l'argent, vantaient le pouvoir absolu de deux mots : « Police allemande. » Indignés par son refus, *mezzo-voce* d'abord, à pleins poumons ensuite, ils lui avaient débité des couplets de menaces, des refrains de chantage. Paroles inutiles. Jo Attia, sa folie d'indépendance aux tripes, avait refusé. Pierre Loutrel, Abel Danos, Georges Boucheseiche, avec qui il avait effectué, avant-guerre, plusieurs affaires aux « faux policiers », une technique éprouvée, efficace, inusable, avaient bien essayé de le convaincre de rejoindre la Gestapo. Peine perdue. Le Grand Jo était inébranlable. Un soir printanier, ceinturé par la police française, il avait été conduit rue Lauriston. Là, Lafont et Bony l'avaient passé à tabac avec les raffinements d'usage dans leurs locaux. Puis, ils avaient voulu l'abattre. Lafont ne pouvait admettre qu'un autre truand lui résistât. Bony, ancien policier, avait de vieux comptes à régler avec Jo. Ce fut Danos, surnommé « le Mammouth » à cause de sa corpulence et de sa force démesurées, qui sauva Attia. Il l'aimait bien, le Jo. Dans son crâne épais mûrissaient parfois des idées saugrenues. Songeant à une évasion possible en cours de transfert, il avait lancé à Lafont, avec son accent berrichon :

« Perds pas de temps avec ce paumé, Henri. File-le aux Boches ! »

Lafont n'avait rien répondu. Bony avait approuvé de la tête. Ce fut ainsi que le 15 août 1943, à dix heures, Jo Attia embarqua pour Mauthausen où il découvrit que les bataillons disciplinaires de Tataouine, les corvées de pelote et le soleil africain n'étaient rien en comparaison de la folie meurtrière des nazis.

« Tu me réponds ? » grogne Loutrel.

Attia revient sur terre. Depuis son retour d'Allemagne, il n'a toujours pas récupéré. Moralement, il est amoché. La nuit, il a des cauchemars. Le jour, il lui arrive de tressauter si quelqu'un l'interpelle dans la rue. Il est libre et pourtant il mène l'existence d'un homme traqué. Dans le bar, un disque égrène *Rhapsody in Blue*, des femmes gloussent, des hommes se pavanent. Attia regarde ce nouveau monde avec lequel, désormais, il devra vivre. Il répond enfin :

« Ce sont tes amis qui m'ont expédié en Allemagne. »

Loutrel fronce les sourcils. Ses mâchoires se crispent. Les souvenirs percent lentement les brumes de l'alcool. Confusément, il cherche des mots pour se justifier quand la serveuse surgit avec la bouteille et les coupes. Silencieux, les deux hommes l'observent verser le champagne. A peine a-t-elle tourné les talons, Attia porte le verre à ses lèvres tout en suivant du regard la fille qui s'éloigne en ondulant des hanches. Alors, il demande :

« Et toi ? Tu t'en es tiré comment à la Libération ?

— Je n'avais qu'une solution : la Résistance. Début 44, je me suis glissé dans le groupe Morhange à Toulouse. Mon chef était le commandant Lucien de Marmande, un nom bidon. En réalité, il s'appelle André Finckbeimer. Un drôle de gars. Moi, je m'étais baptisé lieutenant d'Héricourt. J'avais comme équipier un seigneur de la mitraillette, Naudy, Raymond Naudy. Je te le ferai connaître tout à l'heure, on dîne ensemble.

— Toi, F.F.I. ? bredouille Attia, suffoqué.

— Tu sais, dit Loutrel, en reposant sa coupe, dans un camp comme dans l'autre, le travail, tout compte fait, était le même. Quand j'étais à la Gestapo de l'avenue Foch, on a descendu des résistants, des juifs, des gaullistes, des parachutistes, plus quelques caves bons à plumer. De l'autre côté, j'ai flingué des Allemands, des collabos, des pétainistes et encore des caves. Malheureusement, j'ai dû quitter Toulouse, ça sentait mauvais pour moi. Je suis revenu à Paris où je suis entré à la D.G.E.R. Les Services spéciaux embauchaient à tour de bras, mais la planque n'a pas duré. Alors, je me suis mis à mon compte, j'ai fondé ma propre équipe, à laquelle tu vas te joindre. Des types sûrs. Tous. »

Jo Attia hoche la tête d'un air entendu, questionne :

« Je les connais, moi ?

— Pardi ! répond Loutrel en servant le champagne. Mon lieutenant, je t'en ai déjà parlé : c'est

Naudy, le résistant. Il y a aussi Boucheseiche, Danos et Fefeu, les gestapistes, et toi, maintenant, le déporté. La France réconciliée, c'est nous. »

« Décidément, se dit Attia, Pierre Loutrel est toujours aussi louf. »

Indifférents aux gens qui les entourent, scrutant à tour de rôle, avec un synchronisme parfait, la porte du bar, les deux associés sablent à petites doses leur champagne. En silence, sans le savoir, l'un et l'autre pensent à leur amitié qui remonte à 1934. Ils se sont connus au 1er régiment d'Infanterie légère, stationné à Tataouine, dans le Sud tunisien. Jo s'y trouve déjà lorsque Loutrel débarque au camp installé dans le désert. Les Bat' d'Af' ont quelques traditions guerrières et primesautières. Il est de règle que tout nouvel arrivant s'empoigne avec un ancien pour faire montre de caractère. S'il refuse, il est affecté au lot des « fiancés » destiné aux anciens. En cas de bonne performance pugilistique, il appartient au camp des hommes.

Dans un cercle de bataillonnaires attentifs, Loutrel doit affronter Attia. Plus petit, mais râblé, moins fort mais plus nerveux, moins endurant mais plus vicieux, il parvient à tenir tête au Grand Jo. Le visage en sang, les yeux tuméfiés, ils se serrent la main. Leur amitié est née. L'un et l'autre ont été chassés de la Marine pour avoir frappé un supérieur. L'un et l'autre se sont fait tatouer des yeux sur les genoux, des femmes nues dans le dos qui frémissent dès qu'ils roulent des épaules. Sur son torse, Loutrel a fait inscrire : *Mektoub, Inch Allah* et surtout *Fidélité aux amis.* Les séances de tatouages et les incursions à la maison de tolérance, où opèrent trois femmes arabes qui puent le beurre rance, sont leurs seules distractions. Tataouine, c'est la porte de l'enfer. Les disciplinaires, surnommés paradoxalement les « Joyeux », cassent des cailloux, subissent une discipline de fer. Nul ne sait s'il sera vivant le lendemain. Dans cette vie désespérante, Loutrel et Attia ont pris l'habitude de se dire, chaque soir, avant le coucher : « T'es pas seul, Joyeux. Si tu tombes, je te relève. » Une petite phrase naïve, mais qui, dans ce bagne, est leur unique réconfort.

C'est ce passé qui permet à Attia de ne pas garder rancune à Loutrel d'avoir appartenu au camp de ceux qui l'ont déporté à Mauthausen. Dans le monde des truands, l'amitié est trop rare pour qu'une guerre, fût-elle mondiale, puisse l'abattre.

« On y va ? » propose Loutrel.

Attia se lève. Le champagne lui fait tourner la tête, il se dirige vers la sortie d'une démarche un peu raide. Loutrel, qui le suit, dépose au passage une poignée de billets à la serveuse, rafle sur un portemanteau son pardessus beige en poil de chameau, le jette négligemment sur ses épaules, enfile ses gants de pécari, s'engage sur le trottoir. Il est près de dix-neuf heures, la nuit est tombée depuis longtemps et le froid, en ces premiers jours de février 1946, est piquant. Dans son veston marron, en tissu synthétique, dont il a relevé le col, Attia frissonne. Les deux hommes demeurent un moment à scruter les Champs-Elysées qui ont retrouvé leur éclairage de la Belle Epoque. Toutes ces lumières font dire à Attia : « Que c'est beau, la paix. »

Loutrel, plus réaliste, lance : « Pas de flics en vue, ils sont toujours en pleine épuration. Allons-y. » Rapidement, ils se faufilent dans la foule qui émerge du métro George-V, et se dirigent vers la Delahaye crème, au capot bardé de chromes, portant le macaron du Corps diplomatique, que Loutrel vient d'acheter à un diplomate suédois. Attia, qui claque des dents, s'installe sur la banquette arrière en cuir fauve, se ratatine dans un coin, tandis que Pierre se carre à l'avant, près du chauffeur.

« Jo, je te présente Fefeu. » « Salut », fait Attia. « Salut », dit Fefeu en dévisageant le nouvel arrivant dans le rétroviseur.

« Rue Blondel », ordonne Loutrel.

La Delahaye s'écarte du trottoir. Fefeu la conduit vers la file de gauche puis, profitant d'un ralentissement du trafic venant en sens inverse, exécute un brusque demi-tour. Le coup de sifflet indigné d'un agent sanctionne la manœuvre interdite, mais Fefeu, imperturbable, poursuit sa descente des Champs-Elysées.

Bercé par le ronronnement du moteur, étourdi par le champagne et le froid, Attia s'est assoupi. Il ne voit ni la place de la Concorde, ni la rue de Rivoli, ni le Palais-Royal, ni le Châtelet. La tête dodelinante, il ronfle discrètement avec la sérénité d'un rentier. Marguerite et leur fille Nicole, un bébé encore, vont savourer bientôt une existence décente. L'argent qui gonfle sa poche lui réchauffe le cœur. 300 000 francs en ces temps de misère ! Attia rêve au café qu'il pourra acheter en banlieue, un joli bistrot au bord de l'eau où, entre deux agressions, il va oublier la déportation, récupérer, pêcher. La bonne vie ! A l'avant, Loutrel, insensible au trafic, médite. Dans sa tête, il met en place avec minutie le plan de sa prochaine opération.

La Delahaye quitte le boulevard Sébastopol, klaxonne en s'engageant dans l'étroite rue Blondel, entre une double haie de prostituées, bigarrées comme des sapins de Noël.

Provocantes, elles maraudent, la cuisse agressive, émergeant d'une jupe fendue, sous les éclairages jaunâtres des réverbères. Jacassantes, elles se livrent une concurrence verbale pour attirer l'attention des promeneurs qui rasent les murs avec l'air coupable de maris en goguette, ou qui flanent au milieu de la rue, avec l'impavidité désinvolte des célibataires en bordée.

La Delahaye avance au pas jusqu'à un café à la devanture criarde. A travers la buée collée à la glace, des silhouettes s'agitent. La voiture s'immobilise. Loutrel s'apprête à réveiller Attia lorsqu'un fracas impressionnant parvient du bar. Comme projeté par une catapulte, un homme a traversé la vitre. Il vient à peine d'atterrir sur le trottoir que la porte s'ouvre. Un mastodonte surgit dans l'encadrement, s'élance sur le plongeur assommé par la chute, dont le crâne saigne en abondance, et entreprend de lui dévaster les côtes à coups de pied.

« Le Mammouth est énervé... », commente placidement Loutrel en descendant de la voiture. Il marche vers Danos :

« Abel, arrête le pilonnage. »

Malgré sa corpulence, Danos se retourne avec vivacité. Le visage décomposé par la fureur, les poings serrés, il s'apprête à cogner de nouveau sur l'intrus, mais dès qu'il reconnaît Loutrel, il s'apaise par enchantement, telle une soupe bouillante dès qu'on lui coupe le feu sous la marmite. Les cheveux raides et blonds de Danos s'affaissent sur un crâne plat. Son gros visage carré, aux joues roses de porcelet se détend ; son regard gris exprime un contentement puéril ; ses lèvres minces se dilatent pour sourire. Avec les gestes amples et lourds des mammifères géants, Abel remet de l'ordre dans sa toilette. Il remonte son pantalon avec énergie, constate qu'il a perdu un bouton de veste dans la bagarre, lisse le tissu de sa main épaisse comme un fer à repasser, sourit de nouveau. Comme toujours, il est ravi de retrouver Loutrel. Son admiration est celle du jeune loup pataud pour le chef de la meute.

La paix revenue rue Blondel n'est qu'une trêve. A nouveau, la porte du bar s'ouvre avec violence. Chancelant et à reculons, un client essaie d'échapper à la distribution de coups qui font éclater son visage. Son bourreau le suit, maniant avec calme, méthode et précision, un coup-de-poing américain. C'est une pièce d'acier travaillée avec soin, qui épouse les encoches des doigts et dont la partie supérieure, destinée à frapper, s'orne de petites crêtes. Un travail d'artiste. Georges Boucheseiche, dans son genre, en est un. Quand il opérait, rue Lauriston, il avait extasié Bony et Lafont par ses raffinements de tortionnaire. « Quand on fait quelque chose, il faut que ce soit *perfekt* », aime-t-il à dire en appuyant sur le mot « *perfekt* ».

Maintenant, sous les regards intrigués des quatre hommes, il a plaqué son adversaire, hébété par les gnons, contre le mur d'en face. Sans quitter des yeux le masque sanguinolent, il lui glisse habilement — un de ses fignolages favoris — un doigt de chaque main dans la bouche et les écarte. Les commissures des lèvres éclatent, le sang jaillit, glisse le long du menton du malheureux. Boucheseiche, satisfait, lâche sa proie, sort un mouchoir de son pantalon, essuie ses doigts baveux et ensanglantés, puis regarde sa victime s'affaler sur le trottoir.

« Qu'est-ce qui se passe, Georges ? questionne Loutrel.

— Il se passe que ces fumiers nous ont traités, Abel et moi, de mauvais Français, explique Boucheseiche. Et dans le bistrot de ma femme, encore ! »

Il lève le menton, parcourt du regard la rue Blondel dont toute vie s'était retranchée pendant la bagarre. Déjà, les arpenteuses ont repris leur faction.

Les cinq hommes ont traversé la salle. A la queue leu leu, tel un train express, ils ont écarté les clients agglutinés au zinc. Ils sont passés dans l'arrière-salle, sans un regard pour le bonhomme écarlate qui tient une fille sur ses genoux. Ils ont escaladé l'étroit escalier en colimaçon. Un petit palier, une porte en face : Loutrel passe le premier, suivi de Jo, d'Abel et de Fefeu. Du talon, Boucheseiche referme la porte. Les voilà, tous les cinq, coupés du vacarme du bar. Le regard d'Attia, qui met les pieds pour la première fois dans cet antre au parquet abîmé, s'attarde sur les fissures du plafond et des murs blanchis à la chaux, sur la table de bois, au tablier épais, placée au centre de la pièce. C'est un meuble superbe, entouré de six chaises de même style aux dossiers hauts et étroits.

« Dis, Georges, d'où viennent ces pièces de musée ? s'étonne Attia.

— Récupération, répond Boucheseiche, placide, en se dirigeant vers un buffet entreposé dans un coin. Chez un juif sous l'occupation. Le bon temps, quoi !

— Toujours gaffeur, Georges ! lance Loutrel. Tu ne reconnais pas notre ami ? »

Une bouteille à la main, Boucheseiche pivote sur ses talons, scrute la nouvelle recrue. Danos, qui s'est un peu écarté, en fait autant. Une veine gonfle curieusement sur son front, juste entre les deux sourcils, gonfle davantage, puis rougit, signe d'une intense macération cérébrale. C'est lui, le Mammouth balourd, qui, le premier, identifie Attia.

« Nom de Jésus ! s'exclame-t-il soudain.

— Attia ! » fait écho Boucheseiche qui tente maladroitement de se rattraper : « Qu'est-ce que tu as maigri, mon pote ! Alors, là... méconnaissable !

— Merci, réplique Attia, pincé. La cure d'amaigrissement, je vous la dois, non ?

— Du passé », tranche Loutrel en se dirigeant avec calme vers la table.

Danos a un bref moment d'hésitation. Puis, il prend Attia dans ses bras gigantesques, le serre sur sa poitrine, l'embrasse bruyamment, le lâche, le ressaisit pour l'embrasser encore et bredouille ému : « C' que j'suis heureux de t'revoir, ma vieille. » Boucheseiche, lui, n'aime pas les effusions. Il se contente de serrer avec vigueur la main d'Attia et de dire : « *Krieg gross malheur* », conclusion pertinente et désabusée qui déride Jo.

Loutrel s'assied, sort un cigare de sa poche et l'allume. Tandis qu'Abel fait le service, Boucheseiche ouvre un tiroir, sort un plan de Paris grand format, et vient prendre place autour de la table. Il déplie la carte. Tout le monde se tait. Après quelques minutes de silence, Loutrel demande, excédé :

« Et Naudy, où est-il encore ?

— Avec sa poule », ricane Danos.

De nouveau silencieux, les cinq hommes boivent. Danos a le regard vide. Boucheseiche consulte fréquemment sa montre-bracelet en platine. Attia, qui a à peine mangé depuis deux jours, commence à avoir des vertiges. Fefeu se polit les ongles sur le revers de son costume gris perle. Loutrel suit la fumée de son havane. Cinq minutes s'écoulent. Enfin la porte s'ouvre. Une mèche blonde en travers du front, un peu essoufflé, mais souriant de ses dents blanches, Raymond Naudy apparaît. Selon son habitude, il porte un veston sport, à longs carreaux Prince-de-Galles, un pantalon beige, une chemise à col anglais, une cravate club, des chaussures en daim, à semelles de crêpe épaisses, à la mode. Il a le regard brillant et exténué des hommes heureux en amour.

« Quand même, grogne Loutrel, elle t'a laissé sortir du lit...

— Excusez-moi ! dit en riant Naudy qui vient s'asseoir en bout de table, mais la tendresse, c'est mon équilibre. »

Loutrel hoche la tête. Il éprouve pour Naudy une indulgence particulière. Naudy est le benjamin de la bande. Tout autre que lui arrivé en retard à la réunion aurait subi une avalanche de reproches, sinon des représailles non négligeables. Mais Loutrel a pour lui une amitié presque fraternelle qui remonte aux derniers mois de la guerre, lorsqu'ils participaient à des opérations de commando contre l'occupant en retraite. Raymond est séduisant, bien élevé, toujours joyeux et amoureux. De plus, excellent tireur à la Sten et au Colt.

Raymond, Loutrel veut le former. Il est le plus doué du gang, le seul capable de réfléchir et de commander. Boucheseiche n'est qu'un tueur cynique ; Danos, capable d'un dévouement héroïque, est trop impulsif et pas assez réfléchi. La déportation a amoindri Attia. Quant à Fefeu, bon tireur, excellent chauffeur, remarquable braqueur, il est dénué d'autorité. Indiscutablement, Naudy est l'homme sur qui Loutrel peut compter. Peut-être est-il encore timide car un rien le fait rougir comme une fille, mais dans le travail, il est exemplaire : calme, résolu, courageux. La preuve, Raymond la lui a fournie le lendemain de la Noël 1945. C'était à Marseille, Loutrel a été ébloui par l'exhibition.

2.

Le 26 décembre 1945, à huit heures trente précises, l'inspecteur Fernand Biamonti de la Brigade des recherches de la Sûreté de Marseille quitte son domicile, à deux pas du boulevard d'Athènes. Il se rend à l'hôtel de police de l'Evêché où il doit prendre son service à neuf heures. Comme beaucoup de Français en ce premier Noël de paix, il a les paupières lourdes et l'estomac barbouillé. L'inspecteur Biamonti comprime un petit rot, aborde la rue Villeneuve. Le soleil lumineux en ce jour d'hiver déclenche aussitôt la migraine.

8 h 31. L'inspecteur Fernand Biamonti s'engage sur les Allées Gambetta. Soudain, à quelques pas de lui, il aperçoit Zéphyr. L'homme est de dos, mais le policier ne se trompe pas. Zéphyr, il le connaît bien. C'est un voyou dont le vrai nom est Albert Guerrerio, que la police et la justice recherchent pour agression à main armée.

Agrafer Zéphyr, c'est la prime de fin d'année, le jour de congé supplémentaire, l'avancement probable. L'inspecteur Biamonti n'a qu'une obsession : ne pas le laisser filer. Tout son être est tendu dans cette brève approche qui lui fait oublier ses malaises de lendemain de fête. Silencieux sur ses semelles de gomme, il parcourt les derniers mètres. La gorge sèche, il bondit. A son étonnement, Zéphyr se laisse docilement passer les menottes.

« Tu es fait, annonce Biamonti, un sourire de victoire aux lèvres. On va... »

Il n'achève pas sa phrase. Le canon glacé d'un Colt se colle à sa nuque.

« Sois mignon, ordonne derrière lui une voix inconnue, enlève-moi ces bracelets tout de suite. »

Sans lâcher sa prise, Fernand Biamonti amorce un mouvement de la tête. La silhouette d'un homme, pas très grand, mince, se reflète sur la vitre d'une traction avant noire garée à proximité.

« Je compte jusqu'à trois », insiste la voix.

Biamonti ne répond pas. « Un ! Deux ! » Fernand réalise, en une fraction de seconde, infiniment brève, que sa vie va prendre fin bêtement, sur un trottoir des Allées Gambetta, à cent mètres de chez lui. Tout cela parce que le destin, un lendemain de Noël, a placé un voyou sur sa route. Il ébauche un geste. « Trois ! » La détonation est fantastique. Fernand Biamonti n'a plus d'occiput. La balle de gros calibre lui a fait exploser le crâne, éparpillant la cervelle. Sous l'impact, le corps tressaute, puis s'abat sur le trottoir, dans une mare de sang.

« Grimpe là-dedans », ordonne Naudy à Zéphyr en rengainant son Colt.

Les deux hommes embarquent à l'arrière de la traction. Loutrel démarre en trombe, vire sèchement boulevard d'Athènes et fonce vers la gare Saint-Charles. L'assassinat du policier n'a pas duré une minute.

« Beau travail, Raymond, murmure Loutrel. Une ordure de moins. »

Il est satisfait. Pour lui, supprimer un flic est toujours une bonne action.

« *Briefing !* » annonce Loutrel, le plan de Paris étalé devant lui.

Comme toujours, dans ces veilles d'attaque, il s'exprime avec la solennité d'un chef d'état-major. Les actualités et les films de guerre, ses souvenirs de la Gestapo et de la Résistance l'ont influencé. Il évolue aux frontières dangereuses de la mythomanie, de la mégalomanie et de l'alcoolisme.

« Messieurs, débute Loutrel en reposant son verre, nous allons investir un fourgon blindé qui amène les fonds à l'agence AK du Crédit Lyonnais, 150, avenue Parmentier. Ce sera une mission délicate. Tout se jouera en une minute, une minute trente maximum, délai de repli inclus. »

Il se tait, remplit son verre de nouveau, poursuit :

« Regardez la carte. J'ai noté d'une croix l'emplacement de la porte de la banque. Il y a un café juste à côté, *Le Goncourt*. Le carré, là, c'est le fourgon. Normalement, il arrivera par le faubourg du Temple. Je vous donnerai mes instructions définitives quand vous aurez repéré les lieux.

— C'est un hold-up ventre à terre, remarque Attia.

— *Natürlich*, approuve Boucheseiche. Les convoyeurs n'ont que le trottoir à traverser, c'est-à-dire cinq mètres au plus pour entrer dans la banque.

— Et ça aura lieu quand ? » demande encore Attia.

Naudy le fixe, soupçonneux.

« Si tu étais arrivé à l'heure, reprend Loutrel, tu saurais qu'il s'agit de Jo Attia. Un copain à moi de l'avant-guerre. L'opération aura lieu après-demain, 7 février. Pour la dernière mise au point, on se retrouve tous ici demain soir à neuf heures très précises. Tu entends, Raymond, très précises... »

Au ton, soudain tranchant de Loutrel, Naudy sait que le lendemain, il ne lui faudra pas lanterner.

« Bon, conclut Loutrel mettant fin à la réunion en se levant, maintenant je vous invite à une bringue dans les beaux quartiers. D'accord ? »

Marinette Chadefaux adore les fards criards, les visages transformés en palette. Elle raffole des poudres claires qui rehaussent les paupières vertes, les cils bleus, les yeux ourlés de rimmel, les lèvres carminées, les cheveux acajou. Chacun son goût. Ce n'est pas celui de Loutrel. Lui n'aime que les maquillages pastel, les toilettes strictes, les gestes posés, les démarches souples, bref, cette élégance discrète et un peu lointaine qui sent les beaux quartiers, avec une affection particulière pour le XVIe arrondissement. Le jeune homme venu de la Sarthe a toujours été ébloui par la rigueur et la froideur bourgeoises découvertes au temps où la Gestapo allemande le logeait dans un hôtel particulier proche de l'avenue Henri-Martin. Pour modeler Marinette aux bonnes manières, il lui a fallu pas mal de temps, beaucoup de patience et des recours partiels à la violence. Quand il l'a connue, Marinette gérait à Pigalle, un bar minuscule au décor de chalet, *Le Cocker*, dont la clientèle se composait de truands, d'agents de la Gestapo et d'officiers blonds du IIIe Reich. Marinette s'était composé un personnage de Parisienne, telle qu'on l'imaginait en province et à l'étranger. Tout d'abord du maquillage en abondance. Ensuite une garde-robe moulante, afin de ne rien laisser échapper de son corps parfait. Quand elle parlait, elle passait fréquemment son bout de langue sur ses lèvres rouges parce qu'elle jugeait que cela faisait sensuel à mourir. Elle ne pouvait avancer d'un pas sans balancer des hanches, croisait le plus souvent possible les jambes pour découvrir ses genoux, vivait dans un cocon de parfums, tintillait de tous ses bracelets, chaînettes et médaillons. Rien que de l'or. Marinette remportait un succès considérable. Au début, Loutrel l'avait subie telle qu'elle était. La jeune femme abritait ses vagues-à-l'âme de gestapiste, apaisait, avec soumission, les soubresauts de sa libido. Peu à peu, Pierre s'était attaché à elle, car Marinette était belle, brave, loyale, cuisinait bien son marché noir et, comme lui, éprouvait une passion pour les petits chiens. Pourtant, Boucheseiche et Danos en furent témoins, Loutrel hésita longtemps avant d'oser, avec elle, aller ailleurs que du bar à la chambre à coucher au-dessus du *Cocker*. Marinette se plaignait de la monotonie de ce circuit intérieur.

« Tu es trop vulgaire pour les endroits que je fréquente », lui répliquait sans pitié Loutrel qui devait au IIIe Reich son ascension sociale.

Elle le traitait de snob. Mais à force de se faire rabrouer, gifler chaque fois qu'elle disait un mot de travers, Marinette avait fini par capituler. Elle tenait à Loutrel. Ses manières réservées, la violence qui transparaissait dans certains de ses regards, sa façon d'imposer sa volonté aux autres, l'avaient subjuguée. A sa sœur Raymonde qui avait épousé un flic et lui reprochait sa liaison avec un truand, Marinette avait répondu avec superbe : « Pierre, c'est un seigneur ! » Elle avait flanqué sa sœur à la porte de son appartement parsemé de bibelots et de gravures anciennes, et ne l'avait jamais plus revue.

La domestication de Marinette fut relativement brève. Elle débuta un matin, à son réveil. Paresseusement, elle venait d'ouvrir les yeux et avait surpris Pierre, penché sur elle, qui l'observait avec tendresse. Etonnée, elle cligna des yeux, incrédule et inquiète à la fois, et lui demanda :

« Qu'est-ce que tu as ?

— Rien... Je te regardais. Quand tu es comme ça, sans maquillage, tu me plais. »

Ce fut tout. Mais suffisant pour faire comprendre à Marinette que le Louf l'aimait à sa manière. Alors, elle fit ce que jamais de sa vie elle n'aurait supposé : elle s'inscrivit à un cours de maintien, puis donna sa garde-robe au Secours national, ne conservant que ses renards argentés qu'elle portait en toute saison.

Se forçant à une impassibilité digne, Marinette au fond d'elle-même écume. Il y a près d'une heure qu'elle est arrivée avec son cocker chez

Mariuccio, le restaurant italien à la mode — rien que du bon, rien que du marché noir — de la rue Marbeuf. Empressé, le maître d'hôtel l'a précédée jusqu'à la table dont Loutrel dispose en permanence, au nom de Bernard. Marinette était ponctuelle, donc en avance. Pierre et son gang n'avaient pas encore quitté la rue Blondel.

Le regard de Marinette parcourt une fois de plus les murs crème de la salle ornés de tromblons et de mandolines, se pose sur les couples de dîneurs, chavirés par les *Sole mio* des guitaristes déguisés en bandits calabrais. Soudain, précédé de Danos qui, la main droite dans la poche de son manteau, inspecte les lieux, Loutrel apparaît avec une allure suffisante de *Gauleiter*. Sur ses talons, Boucheseiche, le teint fripé de vieux cigare, le regard tendu. Derrière Boucheseiche, Naudy et Pierrette d'Arches, son amie. En bout de cohorte, Fefeu et Attia toujours grelottant et insolite avec sa cravate bleu, blanc, rouge. En file indienne, tous se dirigent vers Marinette. Des *camerieri* en veste blanche s'affairent, rajoutent une table et des couverts, une gamelle pour le chien.

« Stop ! Pierrette d'abord ! dit Loutrel à Danos qui s'apprêtait à s'affaler sur la banquette. On ne t'a pas appris les bonnes manières ? »

Les erreurs d'étiquette le consternent. Pierrette prend place près de Marinette qu'elle embrasse non sans avoir détaillé, avec cette sagacité typiquement féminine, sa nouvelle toilette. La veste ouverte de Marinette permet de déchiffrer la griffe à l'intérieur : *Coco Chanel*. D'une main, elle caresse sa meute de renards argentés sur la banquette, de l'autre elle cajole son cocker noir. Pierrette, elle, a endossé une robe moulante de soie blanche, boutonnée jusqu'au col, qui met en valeur ses cheveux longs, bruns et bouclés.

Le dîner se déroule dans l'euphorie que rompt parfois Loutrel pour tancer toute mauvaise conduite à table. Ses premières remontrances vont à Abel qui tient son couteau par la lame. Boucheseiche est rappelé à l'ordre parce qu'il mastique la bouche ouverte. Attia, qui a taché son drapeau avec de la sauce, se fait sermonner à son tour. Seul, Naudy se conduit comme un gentleman. Ah ! que la bonne éducation, le bon genre, le bon ton, le beau monde font baver d'envie Loutrel ! Un soir où il était un peu ivre, il a confié à Raymond, après un petit hoquet poli : « Tu vois, j'ai deux rêves que je voudrais réaliser. Le premier, faire un hold-up en habit avec un chapeau à reflets. Ça aurait une allure folle. Le second, avoir une particule. Tu te rends compte : de Loutrel ! Quand je prendrai ma retraite, à l'étranger, c'est comme ça que je m'appellerai : de Loutrel ! Comte de Loutrel... ou Duc, je verrai. »

Naudy, le sentant de bonne humeur, a risqué une plaisanterie :

« Avec tes antécédents, tu pourrais peut-être t'appeler Peter *von* Loutrel. C'est joli aussi ! »

Le Louf avait ri à s'étrangler.

3.

Il fait un temps à ne pas mettre un flic dehors. Et, effectivement, on ne voit pas une pèlerine à l'horizon. Dans l'avenue Parmentier, quelques passants calfeutrés dans leurs manteaux, les oreilles et le nez rouges, trottinent en crachant des ballonnets de buée. La France, depuis longtemps, n'a pas connu une telle vague de froid. De mémoire de Parisien, seul l'hiver 40-41, quand l'eau des bassins avait gelé, quand l'épaisse couche de neige avait tenu près de trois semaines, oui, seul ce premier hiver de la défaite peut lui être comparé. Pour les vieux surtout, ce froid rigoureux est un malheur. Ainsi, celui qui avance, engoncé dans sa canadienne, un saucisson de pain à la main et un ridicule sac de plage jeté sur l'épaule, avec sa moustache et ses cheveux blancs, fait pitié à voir. On a l'impression d'entendre craquer la jointure de ses os chaque fois qu'il pose un pied devant l'autre. Jeune, il a dû être grand et fort. Mais les années ont passé et sa vue aussi a baissé. Le voilà qui se risque, avec d'infinies précautions, à traverser l'avenue. Avec effort, il escalade le trottoir et reprend sa marche hésisante, image pathétique de ce naufrage qu'est la vieillesse.

Le chauffeur du fourgon garé devant l'agence du Crédit Lyonnais le contemple avec commisération. « Vaut mieux crever que de devenir comme ça », songe-t-il en suçotant sa Gauloise éteinte. La loque humaine progresse en cahotant. Elle se trouve à quelques mètres de la banque, lorsque les deux convoyeurs, dont l'un tient un pistolet à la main, sortent en charriant les sacs de jute qui contiennent les fonds. Il est 11 h 31.

Méfiants, les gardiens scrutent l'avenue mais, à part le vieillard, ils ne décèlent aucun danger. Ils traversent le trottoir. Le plus petit s'approche de l'arrière du fourgon, lâche les colis qu'il coltinait, ouvre les deux battants, grimpe à l'intérieur du véhicule. Son collègue le rejoint. Nouveau regard circulaire. Rassuré, le garde rengaine son pistolet, puis se penche pour ramasser le premier sac. Le petit vieux est enfin arrivé à sa hauteur. Il farfouille dans son sac de plage, sans que le convoyeur lui prête attention. La première cargaison s'apprête à disparaître à l'intérieur du fourgon quand le vieillard brandit une mitraillette.

« Ne bougez pas, les mains sur la nuque ! » ordonne Loutrel d'une voix claire et calme.

Au même instant, Naudy, qui a émergé d'une porte cochère, braque le chauffeur. La mitraillette de Fefeu, pointée sur la porte de la banque, interdit toute manifestation. Avec une exactitude de chronomètre, Boucheseiche bondit d'une traction avant dont le moteur tourne au ralenti et se précipite sur le convoyeur resté à terre :

« Un geste et je fais un carton !
— Grouille ! » dit Loutrel.

Sans se donner la peine de vérifier, Boucheseiche empoigne le premier sac, se retourne : la Citroën 4069 RD 5, volée, s'immobilise près de lui. Jo Attia, au volant, pivote sur ses fesses, ouvre la portière arrière. Le colis atterrit sur la banquette, les cinq autres suivent. La portière se referme, la traction disparaît par le faubourg du Temple.

Boucheseiche rafle les armes des convoyeurs et s'installe au volant de l'autre Citroën, Naudy allonge un coup de crosse au conducteur, rejoint Boucheseiche. Loutrel oblige les deux transporteurs à se terrer dans leur fourgon, en verrouille les portes, prend place à l'arrière de la traction que Fefeu attrape au vol. Il est 11 h 32. Le Crédit Lyonnais a perdu trois millions. Un sacré magot. Cinquante mille francs à la seconde !

« Vite fait, bien fait, dit Attia.
— *Kolossal*, commente Boucheseiche.
— J'ai mieux encore », prophétise Loutrel en enlevant sa perruque et sa moustache.

Le menton calé dans le creux de ses mains, les coudes appuyés sur le zinc, l'inspecteur Jules Achille du commissariat de Nogent-sur-Marne, ne quitte pas des yeux Cornélius, le patron de l'auberge *La Bonne Oseille,* qui mouline des poings dans le vide, esquive et se rassied derrière son bar. Une fois de plus, Cornélius raconte un de ses combats du temps où il était boxeur professionnel, espoir français chez les poids mouches : une carrière météorique, tronquée par la guerre de 14-18, qui lui évita le combat de « trop », celui qui « sonne ».

« Et alors ? » questionne l'inspecteur Achille en portant son demi panaché à ses lèvres.

« Alors, je me suis dit : « Cet Anglais est un « costaud, t'iras pas jusqu'au bout, il va t'estropier ! »

— Et alors ? redemande Achille.

— Il me martyrisait, mais j'étais lucide. Seul un coup vicieux pouvait me sauver. J'entre en corps à corps. Il me bourre les flancs, me secoue les tripes à en avoir la nausée. Moi, volontairement, je passe les bras, j'accroche, j'appuie, je pousse. L'Anglais semble ulcéré par mon manque de fair-play. J'accroche encore. Et puis une idée me vient. Tout d'un coup ! Il faut que ça finisse. Dans mon protège-dents je braille « *break* ». L'Anglais, respectueux des règlements, pense que l'arbitre a ordonné la séparation. Il recule, baisse les bras. Et vlan ! Je te lui emmanche une droite que je vais chercher derrière moi, et je l'étale pour le compte.

— Tu es vraiment mariolle ! » dit Achille en éclatant de rire.

L'inspecteur dit vrai. Cornélius est un malin. S'il a baptisé son auberge du bord de Marne, à Champigny, *La Bonne Oseille,* ce n'est pas sans raison. Après avoir quitté les rings et survécu aux hécatombes, il est devenu voyou. Spécialisé dans les vols en tout genre. Arrêté, relâché, réarrêté, re-relâché, il accumule les non-lieux. Tous les juges d'instruction le connaissent, tous les policiers savent qu'il est l'ami des truands, que du proxénète au tueur, tout ce qui compte comme notabilité dans le Milieu, atterrit dans son auberge. Il procure des complices, des voitures, des panoplies pour effractions. Jamais d'armes. Depuis Verdun, le sang le fait tourner de l'œil. De temps en temps, pour ne pas perdre la main, il participe aussi aux coups. Les partages se font dans la salle de restaurant, derrière le bar. Cornélius touche sa part, offre sa bouteille de champagne. Et puis, il laisse venir. Les voyous en goguette boivent, mangent, couchent, sortent leur oseille. Toujours aimable, Cornélius arnaque tout le monde, avec le sourire.

« Ils sont là ? » demande le policier.

De la tête, Cornélius acquiesce. Les noms réels des canailles qui déjeunent dans la salle à côté, Achille les ignore. Il sait qu'ils étaient cinq et qu'ils sont six maintenant. Il se doute qu'il s'agit d'hommes dangereux dont l'un, le chef, loge parfois dans l'une des chambres de passe de Cornélius. Depuis quelques semaines, Achille aurait pu, en sollicitant du renfort, investir l'auberge et les coincer. Mais Achille n'est qu'un pauvre inspecteur de police, possesseur d'une épouse grognon et tellement nerveuse que ses collègues les appellent, avec un humour de commissariat : « Achille et son tendon. » Bref, l'inspecteur a des soucis d'argent. Criards. Un soir de cafard, il a lâché quelques confidences sur son triste sort. Achille a le vin sinistre et Cornélius l'âme compatissante. Ils trinquent encore, échangent des tournées jusqu'au moment où, illuminé par une soudaine inspiration, Cornélius, les yeux dans les yeux, propose :

« Inspecteur, je crois bien que je peux vous dépanner.

— Tu plaisantes ? dit Achille, plein d'espoir.

— Parole d'homme que non. Les amis qui débarquent chez moi viennent y chercher le bon air, le calme, le repos... Supposons qu'un poulet compréhensif nous affranchisse sur les descentes éventuelles de la Grande Maison. Cette gentillesse a de la valeur marchande, on la paierait.

— Cornélius, a répondu avec gravité Achille, ce que tu me proposes s'appelle « corruption de fonctionnaire ». Un délit que le Code punit sévèrement. Mais j'accepte. »

Et ce 10 février 1946, l'inspecteur Jules Achille est venu, comme chaque semaine, retirer son enveloppe. Cornélius la sort de son tiroir-caisse, la lui tend. Avec désinvolture, Achille la fourre dans sa poche, sans vérifier la somme. Il essaie, en la tâtant des doigts, d'en évaluer l'épaisseur.

« Un dernier verre ? propose Cornélius.

— Impossible. Ma femme m'attend », soupire Achille.

De ses petits yeux étirés, presque chinois, Cornélius le regarde s'éloigner sur le quai, enveloppé dans son imperméable usé, acheté aux surplus américains. « Pauvre flic ! » pense-t-il. Avec un geste circulaire, il nettoie son zinc d'un coup d'éponge, s'essuie les mains, se dirige vers la salle à manger. Il est près de quinze heures. Trois coups rapides à la porte. Cornélius entre. En gilet, manches de chemise retroussées, Loutrel et ses amis en sont aux liqueurs. Ils ont choisi la table près de la verrière qui donne sur le jardin, d'où l'on peut s'enfuir en catastrophe. Dehors, le ciel est gris, triste. Un léger brouillard flotte sur la Marne. Mais dans la salle, le poêle à charbon et l'alcool ont mis de la chaleur. Avec sa part de l'avenue Parmentier, Attia a réparé les dégâts causés par la déportation. Un ami dentiste a bâti, en un temps record, une prothèse. Jo baptise son bridge. Tel un minilingot, une incisive en or brille dans son sourire.

« Tout va bien, les enfants ? s'inquiète Cornélius.

— *Prima,* répond Boucheseiche.

— Le flic est parti ? demande Attia.

— Oui, fait Cornélius. Il ne m'a même pas demandé si le coup de Parmentier c'était vous.

— Il y a des planches pourries partout, décrète Boucheseiche. Une des lois de la guerre consiste à les trouver dans le camp ennemi. Ainsi, nous, rue Lauriston...

— Ça va, Georges, coupe Naudy, le résistant, on les connaît tes *lieder.* »

Boucheseiche se renfrogne. Naudy, le visage sérieux, poursuit :

« Pierre, je t'assure que c'est de la folie.

— J'ai bien réfléchi, rétorque Loutrel en écrasant son cigare dans une soucoupe. C'est décidé : Je vais faire mon « *one man show !* »

Le général de Gaulle vient de quitter l'Elysée pour sa première traversée du désert. Le baromètre s'est figé à — 6°. Pour les ambulants de l'équipe B qui assurent le tri de la gare de Lyon, c'est la Sibérie. Le centre des P.T.T. se trouve rue de Bercy, une bicoque mal chauffée, plantée dans un espace qui ressemble à un terrain vague, flanqué de bâtisses basses et croulantes exposées au vent. Le visage rougi par le froid, l'employé a déchargé le premier sac postal et l'a balancé sur un chariot. Il est seul. Son fourgon à quai, le chauffeur s'est esquivé vers le baraquement où d'autres postiers sautillent autour d'un Godin, avant de se mettre à l'ouvrage. Le manutentionnaire se redresse, les yeux larmoyants, souffle sur ses doigts gourds. Il est 13 h 27, son équipe vient seulement de prendre la relève. Misérable, il pense qu'il a encore six heures à grelotter.

De la démarche traînante du fonctionnaire au labeur, le postier se dirige vers le fourgon pour extraire le deuxième sac, quand le ronronnement d'un moteur attire son attention. Personne, en dehors du service, n'a accès à la cour. La voiture a déjà franchi le portail d'entrée et avance vers lui. Elle porte une plaque minéralogique flanquée du carré tricolore des véhicules de l'armée. « Le courrier des troufions », se dit l'employé. La traction noire arrive à sa hauteur, exécute un savant demi-tour, se range près du fourgon, le capot dirigé vers la sortie. Un lieutenant en descend. D'un pas tranquille, les mains dans les poches de sa capote, il s'approche du postier.

« Eh ! s'insurge le fonctionnaire d'un ton rogue, vous croyez peut-être que je vais décharger vos colis ? Je suis civil, moi...

— Ta gueule ! répond, placide, l'officier. Entasse tes sacs dans ma bagnole. »

Suffoqué par tant d'aplomb, le commis des postes s'apprête à protester, mais la main du militaire a surgi de sa poche. Elle brandit un P. 38.

« Tu as trente secondes. Pas une de plus ! »

Il y a des têtes, des regards, des voix qui vous flanquent la frousse. Pierre Loutrel possède ce triptyque. Le postier n'a plus froid, ne ronchonne plus, ne lambine plus. Le zèle dont il fait preuve subitement sidérerait son chef de service. Sous la menace de l'arme, dont le canon demeure braqué sur son bas-ventre — une mort affreuse, lente, douloureuse —, il compte mentalement un, deux, trois, quatre, cinq... il s'empare d'un sac, le jette à l'intérieur de la traction. Six, sept, huit, neuf, petit galop au fourgon... Dix, onze, douze, treize... un sac enlevé. Quatorze, quinze, seize, dix-sept... sprint à la voiture. Dix-huit, dix-neuf, vingt, vingt et un... retour hâtif au fourgon, encore un sac. Vingt-deux, vingt-trois, vingt-quatre... son temps s'améliore, boum ! un autre colis pour le militaire. Vingt-cinq, vingt-six, vingt-sept... dernier bond au fourgon, ultime transport. Vingt-huit, vingt-neuf, trente... Dernier élan, dernier jet, le compte y est.

« Bravo ! apprécie Loutrel, tu vois, maintenant tu n'as plus froid ! »

Son pistolet toujours pointé sur le malheureux ruisselant de sueur, Loutrel monte dans sa voiture, met le contact, démarre. Les cris d'alarme du postier se perdent dans le vacarme d'un train de marchandises. Les pneus de la traction avant gémissent, dévorent la rue de Bercy vers les boulevards extérieurs. Au passage, Loutrel a eu le temps d'apercevoir Attia, Boucheseiche, Fefeu et Naudy, planqués dans une voiture, prêts à intervenir. A leur tour, ils décampent.

Le 11 février 1946, les P.T.T. ont cinq millions de moins à livrer.

Gravés en creux, trois mots : *The Mule Club* se détachent de la plaque de cuivre fixée au mur de l'immeuble cossu, proche de l'Opéra. Devant le portail fraîchement reverni, deux portiers à casquette et uniforme bleu nuit, galonnés d'or, veillent. Rangées le long du boulevard, parfois en double file avec l'accord discret de la police, les premières voitures américaines humilient de leurs chromes de vieilles Bugatti, les dernières Talbot et les fougueuses Hotchkiss, aux capots longs comme des museaux. Peu de Citroën : le cercle ne reçoit que le gratin des flambeurs de la société élégante du Paris de l'après-guerre.

Suivi de Naudy renfrogné et de Boucheseiche indifférent, Loutrel traverse le trottoir à longues enjambées, répond au salut du portier, s'engage dans le corridor étroit et boisé, sonne à la porte du club. Un œil s'encadre dans le judas, puis une clef tourne dans la serrure. L'huissier s'incline.

« Bonsoir, monsieur de la Maule.

— Bonsoir », fait négligemment Loutrel.

Naudy ne dit mot. Boucheseiche serre avec vigueur la main de l'employé et, familier, lui donne un coup de poing dans l'estomac. Le trio s'enfonce dans le moelleux des tapis. Au vestiaire, Loutrel se débarrasse de son manteau, choisit un havane puis, avec une lenteur calculée, avance jusqu'à l'entrée de la grande salle de jeux. Il claque des doigts. Un peu en retrait, Boucheseiche craque aussitôt une allumette, lui tend la flamme. Loutrel aspire une longue bouffée, rejette la fumée, fait gonfler sa pochette et inspecte le salon. A pas lents, il se dirige vers le bar. Tel un boxeur triomphant, il gratifie les habitués de son sourire, distribue des baisemains, échange quelques plaisanteries. Naudy, silencieux, l'observe. Il n'a fallu que peu de mois à Loutrel pour se lancer dans la bonne société. Abrité sous de faux noms, il fait illusion et s'en tire à merveille. Ses nouvelles relations : comédiens, banquiers, industriels, et toute cette faune de nouveaux riches issus de la guerre, sont bluffés par son aisance et la puissance dangereuse qu'ils devinent en lui.

Perché sur le tabouret rembourré, une coupe de champagne à la main, Naudy boude. Ne s'agirait-il de Loutrel, cet ami qui l'a extrait du monde guindé de la bourgeoisie provinciale pour l'initier aux grands braquages, cet ami dangereux capable de liquider impitoyablement des complices répudiés, il y a longtemps que Naudy lui aurait lancé : « Va te faire foutre ! » Le garde du corps n'a plus le cœur à traînasser dans les boîtes de nuit, la main plongée dans la poche de son veston, les doigts serrés sur la crosse du Colt — souvenir de la Résistance —, prêt à protéger son patron affairé à danser, boire et faire des ronds de jambe pour séduire les femelles. Depuis que Pierrette est entrée dans sa vie, Raymond ne rêve plus que d'une vie à deux. Il est amoureux. Lui qui ironisait « une fille chasse l'autre », n'a plus que Pierrette chevillée au ventre : il passerait le restant de ses jours avec elle, au lit, disposé à périr de consomption pour son corps qui le trouble. Brusquement, il sort de son silence :

« Dis donc, Pierre...

— Oui ?

— Pourquoi Attia ne serait-il pas de service de nuit, lui aussi, de temps en temps ? »

Boucheseiche approuve de la tête. Loutrel s'indigne :

« Vous n'avez pas de cœur ! Jo a été déporté

et a besoin de repos ! Ensuite, il a une vie de famille : une mère, une épouse, une fille, à qui il tient. Et puis, maintenant, il a pu s'acheter un bistrot. Il doit veiller à son honorabilité. Pour les flics, un déporté doublé d'un commerçant, c'est un irréprochable. Soyez humains, bon Dieu !

— La voilà ! » s'exclame Pierre en reposant sa coupe sur le bar.

Naudy et Boucheseiche tournent la tête. Dans la salle de jeux, d'autres regards se sont portés vers la porte. En haut des marches, immobile, ses cheveux blonds bouclés tombant sur ses épaules nues, époustouflante dans sa robe noire, savourant son emprise, Martine Carol est là. Avec une lenteur étudiée, son regard parcourt la salle. Soudain, elle aperçoit Loutrel et lui sourit.

Martine et Pierre se sont connus un an plus tôt, au *Baccara*, le luxueux cabaret de la rue de Ponthieu, à l'éclairage discret. Avec son amie, Colette Mars, la jeune star partageait la table du richissime commodore Drouilly — l'Onassis des mondanités de l'après-guerre. Loutrel, du bar, ne la quittait pas des yeux. N'y tenant plus, le torse bombé, il avait marché vers elle, l'avait invitée à danser.

Martine a accepté. Derrière son sourire angélique, elle sent que l'homme est dangereux. Il lui a suffi de presser son bras pour constater qu'il n'a pas le biceps tendre de l'homme d'affaires. Les mauvais garçons, c'est connu, ont souvent déboussolé la jugeote vulnérable des filles. Les deux points bleutés à peine perceptibles, qu'il porte au coin des yeux, ont fait chavirer Martine. Au hasard des lectures sirupeuses de son adolescence, elle a appris que les détenteurs de ce tatouage sont des anciens bataillonnaires. Des durs. La jeune comédienne est en plein romantisme, aussi ne se cabre-t-elle pas lorsque l'inconnu colle un peu trop étroitement son corps au sien. La danse terminée, Loutrel l'a accompagnée à sa table où Naudy s'est déjà installé. Pierre se présente : « Patrice de la Maule. » Poignées de main, salamalecs gênés. Le commodore offre une coupe, mais Loutrel, souverain, décline l'invitation.

« Excusez-moi, nous partons, Mademoiselle et moi. »

Tous l'ont regardé, surpris. Ses lèvres sourient mais son regard est dur, le ton cassant. Le commodore a considéré que les bonnes manières se sont singulièrement dévaluées durant la guerre et il a passé l'âge de se rebiffer. Personne d'ailleurs n'a songé à broncher.

« Venez », a dit Loutrel.

Martine a eu un petit sourire contraint à l'égard de ses amis mais, docile, a obéi. Passion ou espièglerie amoureuse ? Nul ne l'a jamais su. Martine et Pierre se reverront souvent, puis un peu moins, enfin rarement. L'une règne sur les studios de ciné, l'autre écume la Côte d'Azur. A Marseille, Aix, Nice, Cannes, le scénario est invariable : une Citroën noire s'immobilise, une grappe de truands armés gicle dehors, rafle le butin, rembarque et disparaît. La police donne sa langue au chat : le gang des tractions avant opère impunément.

« Alors ? » demande Pierrette.

Il est cinq heures du matin. Dans la lumière tamisée de sa chambre du quartier des Ternes,

Raymond Naudy jette son veston sur un fauteuil, dénoue sa cravate qu'il accroche à la poignée de la fenêtre, ôte ses chaussures. Il s'affale au pied du lit et entreprend de déboutonner sa chemise.

« Il est dingue ! soupire-t-il. Totalement dingue ! Surtout quand il est imbibé d'alcool.

— Raconte, Raymond. »

Torse nu, Naudy allume une cigarette. En pensée, il revit la scène.

Au début, au Cercle, tout est parfait. Martine et Pierre s'installent à une table, se regardent avec ces airs idiots typiques aux amoureux. Elle minaude. Il fait le beau. Ils vident une bouteille de champagne rosé, grignotent quelques toasts au caviar. Du bar proche, Naudy entend l'actrice débiter ses triomphes à l'écran, ses succès dans sa vie, s'emballer sur ses projets. Deuxième bouteille de champagne. Martine étale bien. Mieux que Pierre qui l'écoute avec cet air faussement béat et intéressé qu'il affecte lorsqu'il n'a qu'une seule idée chevillée au ventre : faire l'amour.

Pierrette s'impatiente. Elle s'est dressée, découvrant son buste, ses cheveux noirs flottant sur ses épaules.

« Alors ? demande-t-elle, à nouveau.

— Les foutaises habituelles », commente Naudy en bâillant.

Il se replonge dans ses pensées. Tout se déroule encore gentiment quand Loutrel propose à Martine d'aller boire un dernier verre en écoutant Juliette Gréco à *La Rose rouge.* Un peu grise, elle accepte. Le couple s'installe à l'arrière de la Delahaye, Raymond prend place au volant. Boucheseiche à côté de lui. Naudy met le moteur en route. La voiture se dégage du trottoir en souplesse, Loutrel se penche à l'oreille de Naudy, lui chuchote : « A *La Bonne Oseille.* » Tandis qu'ils roulent, Pierre débouche une nouvelle bouteille de champagne qu'il garde en réserve dans une glacière portable, sort deux coupes. Dans son dos, Naudy, morose, entend glousser, soupirer, le manège habituel. C'est après le château de Vincennes, alors que la Delahaye file vers Nogent, que le climat se gâte. Martine se redresse avec brusquerie, échappe à l'étreinte de Pierre, découvre autour d'elle, malgré la nuit, des arbres, rien que des arbres. Le paysage la dégrise.

« Où va-t-on ?

— Nous amuser ! » répond Loutrel en riant.

Sa réponse déclenche chez Martine une crise de fureur, presque d'hystérie. Elle débite une logorrhée d'insultes, se lance contre la portière, se débat pour l'ouvrir. Pierre l'en empêche. Elle tente de le griffer, baisse la glace, hurle « Au secours ».

« Stoppe ! » commande Loutrel.

Naudy obéit. La Delahaye se range sur le bord de l'allée déserte. Loutrel sort de la voiture, empoigne Martine par le bras et la jette à terre.

L'herbe est humide et fraîche la nuit au bois de Vincennes. Martine Carol se relève tremblante, la robe collée au corps, glacée.

« Mais tu es fou ? » crie-t-elle, d'une voix stridente.

Pour toute réponse, Loutrel lui assène deux gifles qui la réexpédient par terre. Il se penche sur elle, ses doigts agrippent ses cheveux, les tirent, la contraignant à ramper.

Martine ne crie plus, maintenant elle a peur. Pierre la saisit encore. Ses ongles accrochent la robe trempée, l'arrachent, dénudent les seins et le ventre. Le regard brillant, Boucheseiche assiste à la scène, tandis que Naudy détourne la tête. Martine réalise que ses appels, en ces lieux dépeuplés, ne serviront à rien. Pourtant, terrorisée, elle hurle. Ses cris s'achèvent en plainte. Déchaîné, Loutrel lui a expédié un coup de poing qui l'atteint à la gorge, la fait rouler dans la terre froide. Dans un souffle, Martine gémit :

« Arrête... par pitié... »

Loutrel s'acharne. Soudain, deux bras le soulèvent et l'écartent. Naudy est intervenu. Malgré l'obscurité, il distingue le visage maculé de sang et de terre, les yeux épouvantés de la jeune femme. Il pense que la punition a assez duré. L'air piquant dégrise Loutrel. Peu à peu, sa respiration retrouve un rythme régulier. Le sang bat moins fort à ses tempes. Naudy, qui le ceinture toujours, sent qu'il se détend.

« Partons, dit Loutrel d'une voix rauque.

— Et elle ? questionne Boucheseiche.

— Elle a des jambes aussi pour marcher ! »

En se glissant sous le drap, Naudy conclut en éteignant la lumière :

« Pierre se conduit comme un Hitler. Tout doit plier à sa volonté. »

4.

Cornélius le boxeur ne se lie pas facilement et n'ouvre pas les portes de sa vie privée à n'importe qui. Cornélius plaisante toujours, mais se livre rarement. Aussi, Loutrel et ses associés réalisent-ils quelle marque de confiance leur témoigne le patron de *La Bonne Oseille* quand il leur propose :

« Venez dimanche après le dîner, quai de Tokyo, on éclusera quelques pots. Emmenez les femmes, Cécile sera contente. »

Cécile est un cas. Elle a tout. La taille haute, les jambes longues, les hanches nerveuses, un visage aux pommettes saillantes, un nez rectiligne aux narines palpitantes, des yeux verts, une bouche large aux lèvres charnues, une voix douce : le rêve. Pas étonnant, donc, que son ascension parisienne ait été fulgurante. Cécile tapinait avec élégance dans le quartier de la Madeleine où elle ne chômait pas quand, dans une boîte de la rue Vignon, elle a connu Cornélius. Comment a-t-elle éprouvé le coup de foudre pour ce petit homme râblé et gouailleur, au nez aplati, aux oreilles en chou-fleur, aux arcades sourcilières couturées et boursouflées ?

« Cornélius doit avoir une arme secrète ! » plaisantait Boucheseiche.

Peut-être. Mais Cornélius n'est pas à l'origine de l'élévation sociale de Cécile. Un autre homme l'a éloignée du parvis de la Madeleine où elle excellait dans le racolage des fidèles qu'elle transformait en pénitents. Elle faisait, en effet, ses razzias au bas des marches de l'église, près des immenses colonnades. Ce fut là qu'un monsieur distingué la remarqua. Qui était-il ? Cécile était discrète et Cornélius peu curieux. Un personnage influent, assurément, un banquier, un industriel, un armateur ou un ministre ? Peu importe. Envoûté par les grâces de Cécile, il lui offrit et meubla le grand appartement du quai de Tokyo. Leurs rencontres bibliques étaient sporadiques, presque inexistantes. Le bienfaiteur affectionnait les longues soirées silencieuses, au cours desquelles, dégustant lentement un vieux cognac, il contemplait avec gravité Cécile, allongée sur une peau de bête, nue. Un peu avant minuit, le protecteur se levait, Cécile en faisait autant. Il déposait un baiser sur son front, reprenait sa peau de bête, l'enroulait avec soin, la glissait sous son bras et repartait, en déposant chaque fois, sur le grand coffre ancien de l'entrée, une enveloppe.

« La vie intérieure des hommes est parfois impénétrable ! » soupirait Cécile avec indulgence.

Les uns après les autres, Loutrel et Marinette, Naudy et Pierrette, puis leurs amis sont arrivés, Fefeu dans un joli costume gris, Attia dans un croisé bleu à rayures blanches, rehaussé d'une cravate bleu, blanc, rouge toute neuve, Boucheseiche en blouson sport de daim. Baisemain à la maîtresse de maison, poignées de main à Cornélius, le concubin privilégié, exclamations admiratives, tapes dans le dos.

« *Schön, schön !* » s'exclame joyeusement Boucheseiche.

Tandis que les femmes, entraînées par Cécile, visitent l'appartement, les hommes passent au salon. Loutrel se dirige vers la porte-fenêtre et contemple, songeur, la langue bleutée de la Seine qui coule six étages plus bas. Il fait très chaud en cette soirée de juin 1946. Lentement, il se retourne. Son regard admire la vaste pièce avec une certaine envie. Tout y est cossu : les lourds rideaux doublés bordant les baies, les toiles de maître suspendues aux murs couleur pistache, les divans bas et moelleux de style anglais, recouverts de velours sable, les tables basses en acajou ou de marqueterie qui supportent des bougeoirs-lampes en argent massif, les plateaux, également en argent, sur lesquels reposent des verres de baccarat et les bouteilles d'alcools fins.

Tout reflète ce calme dédaigneux, un peu solennel, que confère l'argent d'où qu'il vienne. Chaque pas qu'il pose sur la moquette épaisse, recouverte de tapis, procure à Loutrel un plaisir physique intense. Oui, un jour, lui aussi savourera l'extase de posséder une demeure aussi fastueuse et respectable ! Posément, il s'assied dans un large fauteuil de cuir brun. Face à lui, confortablement calés dans un divan, Naudy et Fefeu dégustent un whisky que Cornélius leur a servi. Attia et Boucheseiche, après s'être rafraîchis dans la salle de bain, prennent place à leur tour. Il a changé, le

Grand Jo, remarque Loutrel. Il lui a suffi de quelques mois, de quelques bonnes affaires pour qu'il se remplume. Finies les joues creuses des engagements idéologiques ! C'est le temps des vaches grasses.

Caquetant toutes à la fois, les femmes sont de retour. Marinette, qui traîne ses renards argentés malgré la chaleur, s'installe sur le bras du fauteuil de Pierre. Cécile se pelotonne contre Cornélius qui disparaît presque entièrement dans le velours. Naudy passe son bras autour des épaules de Pierrette, dont la beauté n'a rien à envier à celle de la maîtresse de maison. Attia, Boucheseiche et Fefeu, les célibataires, ne quittent pas Cécile des yeux, qui croise et décroise ses jambes. Le temps s'écoule : bavardages, évocations du temps de la guerre quand les hommes étaient des hommes, considérations grinçantes sur les nouvelles générations de casseurs — des petits branleurs sans morale —, prévisions sombres sur l'avenir !

« Il faut vite nous constituer un magot et l'investir dans des affaires saines pendant que les poulets se plument entre eux, affirme Loutrel. Ils continuent toujours à s'épurer, mais une fois qu'ils se seront réorganisés, ça ne sera plus le même tabac. Ça va tirer à vue ! »

Tous approuvent. Un silence où chacun pense pour soi, à sa vie, à ce qu'il aurait pu être, à ce qu'il est devenu, à ce qu'il voudrait devenir. Loutrel exhale un long soupir et s'adresse à Cornélius.

« Où pourrait-on bavarder sans ennuyer les femmes ?

— Dans la chambre de Cécile. »

Les hommes se lèvent, chacun portant son verre et, à la suite du petit boxeur, quittent le salon avec des airs de conspirateurs. Boucheseiche, qui s'est laissé choir sur la méridienne d'acajou blond, admire un instant son image dans le miroir vénitien suspendu au-dessus du bonheur-du-jour ; Jo Brahim Attia, retrouvant ses origines algériennes, s'est accroupi en tailleur sur la moquette veloutée ; Fefeu a enfourché une chaise à lyre, Naudy s'enfonce dans une bergère capitonnée, et Loutrel, le patron, s'est adjugé le lit de Cécile. En quelques secondes, la fumée des cigarettes a bleuté l'air de la chambre décorée comme une bonbonnière. Cornélius sort en refermant doucement la porte. Loutrel s'éclaire la voix :

« Depuis la gare de Lyon, dit-il, il y a du relâchement. Nous devrions marcher sur l'or. On en est loin. Notre dernière affaire d'Aix-en-Provence en est un exemple. Nous décidons d'opérer dans le Midi pour dérouter la police. L'affaire est facile, facile, et tout rate ! Voilà un employé de banque qui se balade avec sa serviette, suivi du directeur porteur d'une sacoche. Tout est minuté, tout marche comme prévu, et qu'est-ce qu'on fait ? On arrache la serviette qui ne contient que 359 000 francs, mais personne n'a l'idée de s'emparer de la sacoche du directeur qui, elle, est bourrée de trois millions ! Moi, j'appelle ça du boulot de cons... »

Silencieux, les autres écoutent la philippique débitée sur un ton cassant. Attia essaye de détendre l'atmosphère.

« Pierre, tu as raison, mais si tu avais connu Mauthausen...

— Jo, Mauthausen, c'est fini ! » l'interrompt Loutrel que l'alcool commence à rendre mauvais.

« Ce n'est pas parce que tu as pu t'acheter un bistrot en banlieue où tu as casé ta famille, que Raymond offre des bagues de chez Cartier à sa souris, qu'Abel expédie son pognon à sa vieille mère, que Fefeu se paie des dizaines de costumes gris, que Boucheseiche se ruine en panoplies d'officier S.S. au marché aux Puces, qu'il faut pavoiser. Dites, vous ne trouvez pas qu'il fait soif ? »

Heureux de pouvoir échapper momentanément aux récriminations du chef, Fefeu saute sur l'occasion. Il se lève et disparaît dans le salon. Quand il en revient, il tient une bouteille de whisky. Il sert Loutrel, se rassoit et demande :

« Tu veux un peu d'eau ? »

De nouveau, c'est le silence, déchiré par le crissement déplaisant, crispant, des dents de Loutrel, manifestation de sa contrariété. Loutrel avale son whisky, cul sec, tend son verre à Fefeu qui le remplit aussitôt, puis reprend d'une voix sourde :

« Je croyais avoir affaire à des durs, des déportés, des résistants, des gestapistes. Je m'aperçois que je travaille avec des épiciers. Quelle désillusion ! Je vous le dis carrément : si ça ne marche pas mieux que ça, je refais une autre équipe. Ce ne sont pas les hommes qui manquent... les vrais. Surtout que je suis sur le raid le plus fabuleux de ma vie. Pas question que je le rate à cause de minables ! »

Naudy et Attia échangent un coup d'œil furtif. L'un et l'autre ont remarqué que, depuis quelque temps, Loutrel, à la veille de monter une affaire, éprouve le besoin de chapitrer sa troupe, de l'éperonner, de la menacer, afin de la convaincre que personne n'est indispensable. Le coup en solitaire à la gare de Lyon en a été une démonstration. De nouveau, Loutrel avale d'un trait un whisky. Maintenant ses pommettes se sont colorées et son regard a pris une fixité brillante. « Il commence à être rond », soupire Naudy qui le connaît bien. Mais, comme cela s'est déjà produit, l'alcool, loin de nuire aux facultés de Loutrel, les aiguise, procure au Louf de véritables illuminations, lui inspire des traits de génie, ravive son audace.

« Tout ce qu'on a fait jusqu'à maintenant, c'était de l'exercice pour bleusaille, poursuit Loutrel avec fermeté. Je vous ai appris la méthode et l'organisation. Notre façon d'opérer met les flics dans le cirage. Seulement, croyez-moi, ça ne va pas toujours durer. Il faut profiter de ce répit... Henri, donne-moi à boire. »

Fefeu s'approche, sert une nouvelle rasade, se risque à murmurer : « Tu sais, Pierre, tu bois trop. »

Sans qu'il ait eu le temps d'esquisser un geste, la main de Loutrel le frappe en plein visage. C'est un coup assené avec la violence d'un revers de tennis. La chevalière balafre la joue, fait exploser la lèvre inférieure. Le menton en sang, la tête bourdonnante, étanchant avec des gestes précautionneux le sang qui coule de sa bouche, Fefeu s'est affalé sur sa chaise. Les autres se taisent.

« Désinfecte-toi ça avec de la gnole », lui conseille Loutrel, dont la respiration s'est accélérée sous l'effet de la brusque colère. « Bon, où j'en étais ?... Ah ! oui... Si les poulets ont des indics, moi aussi j'en ai. On me l'a enseigné à la Gestapo, j'opère comme eux. »

Il s'absorbe un instant dans ses pensées et reprend :

« C'est dans le Midi que ça se passe. Sur la Côte. Je ne peux pas vous en dire plus pour l'instant. Les uns après les autres, en route pour Cannes ! Rendez-vous samedi prochain, à midi, au bar du *Carlton*. Je pars le premier pour Marseille, régler tous les détails. Pas d'objections ?

— *Ya,* fait Boucheseiche contrarié, je ne serai pas des vôtres. »

Loutrel fronce le sourcil.

« Pourquoi ?

— Marie-Louise a le contrôle économique sur les reins rue Blondel. Ils épluchent la comptabilité de ma femme.

— Bon, admet Loutrel, on se passera de toi. »

On frappe à la porte. Ses renards argentés sur les épaules, Marinette passe la tête. Apercevant Fefeu qui se tamponne la lèvre avec son mouchoir imbibé de sang, elle lui sourit et déclare apitoyée :

« Tu as encore dû dire une bêtise, mon pauvre Henri. »

Puis s'adressant à Loutrel, sur un ton empreint de reproche :

« Pierre, il est tard... Le chien est seul à la maison. Pense à son petit pipi. »

Le regard de Loutrel s'attendrit soudain.

« Tu as raison, fait-il, la pauvre bête !... Partons. *Bye-bye, ciao, Auf wiedersehen !* »

Cinq journées ont passé. Au cours desquelles Loutrel n'a pas perdu son temps. Il lui a fallu d'abord surmonter une déception. Il s'apprêtait à quitter Paris lorsque le Grand Jo, à son tour, lui a fait faux bond. Attia lui a téléphoné à *La Bonne Oseille* pour lui annoncer qu'il était alité avec une dysenterie carabinée. Son état nécessitait un repos de quatre jours.

« Séquelle de la déportation, avait-il geint, tu peux pas m'attendre, Pierre ? »

Loutrel avait compris le dépit de son ami, mais le temps pressait.

« C'est une épidémie, Jo ! Fefeu et Danos sont sur le flanc eux aussi. Mais ne t'inquiète pas. On n'est pas au bord de la retraite ! » l'avait-il consolé.

Il avait obtenu de nouveaux renseignements. Le hold-up du siècle devait avoir lieu le 1er juillet. Ce matin-là et pas un autre.

5.

IL n'a fallu que quelques heures à Loutrel pour s'organiser à Marseille. La ville, le port, les bas quartiers, il les connaît à fond. C'est à Marseille, avant-guerre, quand il s'est enfui du lycée Corneille au Mans, qu'il a débarqué. Il n'a que dix-huit ans mais il ambitionne de devenir un caïd. Les truands et leur morale le fascinent. Il sait déjà que seul le Milieu peut lui permettre de libérer cette violence qu'il sent bouillonner en lui. Malheureusement, les seigneurs de la pègre, les Carbone, les Spirito, qui règnent sur Marseille, dédaignent les offres d'emploi de l'adolescent. Les oreilles de Loutrel résonnent toujours des phrases que lui a lancées Spirito avec son accent corse :

« Tu as sans doute du cran, petit, mais tu manques de jugeote. Des muscles ou de l'audace, sans matière grise, ça conduit au désastre. Apprends. Montre ce que tu vaux. On en reparlera après, d'ici quelques années. »

Longtemps le ton méprisant de Spirito a hérissé le poil de Loutrel. Il reconnaît souvent, avec un sourire amusé, que ses débuts n'ont pas été glorieux. Lui qui rêvait de manier une mitraillette s'était retrouvé faisant la plonge dans un bistrot proche de la gare Saint-Charles. Même les apprentis voleurs ont besoin de manger. Mais voler à Marseille n'est pas donné à tout le monde : c'est un art qui requiert ruse, adresse, détermination. Sa population est maligne. Dès sa naissance, le Marseillais possède une vista aiguisée au fil des siècles pour déjouer les carambouilles ; il avance, incomparable funambule, sur le fil étroit qui sépare les terres fertiles des biens d'autrui, des enclos sévères de la justice. Malheur au Marseillais qui naît naïf ! Il est condamné au plus cruel dénuement et exposé à la raillerie populaire. *Vae victis ! Vae connardis !*

Pierre se fait la main dans les petits larcins. Malgré le monopole des Corses sur le proxénétisme, il participe aux bénéfices réalisés par Muguette Motta, sa première liaison sentimentale. Parfois, lorsqu'il s'impatiente des lenteurs de son avancement, elle lui fredonne, pour le taquiner : « Avant d'être cââpitaine, il faut être mââteleaueaueau... » Pierre ronge son frein. Ses premiers amis, à l'époque, sont Joseph Ferrand et Christian Boron : comme lui, ils rêvent de détrôner les vieux Corses qui détiennent le pouvoir.

Les années ont passé. La guerre, c'est bien connu, mûrit les jeunes. Aguerri par la Marine puis les Bat' d'Af', endurci par son appartenance à la Gestapo allemande, perfectionné par son séjour chez les maquisards, initié à la psychologie par la D.G.E.R., Pierre Loutrel, enrichi par tant d'expériences, n'ignore plus rien des subtilités de la torture, manie revolver, mitraillette et grenade avec l'aisance des vieux baroudeurs. Démobilisé de toutes ces primesautières activités, il inaugure au lendemain de la guerre, en 1945, sur le champ de manœuvre de la Côte d'Azur, sa nouvelle technique d'agressions motorisées.

« Tu es un innovateur ! » lui dit avec une admiration sincère Joseph Ferrand.

Lui aussi n'est pas un raté. La guerre, ce mal collectif, il l'a utilisée pour son élévation personnelle. Il possède *L'Oasis*, un hôtel de Bandol, et son comptable n'est autre que Christian Boron. Quant à Muguette Motta, elle est devenue l'hétaïre des beaux quartiers. Ce n'est pas la première fois que Loutrel les retrouve. Depuis les temps glorieux de la Résistance, chaque fois qu'il a effectué ses raids dans le Midi, il les a rencontrés. Et renoué avec Muguette ses amours de jeunesse.

Le 14 mars, Loutrel et Naudy ont attaqué, rue Notre-Dame à Nice, deux employés du Gaz de France. Affaire menée tambour battant : les revolvers se pointent, les victimes lèvent les bras. Naudy n'a qu'à tendre la main pour saisir la sacoche qui contient 1 200 000 francs. Pierre et Raymond disparaissent dans une voiture volée. Le 5 avril, ils sont place du Chapitre à Marseille. Un comptable, Faletti, et son adjoint Rodrigue, transportent dans une mallette la paie des ouvriers : un million tout rond. Faletti est armé, mais il a l'âme en paix. Il fait jour et les passants sont nombreux. Brutalement, deux hommes se plantent devant eux, enfoncent les canons de leurs revolvers dans leur nombril. Une sensation physique tétanisante. Le premier, Rodrigue retrouve ses esprits, sinon son cœur. Sauve-qui-peut ! Il lâche la mallette, bondit derrière une voiture en stationnement. Faletti hésite, ne réalise pas le danger, veut ramasser la mallette. Loutrel, à brûle-pourpoint, tire. Le comptable s'écroule avec une balle dans le foie. En quelques secondes, les deux agresseurs se sont volatilisés. Loutrel et Naudy opèrent toujours au pas de charge.

Dans les deux cas, la police les manque de justesse. Après l'agression de Nice, Pierre et Raymond se sont réfugiés dans une pension de famille de la Colle-sur-Loup. Quand les policiers arrivent, ils aperçoivent une voiture leur filer sous le nez. Après le coup de Marseille, les inspecteurs retrouvent leur cachette rue de la Grande-Armée. Sommations d'usage ! Porte enfoncée ! Chambre vide. La police a ses indics, Loutrel a les siens.

« J'ai la baraka ! » jubile le Louf en serrant contre lui Muguette Motta avec qui il fête ses victoires.

L'amie des jours amers le regarde rire. Le temps a beau passer, Pierre malgré ses trente ans, a conservé la gaieté, la générosité, l'insouciance de sa jeunesse. Il voulait réussir, il a réussi. Muguette caresse ses joues bleuies par la barbe, observe ses incisives, légèrement écartées. Séduite, retrouvant le trouble de son adolescence, elle murmure :

« Tu as les dents du bonheur... »

Accoudé au bar du *Carlton*, sirotant son champagne, le Louf est morose.

Hier à Marseille, dans un bar proche du Vieux-Port, un individu flanqué d'une femme insignifiante s'est approché et lui a dit à haute voix :

« Salut, ordure gestapiste ! »

Même avec l'accent méridional, l'injure est grave. En ces mois d'après-guerre, estime Loutrel, violer une fillette, piller un vieillard, détrousser une maman, malmener un infirme, refroidir un encaisseur, constituent des délits qui, avec un bon avocat, ne font pas systématiquement trancher une tête, tandis que la collaboration avec l'ennemi est un crime sans pardon, tarifé douze balles dans la peau. La majorité des procès épurateurs qui se succèdent dans le pays en témoignent. Et pour les anciens de la Gestapo, c'est l'hallali.

« Alors, tes copains à croix gammée sont partis sans toi ? » reprend l'inconnu avec un sourire mauvais.

Loutrel le dévisage :

« Qui êtes-vous ? questionne-t-il.

— Un maquisard, qui n'a pas oublié ta sale gueule. »

Dans le bar, des têtes se tournent, intriguées, et observent. Loutrel ne se départit pas de son calme :

« On ne va pas discuter ici », dit-il en gagnant la sortie.

L'homme le suit dans une ruelle fétide. Loutrel laisse passer son accusateur qui, imprudemment, s'engage dans le boyau sombre. D'un geste routinier, Loutrel sort son arme, la lève : « Adieu ! » dit-il en guise d'oraison. A ce mot, pressantant enfin le danger, l'ancien maquisard se retourne avec vivacité. Trop tard. Le doigt de Loutrel se crispe sur la détente. La balle, au lieu de faire éclater la nuque, arrache le front, décapsule la boîte crânienne. Le corps s'affaisse. Loutrel range son P. 38, s'éloigne sans hâte. La détonation s'est répercutée dans la ruelle et a dû être entendue sur le port. Mais en ces temps d'après-guerre, où Marseille vit à l'heure d'agressions, de délations, de prostitutions, de trafics en tout genre et de règlements de comptes, un coup de feu ne surprend pas davantage qu'un pétard tiré un soir de 14 Juillet.

Ce n'est pas ce meurtre qui tourmente Loutrel, ce sont les défections d'Attia et de Boucheseiche qui le contrarient : elles le contraignent à solliciter une main-d'œuvre moins sûre. Jusqu'à présent, s'il a pu jouir d'une totale impunité, il le doit, sans doute, à la minutie de ses préparatifs mais encore à la qualité de sa troupe. Ni Attia, ni Boucheseiche, ni Fefeu, ni Naudy ne flancheraient en cas de coup dur. Rien, aucun passage à tabac, encore moins les pièges des interrogatoires, ne les ferait parler. Dans leur genre, considère Loutrel, ce sont des héros, alors que ses nouvelles recrues lui inspirent une confiance modérée. Certes, Henri Renard, le Gitan, est un garçon sérieux et consciencieux, mais Dominique Labesse, son ami du maquis, le tracasse. Il a suffi d'un détail. Lorsque Loutrel lui a proposé l'affaire, il a hésité. Depuis la fin de la guerre, Dominique n'aspire plus qu'à vivre paisiblement entre sa femme Renée et son garage, acheté à crédit. Finalement, s'il a accepté c'est parce que sa part du butin lui permettra de solder quelques traites. « Un gagne-petit », soupire Loutrel en vidant son verre. Pourtant, grâce à Labesse, l'équipe est sûre d'avoir une voiture réglée comme une horloge et un repaire après le hold-up. L'informateur du coup, en revanche, le postier Gérald, lui a plu. Un bonhomme précis, résolu à obtenir de l'argent sans se soucier des moyens.

« Vous devrez opérer entre 5 h 15 et 5 h 30 du matin, dernier carat, a souligné Gérald. Pendant ce quart d'heure on ouvre la chambre forte pour retirer l'argent de la journée. Le mot de passe, le 1er juillet, sera : « Domicile. »

— Des gardiens ? l'a questionné Loutrel.

— Deux seulement. Pas des terreurs. »

Pierre en était à sa troisième coupe quand les autres sont arrivés. Naudy, Fefeu, Renard et Labesse ont reçu ses dernières instructions. Précises, comme toujours. Le *Briefing* du Louf s'est achevé sur la recommandation, en usage dans de telles circonstances :

« Mettez vos montres à l'heure. »

Pour le gang, la pratique des agressions nécessite du sang-froid, de l'audace et du mépris pour la vie des autres. Elle requiert, en plus, un talent d'acteur. Ses membres doivent savoir se grimer, se costumer, jouer la comédie. En somme, être des artistes.

Quand il immobilise sa traction devant l'hôtel des Postes de Nice, avenue Thiers, Dominique Labesse n'en croit pas ses yeux en voyant débarquer Loutrel et Naudy : le premier a les cheveux et un collier roux, le second est devenu blond et porte des lunettes. Mais le garagiste récite le rôle que Loutrel lui a appris, avec le sérieux d'un metteur en scène, au cours des répétitions qui ont eu lieu dans son appartement de la rue des Orgues à Marseille. Déguisé en contremaître avec un pantalon marron de velours à grosses côtes et un veston de toile bleue délavée, Dominique, d'une voix autoritaire, donne ses ordres :

« Vous terminez le lessivage des murs ce matin et, tantôt, vous attaquez l'enduit et le ponçage. C'est compris, Lotti ?

— Ouais ! » fait Raymond Naudy.

A pas lents, Labesse contourne la voiture, ouvre le coffre. Les ouvriers sortent des pots de peinture, un seau, des pinceaux, des truelles, deux sacs de plâtre. Sous les regards désabusés des postiers, ils s'emparent de leur matériel et se dirigent avec nonchalance vers une entrée latérale. Le gardien, qui les voit approcher, ahanant sous leur chargement, leur ouvre la grille sans méfiance. Il fait déjà jour.

« Vous barbouillez quoi, les gars ?

— Tout ! répond Loutrel.

— A deux ?

— On est des braves », plaisante Naudy.

Les renseignements de l'indicateur sont d'une rare précision. Ils sont gravés dans l'esprit de Loutrel. Après le poste de garde, voici la courette avec, au bout, la porte blindée qui donne accès au premier étage. La chambre forte se trouve là-haut. Il est 5 h 18. Encombrés de leur matériel, Loutrel et Naudy, les visages tachetés de plâtre, parviennent à la porte. De sa main gantée, Naudy appuie sur la sonnette. Deux yeux embrouillés par le sommeil apparaissent derrière le judas. Une voix enrouée demande :

« Oui ?

— "Domicile".

— Ça va. »

Des clefs ferraillent, des verrous tournent, la

porte s'ouvre. L'un après l'autre, Loutrel et Naudy entrent, saluent le second gardien en portant l'index à leur casquette et se dirigent, désinvoltes, vers l'ascenseur du rez-de-chaussée. Ils entassent leur fourbi dans la cabine, referment la porte grillagée. Le doigt de Naudy est posé sur le bouton de commande quand une employée arrive en courant : « Hep... Attendez-moi... » Naudy consulte Loutrel du regard, qui approuve d'un battement de paupières. C'est, en effet, durant la brève ascension au premier étage qu'ils doivent se préparer. Tant pis pour la passagère, elle aura des souvenirs.

Appuyée contre la paroi du fond, l'employée regarde les deux ouvriers s'affairer sur les sacs. A l'aide d'un canif, Naudy fait sauter les ficelles qui les fermaient. Loutrel, de son côté, ne perd pas de temps. Avec des mouvements rapides, il fouille à l'intérieur des sacs, creuse le plâtre qui vole en soulevant une poussière étouffante. L'employée s'apprête à protester quand, les yeux agrandis par la stupeur et la peur, elle voit l'ouvrier rouquin extraire deux longs paquets qu'il défait nerveusement : noires et mates, deux mitraillettes apparaissent. Raymond en saisit une, Loutrel l'autre. Les claquements métalliques des Sten que l'on arme résonnent dans la cabine. La première balle est engagée, le duo est prêt à l'action. La femme ouvre démesurément la bouche, mais les cris ne dépassent pas sa gorge. Naudy lui plaque la main sur les lèvres, plante le canon de sa Sten dans le ventre et siffle entre ses dents :

« Pas un mot ! On ne vous fera pas de mal. »

Pour mieux la persuader, il enfonce davantage l'arme dans les chairs molles de sa prisonnière. Le sang quitte brusquement le visage, la bouche s'ouvre, se referme, s'ouvre encore, à la recherche d'air. La femme gémit :

« Je vais m'évanouir...

— C'est pas le moment », grogne Naudy en la secouant.

Dans un dernier sursaut, l'ascenseur s'immobilise. Naudy fait coulisser la grille, sort le premier, inspecte les lieux. Personne. Loutrel le suit, protégé par l'employée. Le plan de l'indicateur est exact : la chambre forte se trouve à quelques pas, sur la droite, face au long couloir. Des bruits de voix en parviennent. Loutrel consulte sa montre-bracelet : 5 h 22. Dans une minute, Renard sera de faction derrière l'hôtel des Postes, au volant d'une fourgonnette.

D'un signe de tête, Loutrel désigne la porte à Naudy. Encombrés de leur captive aux cheveux décolorés, les deux hommes s'en approchent. Raymond frappe trois coups secs. Les voix se taisent. Pendant un bref instant qui leur paraît interminable, les deux amis attendent, cœur battant, conscients que c'est maintenant que tout se joue. Enfin, une voix méridionale demande :

« Qu'est-ce que c'est ?

— "Domicile" », répond Loutrel.

De nouveau, des clefs tournent dans les serrures, des barres d'acier sont déplacées. « Qu'ils se grouillent », enrage Naudy en entendant des pas dans l'escalier. La lourde porte s'ouvre. Le postier qui la manipule ne comprend pas ce qui lui arrive. Poussé avec violence, le battant le rejette en arrière. Une femme déboule en avant, qui s'étale sur le parquet. Deux hommes, en tenue de peintres en bâtiment, le visage clownesque, saupoudré de plâtre, surgissent, braquant des mitraillettes. Mais plus que les armes, ce sont leurs regards qui terrifient, tellement ils brillent, tellement ils expriment la résolution.

« Le premier qui bouge est mort ! » prévient Loutrel.

Dans la vaste chambre, devant le coffre béant où sont rangées des piles de billets de banque, les postiers demeurent cloués sur place.

« Face au mur, tous », ordonne Loutrel.

Les trois employés, en tablier gris, un maigrichon qui semble atteint de convulsions, un petit gros au bord de l'évanouissement, un plus grand, chauve, qui s'est mis à réciter une prière, s'exécutent promptement.

« Et les mains en l'air, plaquées contre le mur... C'est ça... Reculez vos pieds... Encore... Encore... Bien. »

En équilibre précaire, sous la surveillance de Naudy, les trois malheureux entendent Loutrel s'adresser à leur collègue féminine, prise au piège comme eux.

« Vous, entassez le fric dans des sacs postaux. Vite ! »

Epouvantée, l'employée se soumet. Elle peut, si elle lorgne un peu sur sa droite, apercevoir le trou noir du canon dirigé vers sa tempe, qui lui paraît gros comme un tunnel. Avec des gestes rendus maladroits par la peur, elle s'affaire à rafler les piles de billets sur les étagères métalliques et à les enfourner dans un sac. Malgré son évidente bonne volonté, elle ne va pas assez vite.

Or le temps presse. Dans cinq minutes, à cinq heures trente précises, des convoyeurs viendront prendre livraison des sommes destinées aux guichets et verrouiller la chambre forte. Loutrel se décide.

« Dis au gros de l'aider », demande-t-il à Naudy.

Le canon de la mitraillette de Naudy frappe à plusieurs reprises une omoplate. « Tu as entendu ? » Avec peine, à cause des crampes qui lui tenaillent le dos, le gros, comme l'a nommé Loutrel, se décolle du mur, marche vers le coffre et, à son tour, empile des billets dans un autre sac. Personne ne dit mot. On n'entend que le vague bruit des liasses qui s'entassent et la respiration haletante des deux employés, appuyés au mur, qui se tortillent pour soulager leurs muscles ankylosés. Maintenant, le petit gros et la femme ont trouvé une sorte d'automatisme émulatif. Ils travaillent avec une ardeur méthodique de stakhanovistes. Une nouvelle fois, Loutrel consulte sa montre : 5 h 27.

« Suffit ! »

Loutrel s'approche des sacs presque pleins, les ferme avec leur cordelette, après avoir aligné la femme et le gros contre le mur, près des deux autres prisonniers. Il empoigne un sac, ouvre l'unique fenêtre de la pièce dégarnie de barreaux, se penche. En bas, tête levée, Renard attend. Sans effort, Loutrel balance le colis, retourne au centre de la pièce, s'empare du second, remarche vers la fenêtre et s'en déleste.

Maintenant, la dernière partie du plan va se jouer, tout aussi importante que les précédentes :

c'est l'acte de la fuite. Loutrel et Naudy en ont longuement discuté. Ils avaient envisagé soit de garrotter et de bâillonner les employés, soit de les assommer. Deux solutions repoussées d'un commun accord ; elles exigeaient du temps. Finalement, après s'être concertés, Loutrel avait estimé qu'il leur suffirait de quitter la chambre forte en la bouclant de l'extérieur.

« Tout simplement ? avait sursauté Naudy.

— Tout simplement, avait rétorqué le Louf. Il sera à ce moment-là 5 h 27. C'est-à-dire qu'on n'aura que trois petites minutes pour filer. Les gars enfermés auront beau s'égosiller : le temps qu'on leur ouvre, qu'ils expliquent, qu'on réagisse, toi et moi, nous serons loin. »

Raymond avait approuvé. Pierre, quand il est soûl, a réponse à tout.

Les armes toujours pointées sur leurs victimes pétrifiées, Loutrel et Naudy reculent jusqu'à la porte. Loutrel l'ouvre, sort, inspecte le couloir désert. Naudy le suit, ramène le lourd battant, le boucle à double tour, fourre les clefs dans sa poche. Le plan de l'informateur précisait d'emprunter le long couloir sur une dizaine de mètres, de prendre l'escalier à droite et de traverser la salle de tri pour sortir. Loutrel et Naudy s'élancent.

En un temps record, le couloir est parcouru, l'escalier dégringolé en voltige. Loutrel pousse une porte vitrée, déboule dans le centre de triage, Naudy sur ses talons. Les trieurs, parqués devant leurs casiers, regardent, sidérés, ces inconnus armés, lancés dans un sprint époustouflant. L'un d'eux comprend qu'il s'agit de truands. Sa témérité l'incite à s'interposer. Sans ralentir sa course, le Louf lâche une courte rafale et passe en trombe. Le postier, atteint à la poitrine par l'impact des balles, décolle du plancher, bras et jambes battant l'air, désarticulé. Ni Loutrel ni Naudy ne le voient retomber, crachant le sang. Ils sont déjà dehors, galopent vers la traction de Labesse, dont le moteur tourne. Par les portières ouvertes, ils plongent à l'intérieur. La voiture démarre. Le raid a réussi.

« Tu es vraiment un chef ! » dit Naudy admiratif, dès qu'il a retrouvé son souffle, à Loutrel qui rit en démasquant ses dents du bonheur.

6.

5 H 51. Dans le port de pêche de Nice, Fernand Ravol aperçoit Dominique Labesse et Henri Renard qui avancent vers lui, sur le quai quasi désert. Les bateaux de pêche ne sont pas encore rentrés de leur nuit en mer ; quant aux rares navires de plaisance, il est encore trop tôt pour qu'ils appareillent. Fernand gesticule de grands saluts à l'adresse de ses amis, puis saute sur le quai et marche à leur rencontre. Labesse et Renard peinent à porter de grosses valises.

« Vé, vous déménagez ? demande le pêcheur avec bonne humeur.

— Presque », répond gaiement Renard en faisant basculer son bagage par-dessus la lisse.

Les trois hommes embarquent sur le bateau que Fernand utilise pour la pêche et les promenades des touristes à la belle saison. Tandis que Labesse et Renard posent le bout de leurs fesses sur le banc de nage crasseux, le pêcheur soulève le capot en bois du moteur, empoigne sa manivelle graisseuse, l'engage, tourne, souffle, crache dans ses mains, mouline encore avec une ardeur pathétique. Le moteur consent à tousser, puis se tait.

« Il a parlé ! » pavoise Fernand.

Labesse et Renard l'observent, inquiets malgré le sourire rassurant du vieux pêcheur. Loin sur le quai, des silhouettes de gendarmes sont apparues. Les grosses pognes de Fernand recommencent à malmener la manivelle. Et puis, brusquement le moteur se met à gronder avec fracas.

« Faudra que je lui mette un pot d'échappement ! » hurle le pêcheur à l'oreille de Renard, s'efforçant vainement de couvrir le vacarme.

Amarres larguées, le bateau se déhale et, en tanguant gentiment, se dirige vers la sortie du port. Sur le quai, constate Renard, les gendarmes s'affairent à vérifier les plaques des voitures en stationnement.

Dès que sont franchies les digues du port, *L'Esclave des Mers* — ainsi se nomme l'embarcation de Fernand — commence à rouler nerveusement. Labesse prend un teint jaune-vert, avale, ravale sa salive, devient crayeux. Vaincu, il renonce, se penche en gémissant. Renard, pour échapper à la contagion, détourne les yeux et s'efforce de ne pas l'entendre. Indifférent, Fernand mord gloutonnement dans son casse-croûte au saucisson et cligne de l'œil à Renard. Il l'aime bien, le Gitan, Fernand. Dès qu'il l'a vu arriver avec sa femme Antoinette dans sa bicoque de Saint-Jean-Cap-Ferrat, le pêcheur a ressenti une sympathie immédiate pour ce petit homme brun et vivace. Le couple cherchait une villa à louer dans le Midi pour se reposer des tracas parisiens.

Fernand leur a trouvé un mas, le *Marie-Antoi-*

nette, une propriété tranquille au bord de l'eau. Des amis, dernièrement, étaient venus leur rendre visite. C'est ainsi que le vieux pêcheur a connu Dominique, le Marseillais, et deux Parisiens accompagnés de leurs femmes et d'un cocker noir, deux hommes toujours en train de plaisanter, qu'il a emmenés sur *L'Esclave des Mers* dans les criques tranquilles des environs. Quand ils se baignaient tout nus, Fernand n'en revenait pas. Jamais de sa vie, il n'avait vu un corps aussi couvert de tatouages que celui du Parisien aux yeux orangés. Admiratif devant cette œuvre d'art vivante, Fernand lui avait même dit : « Tu ressembles à un tapis persan ! ». De drôles de gens. Pas comme les autres. Mais très, très gentils et généreux. Ainsi, avant-hier après-midi, alors qu'ils disputaient une partie de pétanque au soleil, Renard lui avait demandé :

« Dis donc, Fernand, tu pêches toujours la nuit, hein ?

— Oui. Le poisson, dans le noir, il voit pas les filets et fonce dedans.

— Ah ! bon. Dis donc, Fernand, demain on sera à Nice avec Dominique. C'est pas très loin. Tu viendrais pas nous chercher avec ta barque pour nous ramener à Marseille ? Ça nous amuserait d'y aller par la mer. On pourrait se retrouver au port vers... six heures moins le quart. D'accord ?

— D'accord.

— Merci, Fernand, t'auras vingt mille balles. »

Maintenant, *L'Esclave des Mers* roule furieusement. Le vent s'est levé dans le Sud, creusant la mer. Les premiers moutons blancs apparaissent sur la crête des vagues courtes. Dominique, couvert de vomi, est livide et gémit pitoyablement. Par moments, c'est plus fort que lui, il lève des yeux de moribond sur Fernand, contemple son visage ridé, hirsute. Fernand mâchonne le croûton de pain. Le cœur de Dominique fait un nouveau bond, son estomac se contracte. Renard, lui, n'en mène pas large non plus, mais il se force à sourire à Fernand. Soudain, son sourire se fige : le moteur a stoppé.

« Salaud ! hurle le pêcheur.

— Qu'est-ce qui se passe ? gémit Labesse.

— La panne ! Cette vacherie de ferraille tombe toujours en panne !... Toujours... Dès qu'il y a gros temps !

— Qu'est-ce qu'on fait ? questionne Renard, inquiet.

— La voile ! »

Le bateau s'est mis debout au vent. Avec une agilité surprenante pour un homme de son âge, Fernand enjambe les cordages, ses filets, tout le bric-à-brac malodorant qui encombre le pont, file vers le mât en décochant, au passage, un coup de pied au moteur éteint qui fume. Avec habileté, il tire sur la drisse : la belle voile d'un bleu délavé se lève, bat, se gonfle.

« Cap à terre ! » crie Fernand avec une exaltation théâtrale.

Vent arrière, *L'Esclave des Mers* saute sur les crêtes écumantes, l'étrave pointée vers la côte. Labesse et Renard serrent contre eux les valises bourrées d'argent, avec des gestes maternels. La peur s'est insinuée en eux. Une peur irraisonnée, incontrôlable, qui les fait trembler lamentablement. Labesse regrette de toute son âme la quiétude de son garage : ce n'est pas demain qu'on le reprendra dans une aventure pareille. Du coup, il croit dur comme fer à la justice immanente. Il a volé, Dieu le punit. Il se signe. Renard, lui, ressent plutôt un sentiment puissant d'injustice. Crever noyé avec tout ce magot entre les mains, lui paraît un raffinement cruel du destin. Il regarde un instant les nuages sombres qui galopent dans le ciel et il jure. La force du vent s'est amplifiée. Labesse et Renard aperçoivent les vagues qui déferlent avec une hargne croissante. Pour échapper à cette vision liquide et sinistre, ils ferment les yeux. Seul, Fernand est à l'aise. Un sourire aux lèvres, il tient fermement son écoute d'une main, la barre de l'autre, apprécie la fougue de son bateau à escalader les collines grondantes, l'encourage de la voix.

La tempête l'exalte. Fernand est un peu fou, sans doute !

Pour la deuxième fois, le front barré de rides, Pierre Loutrel s'est concentré. Ses doigts ont escaladé les piles de billets alignés en bon ordre sur la table, puis il a additionné avec soin les colonnes de chiffres qu'il avait griffonnées sur une feuille de papier. Il relève la tête, parcourt l'assemblée d'un regard circulaire, pose son crayon, se rejette en arrière, les pouces glissés dans les emmanchures de son gilet, et annonce :

« Il y a exactement trente-trois millions. »

Le premier, Naudy réagit. Il se signe, promène ses lèvres sur les liasses en murmurant : « Mes chéris, mes beaux chéris... » Dans un coin de la pièce, Labesse et Renard, médusés, se congratulent. Une bouteille de pastis à la main, Renée regarde, avec convoitise, l'amoncellement de coupures et s'exclame : « Bonne Mère, que c'est joli un tas de pognon ! » Sa réflexion provoque un rire général.

« C'est le plus beau coup de l'après-guerre ! » commente Renard.

Tous les regards convergent vers Loutrel qui, impassible, lève son verre.

« Tchin-tchin ! » se contente-t-il de dire.

Les verres s'entrechoquent. Comme assommés par leur victoire, les hommes boivent, silencieux. Chacun revit la scène qu'il vient de jouer. Labesse a retrouvé le moral. Il jubile, bombe le torse, oublie son mal de mer. Il a pourtant connu un affreux désespoir sur le bateau. D'un seul coup, à cause du moteur pourri de Fernand, tout s'est mis à fonctionner de travers. Quand, après avoir reçu des paquets d'eau glacée, il a débarqué avec Renard et Fernand dans une crique proche de Cavalaire, Dominique était épuisé et persuadé que la police allait, d'un instant à l'autre, leur tomber sur le dos. Il n'était pas loin de quinze heures. Leur pérégrination marine avait duré neuf heures. Tandis que Fernand s'enfonçait dans le pays à la recherche d'un mécanicien capable de rafistoler son moteur, Dominique et Renard, les valises à bout de bras, avaient marché jusqu'à un bistrot tranquille où on les avait réconfortés tels des naufragés.

Le Gitan savait comment joindre Loutrel. Sa dernière goutte de café avalée, il s'était enfermé dans la cabine téléphonique et avait appelé Marseille. De retour au comptoir, il avait chuchoté du coin des lèvres : « Il sera ici dans une heure. » Le Louf avait été ponctuel. Au volant d'une Renault, il était arrivé, calme, rassurant, visiblement amusé par leurs déboires maritimes. Les trois hommes avaient pris la route de Marseille, sans rencontrer un seul barrage, jusqu'à l'appartement de la rue des Orgues.

7.

LES verres sont vides. Renée tourne autour de la table, sa bouteille à la main. Elle verse une nouvelle tournée, se rassied au moment où Loutrel, après avoir tiré une longue bouffée sur sa cigarette, prend la parole.

« Il faut maintenant que nous parlions partage. Voilà ce que j'ai décidé. Chacun de nous va prendre un million. C'est suffisant pour le moment.

— Comment ça ? » demande Renée avec vivacité.

Loutrel la foudroie du regard.

« Parce que ça évite aux femmes de faire des conneries : On vous voit toujours habillée comme un sac derrière la caisse de votre garage. Alors, si vous vous baladez sur la plage avec des visons et des bagues jusque dans les cheveux, vous ne croyez pas que ça pourrait donner l'éveil ?

— Je ne suis pas idiote, dit Renée vexée.

— Pas sûr ! tranche Loutrel. Donc, un million chacun. Le reste, on va le planquer ici, dans l'appartement. Pas un flic ne soupçonnera qu'un garagiste, un résistant, un honnête homme, ait pu participer au hold-up. Dans la journée, pendant que Dominique et sa femme seront dans leur cambouis, Henri montera la garde. Pas de remarques ? »

Personne ne bronche. Le ton de Loutrel n'incite pas à l'objection.

« Parfait, conclut-il. Moi et Raymond on va s'installer quelque part sur la Côte. Si quelqu'un veut nous toucher, il n'aura qu'à téléphoner à Jo Ferrand, à *L'Oasis*, à Bandol. »

Les temps heureux, les heures sereines, les moments privilégiés glissent dans la vie des hommes comme si leur course, soudainement, s'accélérait. Une semaine s'est diluée depuis le hold-up de Nice. Pour Pierre et Marinette, pour Raymond et Pierrette, ce sont des moments merveilleux de paix, de répit avant de retrouver les chemins de la violence. Pour la première fois, ils découvrent les saveurs enivrantes des vacances, les couleurs prenantes d'une Provence encore sauvage. Main dans la main, le cocker bondissant autour d'eux, ils marchent dans l'arrière-pays, aride et rocailleux, déjeunent dans les fermes, jouent à la pétanque, dînent en amoureux dans des auberges reculées, se baignent dans des criques sauvages — à cause des tatouages de Pierre —, font l'amour avec frénésie. Ils boivent, ils rient, ils chantent aussi. Rien ne manque à la panoplie du bonheur. Par instants le regard de Pierrette se voile de mélancolie, se perd dans des rêves confus qui alimentent ses regrets. « Il serait bon de vivre toujours ainsi », songe-t-elle.

Tout a une fin. A l'improviste, un soir, le méphistophélique Boucheseiche surgit dans la salle à manger du *Maxim's*, l'hôtel-restaurant de Cassis, en bordure de mer, où le quatuor se prélasse pendant que la police a ses vapeurs. Il est vingt-trois heures. A leur table de pensionnaires, insensibles au jacassement des femmes qui débitent des mots à perdre haleine, Loutrel et Naudy disputent une partie de poker. Boucheseiche traverse la salle déserte, de sa démarche indolente rythmée par le balancement des épaules. Loutrel, déjà sur le qui-vive, pose ses cartes et se lève, imité par Naudy.

« Des ennuis ? questionne-t-il, la main tendue.

— *Nein, nein,* le rassure Boucheseiche, *alles gut !* Je suis venu seulement parler affaires. »

Les trois hommes s'assoient. Loutrel tend le bras, s'empare d'un verre sur une table voisine et sert trois whiskies bien tassés.

« Alors ?

— D'abord, bravo pour Nice. C'est du travail de champions.

— Merci », dit poliment Loutrel, intérieurement flatté par l'acceptation de sa compétence.

« Si Hitler t'avait eu dans son équipe, il aurait sans doute pas perdu la guerre », reprend Boucheseiche dans un sourire qui éclaire son visage martial.

Loutrel lève son verre. « N'exagère pas, Georges, qu'est-ce qui t'amène ?

— Voilà. Pendant que vous vous bronzez, Jo et moi, on a gambergé.

— Sans blague ? » persifle Naudy.

Boucheseiche ne relève pas l'insolence. Raymond, selon lui, n'est qu'un petit con, juste bon à cirer les chaussures de Loutrel qu'il idolâtre. Indifférent, il poursuit :

« Jo et moi, on a un bon tuyau et on voulait savoir si vous étiez partants. Mais maintenant que vous avez les poches pleines, notre affaire ne va peut-être pas vous intéresser ?

— Parle ! ordonne Loutrel.

— Voilà. On peut prendre quatre à cinq briques, vite fait. C'est pas le Pérou mais après la dévaluation du franc, c'est pas mal quand même. C'est le Grand Jo qui en a eu l'idée.

— Ça va, l'interrompt courtoisement Loutrel, on a compris. On s'est rempli les poches, mais tu me connais : l'argent, c'est bien, l'action, c'est autre chose. Ce qui m'exalte, moi, c'est sauter d'une voiture, braquer, l'arme au poing, rafler l'argent et disparaître. J'aime ça. Alors je te dis d'accord, sans hésitation. C'est pour quand ?

— Je te ferai signe, dit Boucheseiche, en se servant un nouveau verre. On craignait que vous vouliez vous offrir une permission de détente, alors, Jo avait déjà contacté le petit Gilbert.

— Qui ? demande Loutrel, sourcils froncés.

— Gilbert Deschamps. Il a deux femmes chez moi, rue Blondel. Maintenant que vous êtes dans le coup, je le décommande. »

Son cocker dans les bras, Marinette a quitté son rocking-chair et est venue se placer derrière son amant. Langoureuse, elle dépose de savants baisers derrière son oreille ; stimulée par le bon air du Midi, elle minaude :

« Pierrot, dodo ? »

Le lendemain matin, Boucheseiche est reparti pour Paris transmettre la bonne nouvelle à Attia. Il était environ dix heures quand il a pris congé de Loutrel occupé à déguster au lit son petit déjeuner. Boucheseiche avait été émerveillé. Marinette beurrait les tartines, les ensevelissait sous des couches de confiture, versait le café, faisait fondre le sucre. Elle portait les toasts à la bouche de Pierre, lui tenait la tasse pendant qu'il buvait. Elle déployait les gestes prévenants des amantes comblées et reconnaissantes. Paresseusement, Loutrel était sorti du lit. La veste de son pyjama azur en soie, largement ouverte, laissait apparaître, tel un blason, son tatouage sur la poitrine *Fidélité aux amis*. Les deux hommes s'étaient serré, avec vigueur, les mains.

« Bon retour, Georges.

— Merci. A bientôt, à Paris. »

Boucheseiche était déjà dans le couloir, s'apprêtait à refermer la porte lorsque, se ravisant, il avait passé la tête dans l'entrebâillement et jeté :

« Dis donc, Pierre, au fait, j'oubliais de t'en parler. Tu sais qui j'ai vu, avant-hier, dans le quartier de la Madeleine ? »

Loutrel avait fait un geste évasif de la tête. Avec délectation, Boucheseiche, qui aime bien torturer, même ses amis, avait abattu un nom :

« Ricordeau ! »

La porte avait claqué. Loutrel était resté figé sur place. Le sang s'était retiré de son visage. Sa mémoire l'avait projeté instantanément deux ans en arrière. Un goût de fiel avait envahi sa bouche.

De tous les policiers du temps de la guerre, l'inspecteur Henri Ricordeau est certainement celui qui déclenche une décharge excessive d'adrénaline dans les veines de Loutrel. Son nom ravive en lui une haine soudaine, brutale, ineffaçable. Et le souvenir amer de sa première grande humiliation. L'inspecteur appartient à la Brigade mondaine. Son patron, le commissaire Legay, l'a choisi pensant que, beau gosse, il peut obtenir les faveurs des prostituées et, par conséquent, des renseignements. La police a ses grandeurs et ses servitudes. L'inspecteur les a acceptées.

Depuis vingt jours, les Alliés ont débarqué dans le Cotentin où la bataille fait rage. Les Français, anxieux, suivent le déroulement des opérations selon le choix de leur camp. Henri Ricordeau, lui, a l'âme en paix : depuis un certain temps déjà, il appartient à la Résistance. La Gestapo allemande a quelques doutes sur ses activités clandestines, tout comme les hommes de Lafont et de Bony. Mais Ricordeau l'ignore.

Le 26 juin 1944 à dix-huit heures, Pierre Loutrel pénètre au bar du 17, rue Jules-Chaplain, dans le quartier Montparnasse. Il a un compte à régler. Depuis le débarquement allié, il a un comportement de forcené. Quelques jours auparavant, alors qu'il était passablement ivre et molestait les consommateurs en brandissant son P. 38, un client avait osé l'affronter. Loutrel, qui tenait à peine sur ses jambes, avait été giflé. Il avait roulé par terre. La sciure qui recouvrait le parquet s'était incrustée à son costume. Péniblement, la bave aux lèvres, la tête bourdonnante, Loutrel s'était remis debout, s'était agrippé aux tables puis aux chaises pour gagner la sortie sous les regards narquois et les ricanements de ceux qu'il avait terrifiés. La main sur la poignée de la porte, dans un ultime effort, il avait regardé le patron, Adrien Devaux. Son regard dégageait une telle haine qu'un silence lourd d'angoisse avait emprisonné la salle. Le colosse qui l'avait frappé avait ressenti quelle démence exprimaient ces yeux clairs. Malgré lui, il avait reculé d'un pas. Loutrel avait craché un peu de sang qui s'était étoilé sur le sol. D'une voix enrouée mais suffisamment forte pour être entendue de tous, il avait lancé :

« Je reviendrai. »

Il a fallu un certain temps à Pierre Loutrel pour surmonter l'une de ces grandes crises qui régulièrement saccagent son existence. Redevenu lui-même, il tient parole : il est de retour. Mais il n'est pas seul. Des collègues de la Gestapo l'accompagnent.

« *Loss !* » ordonne Loutrel.

Avec un synchronisme parfait qui dénote une longue pratique, les quatre gestapistes entreprennent la démolition du café. Une femme puis un homme qui protestent sont frappés méthodiquement. Les autres clients sont alignés contre un mur, les mains sur la tête. Loutrel, le regard glacial, sort son P. 38. Il descend les bouteilles des étagères, comme à un stand de tir, pendant que ses amis brisent le mobilier, éventrent les banquettes, mettent l'établissement à sac.

L'inspecteur Henri Ricordeau débute, au même moment, son service dans un café de la rue Vavin proche de chez Adrien. Le col de chemise dégrafé, la cravate pendante, moite dans ses vêtements, il referme la porte, savourant la fraîcheur de l'établissement. A peine est-il arrivé qu'une serveuse se précipite vers lui et débite d'un ton angoissé :

« Venez vite, monsieur l'inspecteur, il y a du grabuge au *Chaplain*... Des dingues. »

Le *Chaplain* n'est qu'à une centaine de mètres. Ricordeau part au pas de course, traverse les rues sans précautions, car, à part les véhicules de la Wehrmacht, les voitures sont une denrée rare. Il est grand, Ricordeau. Il est costaud et il n'a pas peur. Il ignore à qui il va se frotter. Une poignée de badauds stationne déjà à une distance prudente du bar dont on a baissé à moitié le store métallique et d'où proviennent des imprécations et le fracas de meubles que l'on détruit. L'arme au poing, le policier de la Mondaine se rue dans la salle.

« Police ! crie-t-il. Ne bougez plus ! Les mains en l'air tous ! »

Il n'en dit pas plus. Deux bras énormes l'ont ceinturé par-derrière. Un homme bondit, lui arrache son ridicule 6,35. A son tour, Loutrel, les lèvres pincées, se plante devant Ricordeau, le dévisage, fouille la poche intérieure du veston, en extrait le portefeuille, l'ouvre. La carte de police, aux couleurs bleu et rouge de la ville de Paris, saute dans sa main.

« Ricordeau ! ricane Loutrel. Ricordeau, le grand résistant ! Comme c'est amusant. On te cherche et tu nous tombes dans les bras... ! »

Du revers de la main, à toute volée, il gifle le policier qui chancelle.

« On l'emmène à la Gestapo ! » décrète-t-il.

Un pistolet dans les reins, dûment entouré, Ricordeau quitte le café. Sous les regards peu rassurés de la foule attroupée, les cinq hommes traversent l'avenue, grimpent dans une traction noire qui s'éloigne. Il ne faut pas longtemps à l'inspecteur Ricordeau pour comprendre que la voiture ne se dirige pas vers le siège de la Gestapo. Les Allemands sont installés avenue Foch, à deux pas du bois de Boulogne. Or ses ravisseurs ont pris une direction opposée : lancée à vive allure, la Citroën traverse Châtillon-sous-Bagneux. Ricordeau comprend qu'on l'emmène *en belle*. Il est mal en point. A peine la voiture a-t-elle démarré, qu'il a reçu une formidable raclée. Les amis de Loutrel lui ont bourré le visage et l'estomac de coups de poing. Son voisin de droite lui a tambouriné le crâne à coups de crosse. Henri Ricordeau sent la chaleur tiède du sang qui coule de son front, d'une arcade, de son nez, d'une pommette. Son visage n'est plus qu'un masque tumescent. Sous sa langue, une molaire bringuebale. Soudain, les premiers arbres du bois de Clamart apparaissent. « Crever pour crever, songe l'inspecteur, autant jouer le va-tout. » Il a franchi cette frontière ténue de la peur où l'homme oscille entre la veulerie et la bravoure, entre la désespérance et la révolte. Lui, le poulet vendéen du quartier Montparnasse, a opté pour la bravade.

A cause du raidillon de la Tour Biret, la Citroën a légèrement ralenti. En rétrogradant en seconde, la boîte de vitesses a craqué. « C'est maintenant ou jamais », estime Ricordeau. Avec une détermination désespérée, il se jette sur la portière de droite. Sa main agrippe la poignée. Le chauffeur, qui le regarde dans le rétroviseur sourit, amusé par l'inanité de la tentative et dit, avec la gouaille de celui qui prépare une bonne farce :

« Pierre, troue-le...

— *Yawohl !* »

Le percuteur du P. 38 claque. La détonation

assourdit les passagers de la traction, envahie soudain par l'odeur de la poudre. Loutrel contemple l'acier bleuté de son pistolet, sent sous ses doigts la crosse judicieusement équilibrée. Une fois de plus, la qualité de l'arme le captive. Son index presse encore la détente, une seconde, une troisième, une quatrième fois. Quel délice de tirer avec un tel outil. Il observe le corps de Ricordeau affalé sur les genoux du passager de droite, qui frémit encore. Des flaques rouges s'élargissent sur le tapis de sol.

Henri Ricordeau ne souffre pas. Il s'est senti sursauter sous chaque impact de balle mais il n'éprouve aucune douleur, sinon l'impression d'une intense chaleur intérieure. Pourtant, une balle a arraché un lobe du foie ; une autre s'est fixée près de la colonne vertébrale après avoir brisé les côtes flottantes ; la troisième s'est logée dans le cou en frôlant la carotide ; la dernière a pénétré son crâne. Henri Ricordeau, semi-inconscient, n'a qu'une idée fixe, se sauver. Il rassemble ses dernières forces, parvient à tourner la poignée de la portière sur laquelle ses doigts se sont crispés. L'a-t-on aidé à basculer sur la route ou bien son énergie a-t-elle été suffisante ? Ricordeau n'en sait rien. Il réussit à s'échapper de la voiture qui continue à foncer, sent son corps se disloquer sur les pavés puis s'immobiliser. Par la lunette arrière, Loutrel aperçoit le policier, étalé en travers de la route. Ses yeux s'écarquillent de stupeur :

« Il est encore vivant, le salaud ! »

C'est vrai. Henri Ricordeau a remué faiblement.

« Qu'est-ce qu'on fait ? demande le chauffeur.

— Tu recules et on l'aplatit. »

Dans le couinement caractéristique de sa boîte de vitesses, la traction s'élance en marche arrière. Loutrel, de son poste d'observation, voit le corps se rapprocher, disparaître sous la voiture. Deux petits bonds comme si le véhicule avait franchi des cassis, les roues arrière puis les roues avant sont passées sur le moribond. La traction s'arrête, quatre têtes se tendent pour scruter le corps du flic immobile, les bras écartés, crucifié à la route.

« Il a son compte. Partons », dit Loutrel.

Erreur d'appréciation. Henri Ricordeau n'a pas son compte. C'est robuste, un Vendéen. C'est obstiné, même face à la mort. Plusieurs mois plus tard, son brassard de F.F.I. au bras, Loutrel apprend que le policier a survécu au traitement subi. Après l'analyse de son échec, il conclut pour Naudy :

« Un conseil : il faut toujours tirer dans la nuque. »

Les pas de Boucheseiche se sont éloignés dans le couloir. Pierre Loutrel se retourne brusquement. Son visage a pris une expression de fureur. Excédé, il regarde Marinette qui grignotte ses biscottes avec des crépitements de crécelle. Elle interrompt sa mastication, demeure la bouche ouverte. Loutrel s'assoit sur le bord du lit. Soucieux, il boit son café à petites gorgées. Il n'ignore pas que Ricordeau demeure pour lui un danger permanent. Depuis qu'il a été proposé pour la Légion d'Honneur et la médaille de la Résistance, le policier a juré d'avoir sa revanche. Malgré les quatre balles qu'il promène en lui, car on n'a pu les extraire, il fouille le Milieu, questionne, harcèle ses indics pour retrouver Loutrel. Pierre, lui, croit à la loi des séries. Il vient de recevoir une mauvaise nouvelle, d'autres vont suivre. Le Louf se trompe rarement.

« Habille-toi », ordonne-t-il à Marinette d'un ton sec.

Soudain, selon son habitude, il vient de prendre une décision. La veille, après sa conversation avec Georges, il avait été convenu avec Naudy que les deux femmes quitteraient la Côte pour Paris. Inexpliquablement, Loutrel a l'intuition que le temps va se gâter. Maintenant, il veut agir vite. Le rapatriement de Marinette et de Pierrette doit s'effectuer dans un temps record. Un train part à midi de Marseille, elles le prendront avec le cocker. Le temps des vacances est fini.

8.

La chaleur de ce mois de juillet est suffocante. Pas un souffle de brise ne parvient de la mer lasse. Quand, la chemise collée à la peau, Loutrel est de retour à l'hôtel après avoir accompagné Marinette à la gare Saint-Charles, il est d'une humeur de S.S. Marinette est partie seule. Cédant aux larmes de Pierrette, Raymond a accepté de la garder dans le Midi sans tenir compte des inquiétudes de Pierre. Pour la première fois depuis qu'ils se connaissent, les deux amis se sont affrontés. A Naudy, désireux de manifester devant sa compagne son indépendance, qui lui reprochait de jouer les pythonisses de mauvais augure, Loutrel avant de regagner sa chambre a lancé :

« Tu as fait une connerie ! »

L'avenir immédiat va lui donner raison.

Christian Boron a toujours rêvé d'être un dur. Le soir dans la quiétude de sa chambre plongée dans le noir, Christian, les yeux fermés, s'engouffre dans la mythomanie. Des nuits de rang, il se forge des légendes. D'abord, il a eu la période caraïbes. Christian, dans la réalité petit, brun et chétif, se métamorphose en un colosse blond, aux yeux bleus. Revêtu de son physique imaginaire de Viking, Christian, patron d'un ketch aux voiles noires, sillonne les îles, chef incontesté et redouté d'un équipage de forbans. Il écume les riches propriétés, entasse des trésors, séduit inlassablement toutes les femmes. Mais, même les rêves les plus beaux lassent. Christian délaisse les mers chaudes, son navire, ses hommes, ses conquêtes pour se rebâtir un nouveau destin truffé de violence, de sang et d'amour à Chicago. Il fait toucher la terre des épaules à la Mafia, pilote des avions, devient scaphandrier, jugule la police, ridiculise le F.B.I., gagne des rodéos, tire des deux mains, gagne au poker et, bien entendu, d'un simple regard subjugue, subjugue, subjugue... Fin de l'épopée américaine. Christian devient trafiquant d'armes en Orient. Capturé, torturé délicieusement, il ne lâche pas une plainte, ensorcelle avec sa furia amoureuse française une fille de mandarin : elle l'aide à s'enfuir sur un sampang et n'y perd rien au change. Mais, au réveil, Christian Boron est un toquard. Il a connu une vague aura de gloire aux Baumettes où on l'expédia pour larcins à l'armée. Là-bas, dans le décor grandiose de la maison d'arrêt, Christian rencontra Joseph Ferrand, qui devint son protecteur. Libérés l'un après l'autre, les deux jeunes gens se sont retrouvés à Marseille. Et puis, Joseph a acheté *L'Oasis* et Christian a reçu la récompense pour son attachement. Ferrand l'a nommé comptable.

Après le hold-up de Nice, la présence de Loutrel et Naudy, à l'hôtel, lui a tourné la tête. Les héros au repos représentent ce qu'il a tant espéré être. Parfois, Pierre lui serre la main et Christian rosit. C'est troublant, un vrai homme ! De son bureau, encombré de paperasses et de vieux mégots, Christian observe furtivement les deux gangsters sur la plage, si sûrs d'eux. Son regard s'attarde sur le corps des jeunes femmes qui les escortent, qu'il devine soumises et expertes. Christian sent son ventre sursauter. Il a beau séduire dans ses rêves, sa vie organique ne connaît que des bonheurs fugaces, payés cash. Le petit pois qui lui sert de cervelle bat la chamade, l'idée germe à l'ombre de son crâne. Christian Boron rêve maintenant de se faire engager par Loutrel, de devenir un caïd à Paris. Que l'occasion se présente et il prouvera de quel bois il sait se chauffer.

Le 14 juillet, la police fait irruption à *L'Oasis*. Le Milieu marseillais est excédé par les rafles et les vérifications policières qui, depuis le vol des trente-trois millions, se succèdent, désorganisent, perturbent rackets et trafics. La loi du silence, l'esprit de corps tant louangés chez les truands, se lézardent. Les commissaires Mattéi et Truchi, les champions de la P.J. marseillaise, ont reçu un appel anonyme les informant de la présence de gens suspects chez Jo Ferrand. Mobilisation générale. Les policiers sautent dans leurs tractions, foncent à Bandol.

Des pneus qui crissent, des portières qui claquent, des inspecteurs qui bondissent l'arme au poing. Christian Boron assiste enfin à la métamorphose, de ses rêves en réalité. Tout est aussi réussi et palpitant qu'au cinéma, même le bruitage. Dans son réduit, il a levé la tête de ses livres de comptes et il entend, médusé, des galopades dans les étages, des appels, des jurons, des sommations, puis des bruits de pas qui se rapprochent. Christian tend le cou. Les menottes aux poignets, encadré par des agents, Jo Ferrand passe près de lui, avec une expression de dignité outragée. Christian ne peut s'empêcher de lui adresser un salut encourageant de la main. Jusque-là, on l'a laissé pour compte, c'est maintenant à lui de jouer son rôle, d'entrer en scène. A peine deux inspecteurs pénètrent-ils dans son bureau, Christian se lève, fait saillir les muscles de ses mâchoires plusieurs fois, roule méchamment des yeux. Personne ne lui a rien demandé. Mais le comptable, d'une voix qu'il veut cassante, déclare :

« Je ne parlerai pas !

— Qu'est-ce que tu racontes, demi-sel ? »

Quand la claque s'abat sur sa joue, Christian a l'impression que sa tête explose. Dans ses songes, il aurait sauté sur les deux flicards, les aurait maîtrisés commodément. Mais la gifle lui a fait si mal en heurtant son nez que sa vue se brouille. Il n'a pas le temps d'essuyer ses larmes : boum ! une baffe tout aussi magistrale atterrit sur l'autre joue, l'expédie contre une armoire, quatre pas derrière lui. De nouveau, le regard mouillé, sentant son cran faiblir, Christian tente de sauver l'honneur et, de cette intonation qu'ont parfois les jeunes filles énervées, il glapit :

« Fumiers ! »

Puis, il ferme les yeux, évitant ainsi de voir arriver la série de claques qui achèvent d'ébranler son moral. On dira ce que l'on voudra, mais les policiers, même les moins doués, connaissent leur métier. Les inspecteurs qui le malmènent gentiment n'ont pas été longs à comprendre que si le frêle et imaginatif jeune homme sait quelque chose, il suffira de quelques pichenettes pour le faire parler.

« Alors, on continue ? » demande l'un d'eux, bourru.

Les nerfs sensibles de Christian craquent. De grosses larmes coulent sur ses joues imberbes et bronzées. Ah ! qu'il aimerait pouvoir se réfugier dans ses activités oniriques. Mais les deux brutes au costume fripé, aux mains velues ne lui accordent aucun répit. L'une d'elles l'agrippe par sa chemise, le secoue, répète :

« Alors ?

— Ils sont partis, pleurniche Christian.

— Où ça ?

— Au *Maxim's*... à Cassis...

— Leurs noms ? »

Christian hésite un bref instant. Une nouvelle claque remet sa langue en marche.

« Loutrel, Naudy. »

Les policiers s'élancent hors de la pièce. Christian demeure entre deux agents. Tandis qu'il tend piteusement ses poignets aux bracelets, il peut voir par la fenêtre, les inspecteurs courir à leurs voitures, s'y entasser, démarrer sur les chapeaux de roues.

Si, à Cassis, le scénario de l'assaut est le même que celui de Bandol, l'épilogue est différent. A peine les policiers font-ils irruption dans la salle du restaurant, trois hommes à une table se dressent d'un bond.

« Restez où vous êtes. Les mains en l'air ! » intime le brigadier Blanc.

D'une douzaine de mètres, à travers la poche de son veston, Naudy ouvre le feu. Le brigadier s'écroule dans un gémissement de douleur, touché au ventre. Avec une vitesse extraordinaire, un P. 38 a jailli de la ceinture de Loutrel et tire à répétition. L'inspecteur Jacques Brenon, accouru en renfort, est fauché dans sa course, le genou fracassé par une balle. Renard, lui aussi, a dégainé et vide son chargeur sur des gardiens de la paix qui battent en retraite.

« Au jardin ! » ordonne Loutrel.

Sans cesser de tirer, Naudy sur ses talons, le Louf s'élance vers la porte vitrée qui ouvre sur une pergola. L'un et l'autre la franchissent en trombe sans égratignure. Le Gitan a moins de chance, victime de la justice immanente. Au moment où il s'apprête à filer à son tour, l'inspecteur Brenon qui, allongé sur le sol, souffre le martyre, lui loge une balle dans le genou. La blessure de Renard est moins grave que celle du policier ; la balle a arraché les chairs mais n'a pas touché les os. Elle n'empêche pas le Gitan de rattraper ses amis, qui derrière un muret, rechargent leurs armes.

« Dépêche-toi, bon Dieu ! le stimule Loutrel.

— T'en as de bonnes, j'ai la patte amochée... »

Pendant que Naudy continue à mitrailler le restaurant, Loutrel aide Renard à enjamber le mur. A deux reprises, il vise des silhouettes qui apparaissent derrière une fenêtre. Puis, le trio s'engouffre dans une traction de l'autre côté de la rue.

Contact. Malgré les barrages, les fuyards demeurent introuvables. Il est dix heures. Le soleil est haut. La journée sera chaude.

A pas rapides, le regard en éveil, la main enfoncée dans la poche du veston, refermée sur la crosse du pistolet, prêts à jouer leur va-tout, Loutrel et Naudy marchent dans les rues de Marseille. La canicule est telle que l'asphalte ramollit sous leurs semelles. Une sensation de marcher sur de la gomme. Ils transpirent, leurs vêtements sont plaqués à la peau, leurs pieds cuisent dans les chaussures en crocodile, mais ils ne ralentissent pas leur allure. Le temps presse. Près du Vieux-Port, le Gitan est allé faire soigner sa jambe chez un ami médecin. Loutrel et Naudy foncent rue des Orgues, chez Labesse. Il faut récupérer le butin avant l'arrivée de la police. Car il ne fait aucun doute, elle s'y rendra, Pierre en est convaincu. Depuis qu'ils se sont échappés de justesse du *Maxim's*, il rumine la même question : qui les a donnés ? Mystère. Pour l'heure, Loutrel en ignore la réponse. Mais il connaît trop le milieu des truands pour savoir que le hasard seul n'a pas conduit les flics de Bandol à Cassis. Quelqu'un a parlé.

La rue des Orgues est déserte. Seuls, des enfants bavardent dans un coin d'ombre. Trop chaud. Loutrel et Naudy s'engouffrent dans la porte cochère, escaladent l'escalier quatre à quatre, Naudy tambourine discrètement à la porte de Dominique. Pas de réponse. L'appartement est vide. Personne ne monte la garde auprès des vingt-huit millions entassés dans une mallette.

« Ouvre », chuchote Loutrel.

Un coup d'épaule enfonce la porte. Ils entrent. Le fric-frac va être rondement mené. Le bagage est là, sur une étagère de la chambre à coucher chichement meublée, entre deux valises. Naudy s'en empare, en vérifie le contenu, revient dans la cuisine où Loutrel termine un message laconiquc : « Amis arrêtés, emmène argent par sécurité. Bonne chance. P. » Quelques minutes plus tard, les deux gangsters remontent la rue des Orgues.

« Qu'est-ce qu'on fait, Pierre ?

— On va se planquer chez Cornélius, rue de Sébastopol, dans l'appartement que lui a prêté le caïd Antoine Guérini. On y sera en sécurité, en attendant. »

Au regard de Naudy, Loutrel comprend que son projet ne semble pas lui convenir.

« Tu as quelque chose contre ?

— Non. Mais je voudrais récupérer Pierrette à Cassis. Je ne peux pas la laisser toute seule.

— Tu es fou ? grince Loutrel. Les poulets ratissent la région, ce n'est pas le moment. »

Naudy soulève les épaules.

« Ne t'inquiète pas, Pierre. Comme convenu, la petite est sur une plage à quelques kilomètres de l'hôtel, on ne risque rien. Je serai de retour en fin d'après-midi, on se retrouve chez le Boxeur... »

Sans se serrer la main, les deux hommes se séparent. Il est midi.

Le moins que l'on puisse dire est que Antoine Guérini ne s'est pas moqué de son ami Cornélius. L'appartement qu'il a mis à sa disposition est clair, confortable, meublé avec goût. Pierre se dit que Cornélius doit être un personnage important pour qu'un seigneur de la pègre ait autant d'égards. Cette estime doit remonter aux années de la guerre, lorsque Cornélius était l'incomparable spécialiste des faux tickets de rationnement : ses cartes d'alimentation étaient, aux dires des connaisseurs, plus vraies que les vraies. L'appartement offre tous les avantages pour un séjour prolongé. Le réfrigérateur regorge de vivres. Le bar est garni. Un électrophone américain, des disques, des livres, des cartouches de cigarettes de l'*U.S. Army* s'entassent dans la bibliothèque. Mais le Louf n'aime pas le tabac blond. Il a beau fouiller les tiroirs, sa cigarette préférée reste introuvable. Il se sert un pastis avec très peu d'eau, dépose son P. 38, se rafraîchit le visage, puis sort. Loutrel peut se passer d'une femme, pas d'une Gauloise. Après avoir fermé la porte à double tour, il pose la clef dans la cache convenue avec Cornélius, derrière le compteur de l'E.D.F. sous l'escalier. Il descend les marches en sifflotant.

A l'heure du déjeuner, Marseille est vide. Quelques tramways cahotent sur leurs rails, peu de voitures, beaucoup de linge aux fenêtres. Les radios débitent des airs martiaux qui s'amplifient dans la rue Thubaneau décorée comme une tarte à la crème en cette chaude journée du 14 juillet. Les trottoirs sont encore jonchés de confettis de toutes les couleurs, les papiers gras et les canettes de bière témoignent que le quartier a dansé toute la nuit.

La rue retentit soudain d'ordres et de coups de sifflets stridents. En un clin d'œil, des policiers jaillissent de toutes parts, sautent des paniers à salade, dressent un barrage à une cinquantaine de mètres de Loutrel. Toute fuite est inutile : il serait abattu comme un lapin au bout de quelques pas. Les nerfs tendus, le Louf avance vers les policiers qui l'observent.

« Papiers », demande un brigadier. Tandis que Loutrel cherche son portefeuille, deux gardiens l'entourent et le fouillent. Mentalement, il se félicite d'avoir laissé son arme chez Cornélius. Il tend sa carte d'identité.

« Vous vous appelez Raymond Bernard ? demande avec brusquerie le brigadier.

— C'est écrit dessus.

— Et vous êtes représentant. En quoi ?

— Anisette. »

Le brigadier tourne et retourne la carte jaunâtre entre ses doigts. Visiblement, quelque chose le chiffonne. Il regarde Loutrel qui lui répond par un sourire confiant d'honnête citoyen. Enfin, le gradé se décide :

« Vous allez venir avec nous à l'Evêché.

— Pourquoi ? s'insurge Pierre.

— Le tampon de votre carte n'est pas très net. Simple vérification au fichier. »

Loutrel n'insiste pas. Il sait que toute argumentation est inutile, que rien ne fera fléchir le flicard. Docilement, il se laisse entraîner dans le fourgon où il apprend que le barrage a été établi pour pincer deux voleurs à la tire. Les minutes passent. De temps à autre, un nouvel arrivant s'installe sur l'un des bancs de bois, près de lui. Personne ne proteste. Il fait vraiment une chaleur torride, asphyxiante, qui ôte toute envie de parler.

Une heure plus tard, après qu'un policier en civil est venu en donner l'ordre, le barrage est levé. Les visages ruisselants, cramoisis sous leur képi, les gardiens réintègrent le panier à salade. Les portières claquent. Le véhicule s'ébranle. Ils sont une bonne vingtaine à l'intérieur, et il faut avoir le cœur bien accroché pour résister au fumet dégagé par les corps entassés. Enfin, après un ralentissement, le car s'arrête, les portières s'ouvrent. Les uns après les autres, les suspects sautent à terre sous la surveillance de gardiens armés de mitraillettes.

Rapidement, l'œil du Louf a fait le tour de la cour de l'Evêché, le quartier général de la police marseillaise. Il est coincé. Stupidement coincé. Néanmoins, il demeure étrangement calme. En cet après-midi de Fête nationale, les effectifs sont forcément réduits et il pense qu'il a peut-être une chance de s'en tirer. Déjà, son être est tendu, prêt à saisir l'occasion qui s'offrira. Son instinct le pousse à se placer le dernier de la file. « En route », commande le brigadier. A la queue leu leu, flanqués des inévitables gardiens, les hommes gravissent un escalier, empruntent un long corridor aux murs gris sale, s'entassent dans un local étroit, sombre et malodorant. Tous, excepté Pierre, à cause du manque de place.

« Et celui-là ? questionne un agent.

— Il a une bonne gueule, répond le brigadier. Y a qu'à le caser avec nous, dans la salle de garde.

— Bien, chef. »

Loutrel suit le gardien dans une vaste pièce aux relents de sueur et de tabac. On lui fait signe de s'asseoir sur un banc près d'un énorme poêle Godin dont le ventre bâille. Toujours soumis, il obéit. Avec une fausse bienveillance, il observe les flicards qui enlèvent leur képi, dégrafent leur vareuse, débouclent leur ceinturon, soufflent et gémissent contre la chaleur. Des plaisanteries de comiques troupiers fusent, en même temps que se crée un mouvement de flux et de reflux provoqué par les gardiens allant aux toilettes. Pierre Loutrel ne dit rien, observe toujours. Déjà, il a bâti son plan. A deux pas de lui, sur le râtelier d'armes, des mitraillettes lui font de l'œil. Il faut guetter le moment propice.

Aimablement, un agent s'approche, lui offre à boire. Loutrel acquiesce. Le policier sort, revient, un verre d'eau à la main, le lui tend. Pierre le porte à ses lèvres et boit avec une lenteur calculée. La chance de s'enfuir, c'est bientôt qu'il va la saisir. Il le sent. En lui présentant le verre, le gardien s'est imprudemment placé entre lui et son collègue chargé de le surveiller. Souriant, Loutrel avale la dernière goutte, passe sa langue sur ses lèvres et rend le verre.

« Merci, dit-il, ça fait du bien.

— Pas de quoi. »

Le gardien pivote sur ses talons, lui tourne le dos, échange quelques mots avec l'agent qui s'éponge le front. C'est le moment. Tel un fauve, Loutrel bondit. Des deux mains il pousse son bienfaiteur avec violence contre l'autre policier. Les deux hommes s'écroulent sur le ciment, emmêlés. Des têtes se tournent. Nouveau bond. Loutrel s'empare d'une mitraillette dans le râtelier, l'arme, la braque sur les gardiens stupéfiés.

« Pas un geste ! » rugit-il.

A reculons, il gagne la porte, recule encore, passe dans le couloir, ferme et donne un tour de clef. Sa mitraillette à la main, il s'élance dans une course échevelée à travers des corridors perpendiculaires, arrive à la hauteur d'un escalier, empoigne la rampe, dérape, se jette vers les marches qu'il dégringole à folle allure. Il est à mi-parcours, la porte de sortie n'est plus qu'à une dizaine de mètres à peine lorsqu'un groupe en uniforme apparaît. Loutrel ne perd pas son sang-froid. Au lieu de tirer dans le tas, il hurle :

« Un type s'est évadé ! »

Sans ralentir, il poursuit sa cavalcade, entraînant à ses trousses la meute policière tandis qu'une sonnerie d'alarme vibre derrière lui. Une fois dehors, il distribue ses ordres :

« Vous deux, par ici... Vous trois, par là... Foncez, nom de Dieu... Fouillez-moi ces immeubles... »

Le ton est si autoritaire, si convaincant, que personne ne lui résiste. Les policiers s'égaillent vers la rue de l'Evêché et le boulevard de la Major. La place de la cathédrale redevient calme. Pierre Loutrel s'éloigne à son tour, gagne le quai de la Joliette, dépose sa mitraillette derrière un baril abandonné puis, d'un pas tranquille, se mélange à la foule des promeneurs.

La police n'est pas près de lui remettre la main dessus.

LIVRE II

UN ÉTÉ POLICIER

9.

« Borniche, quel est le lien qui nous unit ?

— La franc-maçonnerie, patron.

— Bien, Borniche. Et qu'est-ce que la franc-maçonnerie ?

— C'est une alliance universelle d'hommes éclairés unis pour travailler en commun au perfectionnement intellectuel et moral de l'humanité.

— Très bien, Borniche. Et que faut-il pour qu'une Loge maçonnique soit juste et parfaite ?

— Que trois la dirigent. Que cinq l'éclairent. Que sept la rendent juste et parfaite. Les trois sont le vénérable et les deux surveillants. Les cinq... heu...

— Les cinq, Borniche ?

— Heu... Les cinq sont... Les cinq sont les trois premiers, plus un orateur, plus un secrétaire : ils sont la lumière. Il faut que sept membres soient réunis pour pouvoir procéder à des initiations régulières. »

Jusque-là, ça va. J'ai un peu cafouillé vers la fin mais j'ai bien répondu. Debout devant le bureau du commissaire Baniel, mon patron de la 1re Brigade mobile, les mains derrière le dos, je subis mon interrogation orale tandis que Georges Durieu, le plus âgé de l'équipe, tête baissée, essaie de maîtriser son hilarité. Comme Villacampa, mon premier chef de groupe lors de mon affectation à la Brigade, Durieu est natif de la région de Toulouse. Comme Villacampa, il roule abominablement les r. Comme Villacampa, Durieu est un ancien gendarme entré dans la police au titre des emplois réservés. Signe caractéristique : lors des interrogatoires, il débute toujours par une question qui déconcerte le prévenu : « Vous êtes né où, pourquoi et comment ? » Ses accès de fureur, imprévisibles et brefs, se répercutent dans les étages de l'hôtel particulier du 42, rue Bassano. Pour le moment, donc, Durieu rit sous cape pendant mon examen, imité par Billois, le flic-gentleman, par Gueltel, le Breton au cou bovin, par l'inspecteur Hidoine qui suce sa prothèse dentaire : les troupes d'assaut de la 1re Brigade.

Je transpire. Il règne une chaleur étouffante dans la vaste pièce rectangulaire où flotte un fumet âcre de mâles en sueur. D'un regard résigné, je vois Baniel se déhancher sur sa chaise, extraire un trousseau de clefs de sa poche, en choisir une, ouvrir un tiroir de son bureau. Il s'empare d'un tablier de peau blanche, le déplie, referme le tiroir, se lève, se dirige vers moi et m'en ceint la taille.

« Borniche, marchez ! » ordonne-t-il.

Je mets mes pieds en équerre, symbole maçonnique de ma droiture morale, et je parcours trois petits pas, d'une démarche de canard. D'un geste, Baniel m'arrête dans ma progression cahotante.

« Très, très bien, Borniche. Allez vous reposer. Aux autres, maintenant. »

A mon tour de ricaner. Mes trois compagnons s'alignent contre le mur, prêts à prendre le départ de l'épreuve dès que le patron leur en donnera le signal. Sur la pointe des pieds, pour ne pas troubler le rite, je regagne mon bureau dans un coin de la pièce. Je les regarde, perplexe. Je n'ai que vingt-cinq ans, l'âge des gaudrioles. Et pourtant, c'est avec agacement et amertume que je songe à tous ces dossiers en retard, à tous ces crimes impunis, à nos moyens insuffisants, à nos locaux crasseux. Je me dis que nous perdons un temps précieux, cloîtrés entre nos murs, à écouter et réciter les leçons d'un patron éminemment sympathique, certes, mais davantage préoccupé par la philosophie que par la répression. Dieu seul sait, pourtant, qu'en ce lendemain de 14 juillet 1946, la France est encore en proie aux convulsions de l'épuration politique, que les foyers d'agitation, issus de la libération du pays, sont loin d'être éteints. Nous sommes vainqueurs d'accord, mais meurtris, K.-O. debout, sauvés par le gong des Alliés. Plus d'une année est passée depuis l'armistice, mais nous opérons toujours à la va-comme-j'te-pousse, sans finance, sans matériel.

Depuis mon arrivée à la Brigade, c'était le 4 septembre 1944, rien n'a changé. Quand, muni de ma convocation soigneusement pliée à l'intérieur de mon veston en fibranne luisant d'usure, je me suis trouvé devant le 42 de la rue Bassano, j'ai eu un choc : une façade superbe ! Un agent statique montait la garde devant la lourde porte de fer forgé et de verre. J'avais les joues en feu à cause de mon unique lame de rasoir que j'utilisais depuis deux semaines. Je me sentais minable dans mon seul costume fripé et mes chaussures déformées. Il était neuf heures précises lorsque, pour la première fois, j'avais franchi l'entrée. Et j'avais découvert l'envers du décor. Le hall spacieux était recouvert de gravats comme un chantier. De derrière une cloison, sur la gauche, me parvenaient les gémissements des mauvais Français que l'on interrogeait. Sous le monumental escalier de bois sculpté, un central téléphonique semblait avoir été bricolé dans une cage à lapins. Le fonctionnaire qui en avait la responsabilité était décontenancé par ses fiches et témoignait d'une éclatante incompétence. Le hall regorgeait de gens étranges : des F.F.I. reconnaissables à leurs brassards tricolores ornés d'une croix de Lorraine, mitraillette à l'épaule et cartouchières en bandoulière ; des militaires aux tenues dépareillées ; des civils aux pistolets impressionnants, avec des chapelets de grenades suspendus à leurs ceintures, poussaient des êtres hagards, premières captures de l'épuration, qu'ils entassaient dans une pièce exiguë, derrière une porte à la serrure stylisée, vestige narquois d'une époque dite heureuse. Superbe d'indifférence, un huissier trônait derrière une table de bois blanc. Après avoir consenti à lever ses lourdes paupières d'hépatique, il avait daigné s'emparer de ma convocation et la transmettre. Puis, il avait repris sa place et son cerveau avait retrouvé sa léthargie. Enfin, au bout de vingt minutes, alerté par le standardiste, il avait crachoté :

« Premier étage droite : secrétariat. »

Deux ans ont passé : à part les guerriers bigarrés qui ont disparu vers d'autres combats d'arrière-garde, c'est le statu quo : même vétusté, même incompétence, même indifférence. Le secrétariat n'a pas bougé de l'ancien salon, séparé par de petits carreaux et un fin voilage de coton de l'ex-salle à manger, tanière du chef de service.

Le labyrinthe des archives est toujours aussi poussiéreux. L'évier ébréché de l'ancienne cuisine sert toujours de bac pour le laboratoire photo. Les cellules sont toujours nauséabondes et couvertes de graffiti obscènes, les mêmes numéros sont toujours collés aux portes, conférant au siège de la Brigade des allures d'hôtel de passe. Les combles retentissent toujours des hurlements de ceux que l'on passe à tabac.

Mon premier chef de service fut Villacampa, une carcasse de bûcheron, un pantalon de velours, golf, plus des leggins. Il m'a enseigné l'abécédaire de la profession et comment éviter les embûches du métier. En théorie, mon actuel patron, Edmond Baniel, commande, à la Brigade, le groupe de répression du banditisme. Blond, 1,75 m comme moi, élégant dans son costume bleu marine croisé et bien coupé, une chemise blanche immaculée, la cravate bordeaux, il intrigue, afin d'accélérer son avancement dans le sein de sa loge maçonnique. Chaque jour que le Grand Architecte crée, Edmond Baniel arpente son bureau, récitant à voix basse, tel un bréviaire, les leçons qui doivent faire de lui un manitou de la secte secrète.

Si je désire faire carrière dans la police, si je veux quitter le taudis du boulevard de Belleville, tellement vétuste et insalubre que le propriétaire n'ose même pas me demander un loyer ; si je veux échapper à mon dénuement, ne plus rôder la nuit, aux Halles, en quête d'un boulot quelconque en échange d'un bol de soupe et d'une poignée de monnaie, comme ce fut mon cas sous l'Occupation, je ne peux que l'écouter quand il m'affirme que j'ai, moi aussi, l'étoffe d'un vénérable. Est-ce par couardise ? Est-ce par courtisanerie ? Est-ce par inconscience ? Mes autres collègues ont fait le même calcul. Voilà pourquoi depuis un bon mois, chaque matin, lors de la prise du service à neuf heures, tous assis à nos bureaux, tels des élèves studieux, nous écoutons le patron nous instruire sur l'histoire de la franc-maçonnerie universelle, disserter sur la création de la Grande Loge, nous initier aux rites, nous faire réciter la déclaration des Droits de l'Homme, nous faire énumérer les grades auxquels nous accéderons avec le temps.

« Recommençons, messieurs, vous ne marchiez pas au pas ! » a dit Baniel mécontent, qui ajoute : « Borniche, venez vous joindre à eux. Une leçon supplémentaire ne vous fera pas de mal... »

Me forçant à sourire servilement, je me colle au mur, près de mes collègues excédés, mais soumis. Le patron s'apprête à nous donner le départ. La porte s'ouvre. Dans l'embrasure apparaît le petit crâne du commissaire divisionnaire Gillet. Avec irritation, il dit :

« Baniel, foncez au ministère de l'Intérieur... Le ministre réunit les chefs de service dans moins d'une heure. Et puis, je vous en supplie, cessez de jouer aux Pieds-Nickelés... »

« Messieurs, la situation actuelle est intolérable ! »

Edouard Depreux, ministre de l'Intérieur du gouvernement Georges Bidault, parcourt d'un regard sévère l'aréopage de fonctionnaires qu'il a convoqué dans la salle de conférences de son ministère. Tous les cerveaux de la police sont là, des plus hautes instances aux plus modestes commissaires des services actifs. Craintivement dissimulé derrière mon patron, je me sens déplacé et intimidé dans ce décor somptueux où je mets les pieds pour la première fois.

« Monsieur le commissaire, vous tenez vraiment à ce que je vous accompagne à l'Intérieur ? » avais-je demandé à Baniel en souhaitant le fléchir.

« Vous porterez ma serviette », avait déclaré mon patron.

Moins de vingt minutes plus tard, en sa compagnie, j'arpentais l'avenue des Champs-Elysées, je bifurquais dans l'avenue Marigny qui longe le palais présidentiel, je débarquais place des Saussaies. La grille d'honneur franchie, un gardien de la paix nous a précédés dans l'allée de graviers jusqu'à l'antichambre du ministre où, déjà, des hommes à l'allure sévère patientaient. Baniel m'a soufflé à l'oreille :

« Ceux-là à droite, ce sont nos ennemis de la Préfecture de Police. Ne vous retournez pas. »

Je reçois l'avertissement sans broncher. Le regard en coin, j'examine nos « ennemis ». Le premier, cheveu rare, œil éteint derrière des lunettes de clergyman, vêtu d'un costume à larges rayures, une décoration à la boutonnière, est, je l'apprendrai par la suite, le directeur de la Police judiciaire du quai des Orfèvres, René Desvaux. Ses collaborateurs l'ont irrévérencieusement surnommé « René les Bretelles », en raison de son attachement exagéré pour les supports multicolores de ses pantalons. Les mains derrière le dos, le front barré d'une ride profonde, René

Desvaux parcourt l'antichambre de sa démarche lasse.

Dans un coin de la pièce, le directeur adjoint de la Police judiciaire, mastodonte au crâne chauve et brillant, parlemente avec le commissaire Lucien Pinault, chef de la Brigade criminelle, la pipe serrée entre les dents. Je me rapproche de Baniel :

« Et ceux-là, à gauche, qui font groupe à part ? »

Mon patron détourne la tête. Après un sourire déférent adressé à un quinquagénaire à crinière blanche et arborant la rosette de la Légion d'honneur, il me glisse :

« C'est Georges Valantin, notre directeur. Il fait partie de ma Loge. Quant au grand aux cheveux noirs, frisés, c'est Messager, le sous-directeur : un descendant du compositeur. Ils discutent avec Wybot, le directeur de la S.T. Toutes les huiles, quoi. »

Wybot, son nom m'a frappé. Les yeux écarquillés, j'approche pour la première fois cet homme distingué, mystérieux et de quelques années à peine mon aîné, déjà directeur, à trente-deux ans, de ce redoutable service de contre-espionnage qu'est la direction de la surveillance du territoire. Roger Wybot, avec son air timide, son élégance raide, ses yeux fixes qui dévisagent sans sourciller, exerce sur moi une attirance envoûtante : il connaît tous les secrets d'Etat. Le bruit court, à la Sûreté, qu'il souhaite donner une dure leçon aux policiers de la Préfecture qui, depuis la Libération, se prennent pour le nombril de Paris. J'aurais souhaité lui parler. Mais le fossé entre un directeur de service et un jeune inspecteur est trop important à franchir.

« Messieurs, vous pouvez entrer. »

L'huissier en habit, porteur d'une énorme chaîne d'argent, a ouvert en grand les portes de la salle qui se referment derrière moi. Tel un bambin cramponné aux jupes de sa mère, je ne quitte pas le commissaire Baniel.

Sur un geste du ministre, nous prenons place après un moment d'hésitation. Nos « ennemis » se groupent à droite de la table, après avoir salué Charles Luizet, leur préfet de Police, déjà dans les lieux, un homme aux cheveux grisonnants, rejetés en arrière, à la figure osseuse et glabre, au nez aquilin, surmonté de fines lunettes d'écaille, à la glotte proéminente. Les dirigeants de la Sûreté nationale, eux, s'installent à la gauche du ministre, laissant deux sièges vacants.

Il est onze heures. Par une porte dissimulée derrière une lourde tenture qui fait communiquer ses bureaux avec ceux du ministère apparaît Pierre Boursicot, le directeur général de la Sûreté nationale, grand, séduisant, les cheveux noirs. Il prend place à côté du ministre. En même temps, le commandant de la Gendarmerie fait son entrée, salue militairement, ôte son képi et s'assied.

« Messieurs, le moment est venu de faire le point ! » commence le ministre.

Commence alors son explication sur le but de cette réunion au sommet. Depuis 1944, le pays est à feu et à sang. Il y a eu les exécutions des collaborateurs, officieuses ou légales, les perquisitions effectuées, sans mandat, dans les milieux les plus divers, suivies de vols et d'exactions répréhensibles. Il y a surtout une recrudescence de la criminalité qu'il faut désormais mater efficacement. Le mot d'ordre : sévir. Le ministre n'hésite pas à faire état de certaines compromissions qui touchent même les fonctionnaires. Il assure que la justice suivra son cours. Justice doit être faite.

Après avoir marqué un temps d'arrêt, afin de laisser le temps à chacun de se pénétrer de sa détermination, Edouard Depreux poursuit :

« Messieurs, je vous demande de prendre toutes les mesures qui s'imposent afin que le brigandage cesse définitivement. Notre pays, qui a tant souffert sous l'Occupation, ne doit pas devenir le théâtre d'exploits sanglants de bandes organisées aux tentacules redoutables, dont les agissements nuisent à notre économie. »

Tandis que le ministre parle, je fais mon éducation de fonctionnaire en étudiant les visages qui l'entourent. Certains sont graves, tendus, d'autres indifférents. Sous la table, le commissaire Pinault joue avec sa pipe ; le directeur Valantin se gratte sans cesse le nez ; le préfet Luizet ôte à tout instant ses lunettes dont il nettoie les verres avec sa pochette ; mon patron s'agite sur sa chaise ; le colonel de gendarmerie, cou tendu, écoute sans broncher ; dans la prunelle grise de Wybot danse une étincelle ironique. Mon regard revient sur le visage rondouillard du ministre qu'un double menton accentue encore. Ses sourcils épais, sa moustache à la Chaplin lui donnent l'aspect d'un brave rentier qui n'a pas eu trop à souffrir des privations. Je ne puis soudain m'empêcher de penser que, dans ce terrible hiver que la France vient de traverser, beaucoup n'ont pas mangé à leur faim. Et je suis de ceux-là : 150 grammes de viande, 90 grammes de charcuterie par semaine ; carte de pain rétablie en raison du manque de blé ; 500 grammes de sucre par mois ; charbon pratiquement introuvable ; gaz coupé chaque soir à vingt heures trente ; électricité interrompue entre huit et dix-sept heures. La plupart de ceux qui tiennent en ce moment les rênes de l'Etat n'ont pas connu le rationnement. Sinon, d'où vient leur graisse ?

Edouard Depreux termine son analyse.

« Quelqu'un, parmi vous, a-t-il des suggestions à faire ? »

Mutisme dans la salle. Chacun évite de prendre la parole afin de ne pas dévoiler la carence de ses services. Alors, rompant le silence, le directeur Valantin déclare, de sa voix nasillarde :

« Monsieur le ministre, ma police démantelée par l'épuration se reconstitue peu à peu. Ma direction centralise les renseignements que les dix-sept services régionaux répartis sur le territoire national lui transmettent régulièrement. Les plus actifs sont ceux de Marseille, où se distinguent les commissaires Mattéi et Truchi, et de Paris avec le commissaire Baniel, ici présent. Nous avons constaté que les agressions et les meurtres les plus importants se déroulent sur la Côte d'Azur et à Paris. Malheureusement, si notre compétence s'étend sur Paris, nous nous heurtons souvent à l'intransigeance de la Préfecture de Police qui refuse toute coopération.

— Pardon ! intervient le préfet Luizet, les lèvres pincées. Jamais ma police judiciaire n'a refusé de collaborer avec la vôtre, mais il est évident que les crimes commis à Paris me regardent en premier. Quant à vos fonctionnaires, mon cher directeur, ils n'ont pas été les seuls à supporter le balayage de l'épuration. Malgré leur tâche écrasante, malgré le manque de moyens matériels et financiers dont ils souffrent, les miens font tous leur devoir. »

Le préfet de Police, dont le visage s'est légèrement empourpré, essuie ses lunettes et ajoute d'un ton glacial :

« On a prétendu que certains éléments de la police parisienne avaient partie liée avec des gangsters. Ces propos outranciers et diffamatoires émanent de la Sûreté nationale. Dans ces conditions, comment voulez-vous qu'une collaboration soit possible et efficace ?

— Allons, messieurs ! tente de s'interposer Edouard Depreux.

— Je n'invente rien, monsieur le ministre. Il m'est particulièrement désagréable que nos collègues de la Sûreté propagent de telles calomnies ! »

Visiblement, la tournure des événements contrarie le ministre qui consulte du regard son chef de cabinet puis le directeur de la Sûreté. Roger Wybot est de marbre. L'homme qui ne cille jamais attend son heure. Si le préfet de la Libération est de bonne foi, il ignore que son entourage collabore, à son insu, avec un certain Joanovici, trafiquant notoire, enrichi dans le marché noir et la récupération des métaux pour les Allemands. En 1944 « Monsieur Joseph » est milliardaire et mène impunément une existence fastueuse. Adroit, pour flairer le vent, il a su s'infiltrer dans le réseau de résistance *Honneur et Police* et devenir le mécène de la Préfecture : il a des hommes en place dans la forteresse et même un bureau à proximité de celui du préfet. Roger Wybot sait que Charles Luizet a décoré ce bouddha jovial, crasseux et analphabète, dans la cour d'honneur de la Préfecture en même temps que son propre chef de cabinet, Edgard Pisani. Roger Wybot sait également que Joanovici et Lafont étaient des amis inséparables, que le destin des deux hommes a pris la forme d'un héritage : Lafont était le maître de la police pendant l'Occupation, Joanovici est devenu le maître de la police après la Libération. Roger Wybot sait enfin que, dans le sillage de Lafont, fusillé le 26 décembre 1944, Monsieur Joseph a appris toute la gamme de la corruption, qu'il est l'homme à surveiller car il a la confiance de la pègre et la pègre lui accorde son soutien. Roger Wybot sait tout. Mais ne dit rien. Non par méfiance envers ses collègues mais parce qu'il est ainsi. Roger Wybot ne parle pas : il agit. Sans jamais prévenir. Il est venu assister à la réunion en observateur. Il enregistre, sans qu'un muscle de son visage ne laisse transparaître le moindre sentiment. Rompant une fois de plus le silence, Valantin reprend la parole :

« Monsieur le ministre, des enquêtes menées à Nice, Marseille, Aix-en-Provence et Bandol, ont permis à mes services d'établir qu'un gang supérieurement organisé opère aussi bien en province qu'à Paris. Il se déplace avec célérité, bénéficie de complicités, entasse un butin considérable. Rien que le hold-up de la poste de Nice lui a rapporté la somme pharamineuse de trente-trois millions.

« Le commissaire Mattéi est parvenu à identifier son chef, Pierre Loutrel, un tueur redoutable qui a appartenu à la Gestapo de l'avenue Foch. Il commande l'équipe la plus malfaisante et la plus impitoyable de notre après-guerre. »

Le directeur de la Police judiciaire parisienne, René Desvaux, réagit aussitôt :

« Je ne sais si les informations de mon collègue Valantin sont exactes en ce qui concerne ses secteurs, dit-il d'un ton acide, mais en ce qui regarde Paris et sa circonscription, j'en doute. Mes services sont bien renseignés sur les activités du Milieu — il se tourne vers le commissaire Pinault — où nous avons des indications très sûres. Les malfaiteurs qui opèrent ne sont jamais les mêmes. Leurs signalements nous ont été transmis par les rares témoins, et je ne crains pas de m'avancer en assurant que ce sont des bandes différentes qui agissent. Bien entendu, il faut les neutraliser. C'est donc avec joie que j'accepte les informations que pourraient nous communiquer nos collègues de la Sûreté.

— A condition qu'il y ait réciprocité ! dit soudain mon patron, Baniel, jusqu'alors silencieux et sceptique. J'ai constaté qu'à plusieurs reprises les hommes de la Criminelle viennent, sans me prévenir, opérer dans notre secteur, éprouvant même une certaine satisfaction à incarcérer nos indicateurs ! »

René Desvaux toussote, son regard se voile derrière ses lunettes, mais s'abstient de réagir à l'attaque de Baniel qui enchaîne :

« Pour l'heure, je dispose d'un groupe d'informateurs assez bien introduits, dit-il se tournant vers moi tandis que tous les regards convergent dans ma direction. Et je suis moi aussi convaincu que la répression sera efficace si nos deux administrations veulent bien conjuguer leurs efforts. C'est la seule condition du succès.

— Bien entendu, bien entendu, approuve le commissaire Pinault avec un air qui semble dire “cause toujours, mon poulet”. Je vais donner des instructions en ce sens à mes inspecteurs de la Brigade des agressions que nous venons de créer. Elle dépend de la Criminelle et son chef est l'inspecteur principal Nouzeilles, un vieux renard. »

Le ministre consulte sa montre, se lève, imité par tous. Le grand bla-bla-bla de la police est terminé.

« Messieurs, déclare Edouard Depreux, je vous remercie de votre présence. Je suis sûr que, grâce à votre compréhension, le gouvernement sera bientôt fier de sa police, que le banditisme sera ju-gu-lé ! »

Sur le chemin du retour, Baniel me prend par le bras.

« Borniche, me dit-il, j'ai peut-être un peu anticipé en ce qui vous concerne, mais le moment est venu de me montrer de quoi vous êtes capable. Tâchez de vous faire des indics. A partir de maintenant vous avez quartier libre. Si vous me ramenez des informations, je vous dispenserai de trois jours d'Initiation. »

10.

DANS le couloir encombré, du wagon des premières classes, une grappe d'enfants écoute en riant un blond séminariste à lunettes et une nonne ravissante sous sa cornette. Les deux jeunes religieux plaisantent avec les chérubins et leurs regards expriment une piété et une bonté infinies. Cette saynète motive chez les autres voyageurs des réflexions intérieures disparates. Les parents des enfants, débarrassés momentanément de leur progéniture, remercient le Ciel de cette délivrance. La plupart des passagères regrettent qu'un si séduisant jeune homme ait consacré son ardeur au Seigneur. Quant aux passagers entassés jusque dans les soufflets, il n'en est pas un seul à déplorer qu'une aussi troublante jeune femme ait offert son corps à Jésus. Le train, venant de la Côte d'Azur, entre en gare de Lyon, à Paris. Charitables, le séminariste et la nonne évitent de se mêler à la transhumance désordonnée de ces temps d'après-guerre. Avec la résignation typique aux gens d'Eglise, ils attendent, le nez sur le bréviaire et en tripotant leur chapelet, que les voyageurs, leurs bagages en carton bouilli à bout de bras, se bousculent vers les sorties. Le dernier passager parti, enfin, ils réintègrent leur compartiment vide. Alors, le séminariste a un geste qui aurait interloqué ses compagnons de voyage de tout âge : il caresse affectueusement les reins de la nonne.

« Tu es fou, Raymond ! glousse Pierrette, si on nous voyait...

— Les Ecritures disent : « Si on te tape sur une « fesse, tends l'autre ! » dit Naudy en éclatant de rire.

Ses valises à la main, le couple déguisé quitte le train. Aussitôt avalé par la foule, il sort de la gare, longe un car de police secours, traverse l'esplanade, descend l'escalier de pierre, traverse le boulevard Diderot et entre au *Café du Midi,* à l'angle de la rue de Lyon. Au campanille de la gare, l'horloge indique sept heures. Délaissant toute miséricorde, le séminariste joue des coudes dans la foule matinale agglutinée au bar et commande deux grands cafés-crème. Le religieux et la nonne commencent à peine de tremper leurs croissants, lorsque, pris dans un petit paquet de gens, Pierre Loutrel entre à son tour et se fige sur le pas de la porte, indifférent aux consommateurs qui le bousculent. Avec ses cheveux poivre et sel qui dépassent de son chapeau gris mi-dur, avec son épaisse moustache et ses lunettes à grosse monture d'écaille, avec son costume noir à gilet et la sacoche en cuir qui le fait ressembler à un docteur ou un notaire, Naudy le reconnaît à peine. D'autant plus que les deux points bleus, au coin des yeux, ont disparu sous une fine couche de fond de teint. Loutrel les aperçoit. Lui aussi, sans ménagement, bouscule les clients bruyants qui protestent à peine, et parvient jusqu'au comptoir. « Un café noir et un cognac », ordonne-t-il. Il les paie, les boit à petites gorgées rapides, puis, sans échanger un mot, il s'écarte et se dirige vers l'escalier en colimaçon qui descend aux lavabos. Sans que personne ne leur prête attention, la nonne puis le séminariste prennent la même direction. Moins de quinze minutes plus tard, Loutrel, Naudy et Pierrette, délestés de leurs accoutrements, sont boulevard Diderot et se dirigent vers la station de taxis.

« Rue Blondel », dit le Louf.

A cette heure matinale, le trafic est presque inexistant, aussi ne faut-il au taxi qu'une dizaine de minutes pour relier la gare de Lyon à la rue Blondel. Le chauffeur s'arrête derrière une benne d'éboueurs et l'odeur des poubelles soulève l'estomac de Pierrette.

Naudy règle la course. Ses valises à la main, il s'engage sous la porte cochère collée au café, gravit l'étroit escalier sur lequel débouche l'antre de Boucheseiche et s'arrête, le souffle court, sur le palier sombre et minuscule. Pierrette cogne à la porte, renouvelle son appel. Un certain temps s'écoule, puis un raclement de babouches sur le parquet se fait entendre. Une voix encore ensommeillée mais méfiante demande :

« Qui est là ?

— C'est moi, Georges. »

Boucheseiche reconnaît la voix de Naudy. Il fait une grimace. Du palier, Pierrette a l'impression que l'on déverrouille les coffres de la Banque de France, tellement le Gros Georges tourne de serrures. La porte s'ouvre enfin. Ses cheveux noirs en épis sur les yeux, sa main gauche soutenant son pantalon de pyjama, le torse nu, mais un Mauser à la main droite, Boucheseiche apparaît, les paupières gonflées de sommeil.

« Qu'est-ce qu'il y a de cassé ?

— Tout », fait Naudy qui pénètre d'autorité dans l'entrée, Pierrette à ses trousses. « Loutrel nous rejoint d'un instant à l'autre. »

Boucheseiche se claquemure à nouveau, l'air soucieux. Les valises abandonnées sous une console Directoire, le couple le suit jusqu'au salon. Chacun s'installe dans un fauteuil. Boucheseiche se frotte les yeux, bâille, puis claque impérieusement des mains.

« Tabor ! » appelle-t-il avec énergie.

Surgissant presque aussitôt d'entre les pans d'une tenture qui masque la cuisine, un jeune Algérien aux muscles saillants apparaît en pantalon bouffant. Il s'avance d'une démarche souple.

« Café et pain grillé pour tout le monde. *Fissa, fissa, schnell, schnell,* hein ? »

Naudy et Pierrette regardent « l'ordonnance » disparaître vers la cuisine.

« Qui c'est, celui-là ? demande Raymond.

— Mon valet de chambre, répond avec une suffisance ostensible Georges. Un brave garçon, un rescapé des Brigades nord-africaines de la rue Lauriston, dévoué à en crever, plus fidèle qu'un berger allemand. »

Naudy et Pierrette échangent un regard excédé qui semble dire : « Pauvre Georges, il ne s'en remettra jamais de l'armée d'occupation... » Toujours discret et silencieux, Tabor reparaît, pose tasses et couverts sur le guéridon, retourne à sa cuisine, en revient portant une cafetière en argent — décidément Georges affectionne ce métal

— et un plateau avec des toasts, du beurre, de la confiture. Tabor s'incline devant son maître et s'évapore. Le trio attaque le *breakfast*.

« Quelqu'un a parlé, annonce soudain Naudy. Un peu plus, on était tous piégés.

— Tu as une idée du *Schmutzig* ?

— Quoi ?

— Du salaud...

— Non, mais on finira bien par savoir.

— Hier, dit Boucheseiche en se beurrant une tartine, j'ai passé ma journée à écouter la radio. Les flics ont emballé Ferrand et Boron. Paraît qu'ils ont tellement parlé que les autres n'avaient plus assez de papier pour prendre leurs dépositions. Ils ont annoncé d'autres arrestations. Le Grand Jo ne vivait plus. Il craignait qu'il ne vous soit arrivé malheur.

— On a failli ! » admet Naudy.

Pierrette, fatiguée de sa nuit dans le train, s'est assoupie. Boucheseiche continue à avaler des tartines. Naudy allume une cigarette et se met à marcher nerveusement de long en large dans la pièce. Il demande :

« Alors, cette affaire avec Jo ?

— Une banque, rue du Pont-Neuf. Si les tuyaux de l'indic sont confirmés, on pourrait opérer demain matin. Du vrai *Blitzkrieg*.

— D'accord, Georges, mais nom de Dieu, parle français !

— *Yawohl*, rétorque Boucheseiche. Tiens, voilà Pierrot, je reconnais son signal. »

16 juillet 1946. Deux jours après son évasion de l'Evêché, Pierre Loutrel repasse à l'attaque. Le

Louf est en pleine forme. La veille, après avoir quitté Boucheseiche, il s'est allongé près de Marinette dans son meublé de Passy, et les retrouvailles ont été satisfaisantes. Il a pris ensuite un bon bain et, après que Marinette l'eut savonné, rincé, séché, après qu'elle l'eut aidé à s'habiller avec du linge propre et parfumé, il a retrouvé ses amis devant les magasins de la Samaritaine. Les cinq hommes ont inspecté les lieux.

« Jo, tu es sûr de ce que tu dis ? Le conducteur abandonne bien son volant pour aider les convoyeurs à embarquer le pognon ? demande Loutrel à Attia.

— Affirmatif, Pierre. »

Maintenant, le Louf frémit d'impatience. Il a mis au point un plan qui va dérouter les flics. Un truc jamais encore pratiqué. « Quelle est la principale préoccupation des convoyeurs ? » avait-il demandé pour mettre à l'épreuve l'intelligence de ses associés. « Protéger les fonds », avaient répondu en chœur Attia, Boucheseiche, Danos et Naudy. Réponse excellente que la réalité va confirmer.

Le fourgon s'est arrêté devant la porte de la Société Générale. Il est 16 h 40 et le dernier client a quitté les lieux. Rue du Pont-Neuf, la circulation est inexistante. Les deux convoyeurs, jeunes, aux gueules résolues, ouvrent les portières, sautent à terre, s'engouffrent dans l'établissement. Presque aussitôt, le conducteur quitte sa cabine. L'arme au poing, il va prendre position sur le bref trajet, trois mètres au plus, qu'empruntera l'argent pour parvenir au fourgon. Le directeur de la banque est un homme prudent. Ce ne sont pas les convoyeurs qui traînent les sacs contenant les fonds, mais deux de ses employés. Les convoyeurs les escortent, pistolet au poing, prêts à tirer au moindre signe suspect. Après que les sacs ont été balancés à l'intérieur, les convoyeurs sautent dans le fourgon, rabattent les portières blindées. Le véhicule démarre. Le transfert n'a pas duré vingt secondes.

Planqués dans leur traction, volée et garée à une centaine de mètres, Attia au volant, Naudy à côté de lui, Boucheseiche et Danos à l'arrière, ont tout observé. Une fois de plus, le Louf avait raison : les mesures de sécurité et la brièveté de l'exécution n'auraient pas permis d'intervenir. A leur tour, ils démarrent.

A faible allure, le fourgon a embouché la rue de Rivoli en direction du Palais-Royal. Il a plu sur Paris. Un de ces orages soudain, comme il s'en déverse parfois sur la capitale, a rendu glissants les pavés, véritables savonnettes pour les automobilistes. Le carrefour de la rue du Louvre est franchi avec prudence. Arrivé à la hauteur de la rue de l'Oratoire, le lourd véhicule s'apprête à s'élancer. La main du conducteur empoigne le levier de vitesse, son pied enfonce la pédale de débrayage. La manœuvre reste inachevée. Un objet dur se colle avec force à la tempe du chauffeur en même temps qu'une voix lui intime :

« Arrête-toi. »

Pour bien le persuader à obéir, le canon du P. 38 s'enfonce davantage, meurtrissant la peau. Recroquevillé entre la paroi qui sépare la cabine du conducteur de l'arrière, Loutrel se redresse avec lenteur. Sa main droite brandit un deuxième

P. 38 qu'il braque sur les gardes. Sans leur accorder le temps de réagir, il menace :

« Un geste et votre camarade n'a plus de tête ! »

Le fourgon ralentit et s'immobilise devant la porte du Temple de l'Oratoire. Le conducteur, un énorme bonhomme d'une cinquantaine d'années, gémit sur un rythme de cantilène : « Ne me tuez pas... Ne me tuez pas...

— Ta gueule ! » dit le Louf furibond, en appuyant un peu plus le canon du P. 38 contre la tempe. Puis s'adressant aux convoyeurs qui le fixent, immobiles, il ordonne : « Ouvrez les portes. »

Les deux hommes s'exécutent, font jouer les verrous, ôtent la barre d'acier transversale, ouvrent grands les battants. La calandre chromée d'une traction apparaît. Naudy est déjà au pied du fourgon, suivi de Boucheseiche et de Danos. Raymond saute à l'intérieur, désarme les convoyeurs, passe les sacs à Georges et à Abel, reverrouille les battants puis, se propulsant à l'avant du véhicule, ouvre la portière de droite et bondit sur le trottoir. D'un coup de crosse Loutrel assomme le conducteur, saute à son tour dans la rue par la portière ouverte, court jusqu'à la traction. Il a juste le temps de s'y engouffrer, Attia démarre. Un demi-tour sur place. La voiture fonce dans la rue du Louvre en direction des quais. A son volant, Attia fait pivoter son poignet gauche, consulte son chronomètre suisse acheté au marché noir, grogne, émerveillé :

« Chapeau, les gars : 27 secondes ! »

11.

INSTALLÉ sur la plate-forme de l'autobus, les coudes sur la rambarde, l'inspecteur principal Emile Nouzeilles regarde Paris défiler. Il fait chaud. Et le policier se laisse prendre au charme des quais de la Seine, des jardins du Carrousel, des jambes des Parisiennes court vêtues, juchées sur les semelles compensées de la mode zazou. L'horloge du Palais-Royal, devant la Comédie-Française, marque midi trente. Il y a vingt minutes, Emile Nouzeilles a franchi le porche de la Police judiciaire du quai des Orfèvres, collée au Palais de Justice. Sa carte de priorité à la main, il a sauté dans le 21 en direction de la gare Saint-Lazare. Au terminus, il prendra l'autobus 26 qui le déposera à l'arrêt Poissonnière, à cinquante mètres à peine de son domicile.

L'inspecteur principal Emile Nouzeilles est très satisfait. Son humeur se reflète à la pointe de son béret basque, droit comme un fer de lance, juste au milieu du front. Depuis sa venue à Paris, il ne l'a pratiquement jamais quitté, vestige de son Béarn natal. Un béret qui sert de baromètre : quand il arbore une forme arrondie, tombe sur les sourcils, s'enfonce jusqu'aux oreilles, on peut affirmer que tension, anxiété ou colère habitent son propriétaire. C'est la dépression. Mais quand il est bien en pointe, l'humeur du policier est au beau fixe. C'est la position anticyclone.

En cette lumineuse matinée d'été, Emile Nouzeilles a reçu la récompense de son obstination de fonctionnaire zélé. Dans l'euphorie de la Libération, séduit par la mystique du parti communiste, Emile était pour une police pure et dure. Face à la recrudescence des actes de banditisme, il préconisait la création, au sein de la Brigade criminelle, d'une section antigangs.

Son patron, le commissaire Pinault, et le directeur de la P.J. en personne ont fermement soutenu son initiative. Mais dans l'administration, les décisions rapides requièrent temps et réflexion. Après une étude de la situation des effectifs, le préfet de Police a finalement donné le feu vert, et Nouzeilles a été nommé chef de la Brigade des agressions. Emile a appris sa nomination le matin même. Aussitôt, après les congratulations d'usage, il est allé inspecter les combles poussiéreux du quatrième étage, oasis des rats et des araignées. Il a repéré la minuscule mansarde dont il va faire son bureau, étudié la possibilité d'être relié au standard téléphonique. Maintenant il s'apprête à annoncer la bonne nouvelle à sa femme.

Dans un grincement de freins, l'autobus ralentit, puis s'arrête à la station Pyramides. Un petit bonhomme aux yeux noirs, au teint basané, coiffé d'un curieux chapeau vert, l'auriculaire orné d'une imposante chevalière en or, bondit sur la plate-forme déjà encombrée, joue des coudes, vient s'adosser à la cloison de séparation. Le receveur tire sur la poignée avec énergie, puis s'approche, la main sur la manivelle de son enregistreur de tickets.

« Gare Saint-Lazare, zi-vouplé. »

L'accent transalpin fait sursauter Nouzeilles. Il se détourne, dévisage le nouveau passager :

« Lovera, qu'est-ce que tu fais ici ? » rugit-il de sa voix rocailleuse sans prêter attention aux gens qui l'entourent.

Une boule se noue dans la gorge de Giuseppe Lovera. Vraiment, il joue de malchance. Ce matin-là, il a quitté Chelles, la ville des interdits de séjour, pour opérer sur son trajet préféré : Pyramides-Opéra. Pickpocket aux doigts de fée, spécialiste du vol à la tire, Giuseppe rafle, en trois ou quatre aller-retour, suffisamment d'argent pour vivre tranquillement. Et sur qui tombe-t-il ? Nouzeilles *himself !*

Instantanément, le policier revoit le dossier de l'Italien. Giuseppe Lovera a été un enfant prodige, puisqu'il a mis la main à la pâte dès l'âge de neuf ans. Fils d'un célèbre voleur à la tire de Gênes, il a débarqué à Paris en 1933 et il s'est spécialisé sur les lignes d'autobus particulièrement fréquentées. Ses dons de prestidigitateur lui ont valu sa notoriété dans le monde de la pègre. Mais la chance n'a pas toujours souri au virtuose. Un jour, l'inspecteur Nouzeilles, alors affecté à la Brigade volante, lui a mis la main au poignet. Le portefeuille dépassait exagérément de la poche du veston : Giuseppe aurait dû s'en méfier. Mais non ! Quand il l'avait tiré avec sa maestria habituelle, le pouce et l'index en pince de crabe, bien que sentant une légère résistance, il n'en avait pas moins continué à lire son journal tandis que sa main gauche, celle qui ne le trahissait jamais, farfouillait. Hélas ! le portefeuille était relié à une chaînette. Et Nouzeilles, triomphant, avait embarqué l'artiste dans son antre du quai des Orfèvres.

« Tu me réponds ? insiste Nouzeilles. Je t'ai pourtant bien dit que je ne voulais plus te voir dans le secteur.

— Mousou lé commissario, dit Lovera, zé passais zouste pour y prendre mon train à Saint-Lazare. Zé vais voir oune couzine à Saint-Zermain.

— Je ne suis pas commissaire, fait Nouzeilles, n'essaie pas de me flatter. Fous-moi le camp, sans quoi je t'emballe. »

Lovera incline la tête sans répondre, s'approche de la barre d'appui et, profitant d'un ralentissement du véhicule, lève la chaîne de sécurité, saute sur la chaussée. Nouzeilles le voit disparaître craintivement dans la rue des Petits-Champs et sa bonne humeur s'amplifie. Il va vivre des heures exaltantes qui comptent dans la vie d'un homme. Au début de l'après-midi, après un bon déjeuner, il va réunir ses futurs collaborateurs pour leur exposer son plan. A eux tous, ils abattront de la bonne besogne, c'est certain. Pour le grognard de la police c'est l'éclat du soleil d'Austerlitz.

Gare Saint-Lazare, changement d'autobus, Emile Nouzeilles saute dans le 26, s'accoude à la rambarde, calé contre la cloison.

« Tickets, s'il vous plaît ! »

Un contrôleur lui fait face. Nouzeilles plonge la main à l'intérieur de sa veste. Il a un choc : son portefeuille n'est pas à sa place ! Emile fouille ses poches, nerveusement. Le receveur l'examine, sarcastique.

« J'ai paumé ma carte, tonne Nouzeilles.

— Le ticket-amende coûte un franc », se pourlèche le contrôleur.

Nouzeilles sort ses pièces de monnaie, puis s'autoperquisitionne de nouveau les poches et la mémoire. Où est sa carte, bon sang ? L'a-t-il laissée sur son bureau, juste avant de partir ? Non, il l'avait sur le 21 puisqu'il s'en est servi en prenant l'autobus. L'inspecteur ne trouve qu'une explication, il l'a égarée en cours de route ! La poisse. Son portefeuille contient l'intégralité de ses papiers : cartes de police, de transports, permis de conduire, bref, tout le pedigree du parfait policier.

Adossés au mur ou assis jambes ballantes sur leurs bureaux ou encore à califourchon sur leurs chaises, les hommes observent en silence leur nouveau chef. Ils constituent la crème, le gratin, la race élue, l'élite, le nec-plus-ultra des policiers de la Criminelle. On les appellera bientôt la bande à Nouzeilles. Une bande qui ne respire pas l'aisance : des teints luisants peu accoutumés aux douceurs des bains parfumés, des costumes chiffonnés et déformés ; des souliers cent fois ressemelés et informes ; des cravates brillantes d'usure au nœud biscornu ; des chemises au col douteux, mais qui doivent faire la semaine jusqu'au changement de linge dominical.

Planté devant eux, Emile examine sa troupe, puis son regard contemple la cloison de son pigeonnier de la P.J. où, entre deux poutres vermoulues, il a cloué, sur la paroi, un gigantesque plan de Paris déniché en solde dans une librairie du boulevard Saint-Germain. De nouveau, il fixe ses hommes.

« Nous sommes vingt au total, les harangue-t-il, donc un par arrondissement de Paris. Je laisse délibérément de côté la banlieue : les agressions y sont rares et je ne crois pas que les truands y tiennent leurs assises. Je poursuis : à Paris, avec les inspecteurs P.J. des commissariats de quartier, nous sommes cent quatre-vingts. Le calcul est simple : deux inspecteurs par quartier, quatre quartiers par arrondissement, le compte y est. Vous me suivez ? »

L'inspecteur Albert Briat, le catcheur de l'équipe, approuve d'un signe de tête en mâchonnant du chewing-gum.

« Les commissariats sont donc une source importante de renseignements qu'il ne faut pas négliger, reprend Nouzeilles, d'autant plus que nos collègues y sont en contact permanent avec ceux de la Police municipale, civils et gardiens, nettement supérieurs en nombre. Il faudra les visiter le plus souvent possible, balayer les jalousies et les rancunes personnelles, entretenir des liens amicaux. En moins de vingt-quatre heures, chacun de vous doit savoir ce qui se passe dans le secteur que je vais lui affecter. »

Emile Nouzeilles va chercher une cigarette dans la poche de son veston suspendu à sa chaise, fait craquer une allumette, tire une bouffée, recrache des brindilles de tabac qui s'étaient collées sur sa langue.

« Notre second atout : les patrons des bistrots

et des boîtes de nuit, poursuit Emile. La pègre dépense son argent, c'est connu. Cela a toujours été et ce sera toujours ainsi. Bon. Il faut mettre les tauliers dans l'obligation de collaborer avec nous, s'ils ne veulent pas être ruinés. Les clients n'aiment pas les contrôles de police. Plusieurs descentes réitérées dans les mêmes bars, chaque jour, et je vous parie mon béret que les plus récalcitrants mettront vite les pouces. Pour les cabarets, idem.

— C'est dégueulasse ! » murmure dans son coin l'osseux inspecteur Calmejane.

Emile se retourne avec brusquerie.

« Dégueulasse ou pas, on n'a pas le choix ! dit-il. Nous devons faire de la police et pour cela il nous faut des informateurs. Moi, je les prends où ils se trouvent ! Passons aux tricards. Là encore, n'en déplaise à certains, un interdit de séjour, c'est une langue qui peut se délier. Je vais donc demander au bureau des prisons que chaque sortie de Fresnes, de la Santé ou de la Petite-Roquette nous soit signalée. Nous devrons être présents lorsqu'on notifiera au libéré la peine d'interdiction : s'il est accommodant, il bénéficiera d'une autorisation de quinze jours, renouvelable. S'il n'a rien à donner, alors tant pis pour lui. Calmejane va nous dire que c'est dégueulasse, que c'est du chantage, mais il ne faut pas mélanger police et moralité ! »

Nouzeilles se tait, tire sur sa cigarette, regarde, médusé, Briat qui fait des bulles avec son chewing-gum, continue son exposé :

« Comprenez-moi bien : nous devons tisser une énorme toile d'araignée. Presque tous nos informateurs d'avant-guerre sont passés avec armes et bagages à la Gestapo. Il faut tout recommencer à zéro. Un dernier point. Je vais contacter la Mondaine afin qu'elle nous communique ses tuyaux. J'en parlerai à Ricordeau. Pas de questions ? Alors, bonne soirée, messieurs. »

L'un derrière l'autre, les inspecteurs quittent la mansarde enfumée. Il est dix-huit heures. Au-dessus de la lucarne, la flèche de la Sainte-Chapelle s'élance vers le ciel. Nouzeilles coiffe son béret basque, en pince la pointe, calmement descend les quatre étages et marche vers son rendez-vous.

Presque au même moment, Henri Ricordeau quitte les locaux de la Brigade mondaine, un peu moins tristes, un peu moins sales que ceux de ses collègues des Agressions, installés dans une aile du second étage du quai des Orfèvres, au fond d'un long couloir étroit, rapetissé par un banc où s'entassent les filles et les souteneurs pris dans les rafles.

Lors de sa constitution, la Brigade se nommait Service des mœurs. Son but était, en effet, de combattre les attentats aux bonnes mœurs. Mais l'appellation prêtait à sarcasmes, aussi la modifia-t-on en Brigade mondaine, jugée plus reluisante. Le gibier : prostitution féminine et masculine, proxénétisme, surveillance des cabarets, cinémas, bains de vapeur spéciaux, pornographie, dépistage des racoleurs pour parties fines, exhibitionnistes, voyeurs, pervers, travestis : tout l'éventail des sexes en délire pour cette époque pudibonde.

Ici, un petit retour en arrière, une modeste digression historique sont nécessaires. Lorsque

Henri Ricordeau, avec ses quatre balles dans le corps que les chirurgiens n'ont pu extraire, a réintégré son service, il a une revanche à prendre. Ricordeau n'a pas oublié le traitement subi au cours de la « balade ». Il s'est juré d'avoir la peau de son bourreau. Malgré les objurgations de sa femme Olivia, Henri, têtu comme un Vendéen, veut se venger, veut trouver seul Loutrel pour lui infliger les mêmes supplices.

« Il serait encore capable de s'en tirer avec un bon avocat et la justice ! répète-t-il. Alors, quoi qu'il arrive, je réglerai mon compte tout seul, "entre quatre-z-yeux". Le reste, je m'en fous. »

Stimulé par une haine implacable, Ricordeau a posé des jalons dans tous les secteurs de sa spécialité. Et pour commencer les prostituées. Jusqu'en 1945, elles étaient répertoriées en trois catégories. Les « filles soumises » et les « filles de maison » exerçaient leur profession sous le contrôle de l'administration. Inscrites sur les registres de la police, elles recevaient une carte sanitaire d'où le sobriquet de « filles en cartes ». Ricordeau, qui possède leur fichier, a couvert celles qui peuvent lui rendre service. Il a aussi rendu visite aux tenanciers des petites maisons à qui il propose des accommodements, moyennant des informations sur Loutrel. Là encore, marché conclu.

Ricordeau a encore contacté les « insoumises », celles qui sont à la merci d'une rafle, d'un séjour à l'hôpital Saint-Lazare, d'un passage à la Petite-Roquette. Il a offert des condés aux moins farouches, c'est-à-dire des autorisations provisoires illicites. Il a enfin fait des clins d'œil aux proxénètes et aux patrons des boîtes de nuit qui emploient illégalement des entraîneuses. Tout ce beau monde a assuré le policier de sa collaboration. Ricordeau, désormais, attend les échos du Gay Paris.

L'inspecteur Ricordeau ignore que Loutrel et son gang sèment la terreur dans le Milieu, que les indics préfèrent se taire que se faire arracher la langue avant de recevoir une balle dans la nuque.

C'est au *Café du Palais*, presque en face des grilles d'honneur du Palais de Justice qu'Emile Nouzeilles, le béret en fer de lance, attend son collègue. Il souhaite lui parler en tête-à-tête, à l'abri des oreilles indiscrètes. Il est dix-huit heures trente. L'animation des heures de pointe s'est un peu ralentie.

Vêtu d'un costume bleu marine, ses épais cheveux noirs rejetés en arrière, cravate grenat sur chemise crème, Henri Ricordeau entre dans la salle. « Beau mec, pense Nouzeilles, il aurait dû faire du cinéma ! » Ils se serrent la main, Ricordeau s'assoit.

« Mon cher Henri » (Ricordeau sourit imperceptiblement car il n'est pas dans les habitudes d'Emile de décocher des formules d'amitié.) « Mon cher Henri, je voulais te voir car tu as dû apprendre que je dirige la Brigade des agressions.

— Je sais, dit Ricordeau.

— Tu connais tous les bas-fonds, je connais tous les crimes, j'ai pensé que nous pourrions travailler ensemble. Je te file mes tuyaux, tu me repasses les tiens. Ce n'est pas une mauvaise idée, non ? »

Les petits yeux de Nouzeilles fixent Ricordeau

avec intensité. Sa main s'est posée sur son béret, prête à l'enfoncer en cas de réponse négative.

« C'est faisable, répond Ricordeau après avoir soupesé le pour et le contre, mais à une condition : tu me préviens le premier si tu trouves Loutrel.

— Loutrel ?

— Oui, Loutrel. Je veux le flinguer moi-même, le voir crever à petit feu. »

L'inspecteur principal Emile Nouzeilles fronce les sourcils.

« Henri, c'est délicat. Le règlement, tu comprends...

— Le règlement, je m'en fous, insiste Ricordeau. Il m'en a fait baver, je le veux !

— D'accord », concède Nouzeilles.

Une heure plus tard, satisfait de sa journée, il est de retour chez lui. Il a monté allégrement ses deux étages. Sa clef à la main, il atteint le palier. Un colis, sur le paillasson, attire son regard. Il lit : « *A mon ami, le commissario.* » Intrigué, Emile Nouzeilles se baisse, ramasse le paquet, l'ouvre. Il lâche un juron. Son portefeuille avec ses cartes au grand complet tremblent dans sa main. Plus un bristol, signé : *Giuseppe Lovera.*

« Le fumier, fulmine Emile, il m'a "tiré" dans l'autobus. »

La Brigade des agressions débute bien.

12.

Cornélius, à petits pas pressés, traverse le pont de Champigny, rattrape le quai, longe la berge et se dirige vers *La Bonne Oseille.* Tout en continuant à marcher, il jette un nouveau coup d'œil au journal déjà passablement froissé, le plie puis le fourre dans la poche de son veston. Cornélius est soucieux. Toute la presse, en cette matinée du 19 juillet, distribue ses louanges à la police marseillaise. « Les poulets pavoisent », grommelle Cornélius, et il accélère l'allure. Sans un regard pour les eaux boueuses de la Marne, indifférent aux plaisanteries de ses copains qui, embusqués sur leurs plates, pêchent le gardon, Cornélius tête baissée, marche jusqu'à son auberge. Ce qu'il a lu l'a indisposé au plus haut point. Raymond, le serveur, en train de préparer les tables de la salle à manger pour les repas de midi, bien que le voyant renfrogné dit :

« Bonjour, patron. C'est quoi le plat de résistance, aujourd'hui ?

— Mes couilles ! rugit Cornélius en traversant la salle, ça leur donnera du tempérament... »

Il passe en trombe par la cuisine, sans répondre

au salut de la plongeuse, jeune, court vêtue, plutôt jolie, débouche dans le jardin et se dirige vers Loutrel qui, associé à Naudy, dispute une partie de pétanque contre l'équipe Attia-Fefeu.

« Eh ! les gars, lance Cornélius.

— Une seconde, répond Loutrel sans même le regarder.

— C'est sérieux ! » insiste Cornélius. »

Loutrel soulève sa boule, la fait tourner plusieurs fois dans sa main.

« La ferme ! dit-il. Regarde plutôt l'as des tireurs... »

Il se concentre, abat trois longues enjambées, lance. La boule s'élève, suivie de cinq paires d'yeux, retombe : raté !

« Vache ! fait Loutrel dépité.

— Tu picoles trop, ta main tremble », commente Naudy en hochant la tête.

Pierre se retourne d'un bloc, fixe d'un regard mauvais son jeune lieutenant, mais Raymond lui sourit, amusé. Le Louf ne peut deviner que depuis un certain temps, Naudy s'inquiète de le voir boire chaque jour davantage. Ce moment de brusque tension éteint, Cornélius revient à la charge.

« J'ai l'impression que vous n'avez pas lu les journaux ni écouté la radio...

— Non », répond distraitement Loutrel en se dirigeant vers une table et levant son verre de pastis.

Cornélius sort le journal de sa poche, le tend à Naudy qui le déplie. Les autres, le verre en main, se sont approchés et lisent par-dessus son épaule. Et leurs sourires s'effacent. Les nouvelles qu'ils apprennent sont positivement consternantes.

Le 18 juillet, c'est-à-dire juste la veille, à neuf

heures trente, la police marseillaise a bouclé le quartier des Cinq-Avenues : barrages, cars, radios, mitraillettes, fusils à lunette, l'éventail de la répression a été déployé au grand complet. Une demi-heure plus tard, une escouade d'inspecteurs s'infiltre au 16, rue des Orgues, monte les étages avec une discrétion exemplaire. Un policier frappe à la porte des Labesse.

« C'est pour quoi ?

— Télégramme, madame. »

La porte s'ouvre. Renée Labesse est repoussée par un groupe d'hommes armés qui investissent l'appartement. Dans un réflexe stupide, elle plaque ses mains sur ses cheveux pour cacher ses bigoudis, mais personne ne prête attention à son esthétique. Les policiers se propagent dans les pièces. Au salon, ils débusquent Dominique en maillot de corps, Liliane, la compagne de Christian Boron, venue aux nouvelles et Muguette Motta, rassurée de savoir que Loutrel a pu échapper à la police à Cassis. C'est dans la chambre à coucher que les inspecteurs surprennent Renard. En caleçon, ses vêtements raflés à la hâte sous le bras, il s'apprêtait, malgré son genou blessé, à s'esquiver par la fenêtre lorsque deux poignes le ramènent en arrière, lui passent les menottes. « Du calme », suggère-t-il aux policiers. Une paire de claques est leur réponse. C'est le tarif pour insolence. C'est aussi un avant-goût de la raclée qu'il va recevoir à l'Evêché. Aussi, le Gitan se laisse-t-il entraîner sans résistance, soucieux de ménager ses forces pour les heures difficiles à venir.

En poursuivant leur lecture, Loutrel and Co apprennent que les inspecteurs ont découvert un million dans le tiroir d'un buffet. Et que l'artisan de ce coup de filet fructueux qui fait jubiler le commissaire Mattéi se nomme : Christian Boron. Loutrel imagine la scène : vert de peur, tremblant comme une levrette, Boron a tout avoué. Joseph Ferrand, confronté à son comptable, a levé les bras au plafond puis, les sourcils en accent circonflexe, il a déclaré aux policiers qui enregistraient sa déposition :

« Que voulez-vous que je dise de plus ? Il ne manque pas un détail. Ce ne sont pas des aveux, c'est un roman-fleuve ! »

Naudy replie le journal. Le visage de Loutrel est devenu livide. Cornélius, qui le connaît bien, éprouve un léger frémissement. Joseph Ferrand a été imprudent de mettre son employé dans la confidence. Le tarif est précis : la vie contre une faute.

Lentement, ne cachant pas leur préoccupation, les cinq hommes viennent prendre place autour de la table de jardin. Cornélius sert le pastis. Loutrel boit son verre d'un trait puis, d'une main tremblante, le remplit et l'avale aussi sec.

« Calme-toi, vieux », essaie de le raisonner Naudy.

Mais rien n'apaise Loutrel lorsqu'il cède à ses actes de violence. Il empoigne la bouteille, la porte à ses lèvres, ingurgite de longues goulées d'alcool. A mesure qu'il boit, ses joues s'empourprent, ses yeux s'injectent de sang. Il quitte son fauteuil en rotin, titube mais boit toujours. Enfin, le front inondé de gouttelettes de sueur, il pose la bouteille sur un pot de fleurs, part dans un rire sans fin. Raymond et Cornélius, qui se sont levés à leur tour, s'approchent de lui avec l'espoir de le ramener à la raison. Mais Loutrel est soûl et fou. En les voyant s'avancer avec prudence, il a plongé sa main à l'intérieur de son gilet, elle réapparaît armée du P. 38.

« Pierre », le supplie Cornélius.

Mais qui peut se faire entendre de Loutrel dans ses moments de grand désordre psychique ?

« Pierre, rentre ton flingue », insiste encore Cornélius sans le quitter des yeux.

Le rire fou lui répond, suivi d'une détonation. Loutrel a tiré sur la bouteille de pastis, à deux pas de lui. Et il l'a manquée. Ses yeux ont une lueur haineuse de vanité blessée. Il tire encore, rate de nouveau. Le pot de fleurs n'est même pas touché. Bien que chancelant, il s'apprête à faire feu une troisième fois mais Attia, qui s'est glissé derrière lui, bondit. Ses gros doigts enserrent l'arme. D'un croc-en-jambe, il fait chuter Loutrel, le plaque de tout son poids sur le sol.

« Qu'est-ce qui se passe ? »

Simultanément, les têtes se tournent vers la porte de la cuisine. L'inspecteur Jules Achille, un verre à la main, détaille les cinq canailles.

« Vraiment vous n'êtes pas raisonnables », bougonne-t-il.

Les détonations se sont répercutées le long de la Marne. Sur les rives, pêcheurs et flâneurs ont à peine dressé l'oreille. Dans le monde en général et chez Cornélius en particulier, il se passe tant d'événements bizarres qu'on n'y prête plus attention. L'inspecteur Achille, en revanche, est contrarié. Oubliés, les dons de ses généreux bienfaiteurs ! Il a brusquement retrouvé son aplomb et ses manières bourrues de flic. Les bakchiches c'est bien, mais il ne veut à aucun prix risquer sa carrière. Son mégot au coin des lèvres, l'inspecteur ordonne :

« Rentrez ce poivrot. Si des hirondelles passaient, je serais obligé d'emballer tout le monde... Vous, venez par là, j'ai à vous parler. »

Attia empoigne sous les aisselles Loutrel qui grogne dans son sommeil d'ivrogne. Fefeu le soulève par les pieds. En tanguant sous le poids, ils se dirigent vers l'escalier qui conduit aux chambres. Les autres suivent Achille jusqu'au bar. D'un coup de gueule, Cornélius expédie le serveur aux cuisines, passe derrière le comptoir et sert une tournée.

« Bon, qu'est-ce qui se passe, inspecteur ? » interroge Naudy en fixant Achille avec méfiance.

Le policier se penche en avant, s'assure que personne d'autre ne l'écoute et, à voix basse, annonce :

« Il va falloir vous tenir tranquilles !

— Pourquoi ? demande Cornélius.

— Parce que ça va chauffer. Et de partout. Au commissariat, nous avons reçu des instructions : le ministre de l'Intérieur a donné l'ordre de faire le ménage à fond dans le secteur.

— Ce n'est pas la première fois que la poulaille a ce genre de projet, dit Naudy, le visage soucieux.

— C'est la première fois, répond Achille en levant son verre, que l'Intérieur a mis au point un plan de bataille qui s'étend à tout le territoire. Alors, faites attention, ça va remuer dur et faire des vagues. »

Le policier lampe son verre, le repose, ajuste son blouson kaki acheté au marché aux Puces :

« Maintenant, vous en savez autant que moi. Si j'ai du nouveau, je vous préviendrai.

— Dites, inspecteur, quand repassez-vous ? lance Cornélius, en faisant allusion à l'enveloppe.

— Quand ça chauffera moins », répond Jules Achille avec brusquerie.

Le dos voûté, le policier s'éloigne sur son vélo aux pneus rechappés. Cornélius passe un coup d'éponge machinal sur le zinc, enlève le verre vide, ressert une nouvelle tournée, sans desserrer les dents. Naudy l'extrait de sa méditation.

« Tu crois que c'est aussi sérieux qu'il le dit ? »

Le patron de *La Bonne Oseille* ne répond pas tout de suite. Il hoche la tête puis, après un soupir :

« S'il a refusé notre pognon, c'est que ça va barder, maugrée-t-il. Les poulets sont sur le sentier de la guerre, il va falloir faire gaffe.

— Attendons que Pierre ait cuvé pour prendre une décision », marmonne Naudy en lissant de la main ses cheveux noirs gominés.

Les heures s'écoulent. Dans la salle du restaurant, renfrognés et silencieux, Attia, Fefeu et Naudy déjeunent à l'écart. Le tapage des clients, gens élégants et fortunés, couples illégitimes pour la plupart, venus passer cette journée sur les bords de la Marne, qui règlent sans broncher les additions salées de Cornélius en ces temps où la faim sévit, les agace. L'après-midi est largement entamé. Naudy, qui avait envisagé une partie de campagne avec Pierrette, commence à s'impatienter. Il tourne en rond dans la pièce où, sans passion, Attia et Fefeu jouent maintenant aux cartes. Cornélius, dans un coin, fait ses comptes. Par rafales, des garçons et des filles perchés sur leurs épaisses semelles de liège, visages et bras rougis par les coups de soleil, passent sur la berge en hurlant des chansons. Enervé, Cornélius éconduit un clochard qui le dérange dans ses calculs. L'atmosphère est toujours tendue lorsque Loutrel apparaît dans l'encadrement de la porte, au bas des marches. Son teint est livide, ses yeux ourlés de rouge, ses cheveux ébouriffés. Sa chemise ouverte dépasse de son pantalon en gabardine beige. Pesamment, il avance jusqu'au bar et, d'une voix pâteuse, demande à Cornélius un café noir.

« J'ai mal ! gémit-il.

— Je vais te préparer un café ! » dit Cornélius en mettant en branle son percolateur.

Loutrel a un pénible mouvement de déglutition.

« Je ne me souviens de rien ! »

Il se prend la tête entre les mains comme s'il voulait comprimer, étouffer, les douleurs qui fusent dans son crâne. Sa tasse de café tremble entre ses doigts. Il se dirige vers la table d'Attia et Fefeu, se laisse tomber sur une chaise.

A leur tour, Naudy et Cornélius viennent s'asseoir près de lui. Sans ménagement, Raymond, d'une voix dure, met Loutrel au courant des propos d'Achille. Pierre, bien que mal en point. l'écoute avec attention, sans l'interrompre.

« On n'a qu'à se mettre au vert le temps que ça se tasse ! » propose Attia, espérant profiter de cette accalmie pour se prélasser tranquillement au sein de sa famille et diriger son café.

Ses illusions s'envolent vite :

« Non, dit Loutrel d'un ton sec. Non ! Au contraire, on va rendre coup pour coup. Si les poulets veulent la guerre, ils vont souffrir ! »

D'une main peu sûre, il porte la tasse à ses lèvres, boit son café sans sucre, à petites gorgées, la repose. « Incroyable ! pense Naudy sans pouvoir s'empêcher de l'admirer, il a déjà récupéré ! » Les nouvelles ont effectivement dégrisé Loutrel. Il n'a pas bonne mine, certes, ses traits sont toujours tirés et livides, ses paupières boursouflées, mais on devine que son intelligence a retrouvé son efficacité.

« Nous allons repartir à l'assaut ! » annonce le Louf.

La reprise des hostilités se solde par une défaite. L'attaque du Comptoir des Métaux Précieux rate. Une affaire en or, manquée à quinze secondes près. C'est le 1er août. Le tuyau est sûr. A huit heures quinze tapantes, à bord de l'habituelle traction dérobée, Loutrel et ses associés pénètrent dans la cour de la fonderie, rue Dareau. C'est là que le Comptoir fait fondre l'or récupéré chez les orfèvres et le transforme en lingots pour la Banque de France.

Peu avant leur irruption, Loutrel, Naudy, Attia et Fefeu ont vu la fourgonnette transportant le métal précieux s'engouffrer dans le bâtiment. Les motards de l'escorte sont repartis aussitôt. Le Louf assomme d'un coup de crosse le gardien Dumain, puis avec son gang, il se rue vers la fourgonnette dont les portières sont béantes. Trop tard. Avec dépit, les quatre hommes s'aperçoivent qu'elle est vide. Elle est déjà déchargée, les cinquante kilos d'or sont en lieu sûr. Le quatuor a raté un trésor de trois cents millions de francs ! La rage au ventre, il quitte la cour en trombe. Attia sanglote sur sa part envolée. Elle lui aurait permis d'acheter une bonne conduite jusqu'à la fin de ses jours.

« Pleure pas, Jo ! dit Loutrel d'une voix blanche, on ne va pas rester sur une débâcle ! »

Pendant que la police quadrille Paris, le gang a essaimé le long de la Marne, s'est annexé une partie du fleuve. Pierre Loutrel et ses amis ont pris l'habitude d'aller souvent déjeuner à *L'Auberge* de Champigny, fréquentée par des cinéastes et des starlettes, que dirige un homme rondouillard, Mario Prost. Le nouveau Q.G. se trouve à moins de deux mille mètres de *La Bonne Oseille.* Mais c'est surtout *Les Marronniers,* un bistrot sur l'autre rive, qui a, maintenant, la prédilection de Loutrel. Le patron n'est autre qu'André Finckbeimer, l'ex-commandant F.F.I. de Marmande, surnommé le Manchot parce qu'un soir, un copain ayant bêtement lâché une grenade dégoupillée dans un café toulousain, *L'Arc-en-Ciel,* Finckbeimer l'a ramassée. Il voulait la lancer au loin. Elle lui a explosé dans la main. Il a été décoré pour fait de guerre. Aux *Marronniers,* le Louf est comme chez lui. Il boit, joue aux cartes ou aux boules, tire sur des bouteilles vides alignées dans le jardin.

C'est donc chez ce vieil ami de la Résistance, retrouvé, que Loutrel tient, avec ses hommes, un conseil de guerre.

« Bon, dit Fefeu impatient, qu'est-ce que tu proposes, Pierre ? »

Loutrel s'empare d'un stylo dans la poche du veston de Naudy, et entreprend de dessiner la topographie du prochain assaut, sur la nappe blanche.

« Voilà. Ça, c'est la rue de Maubeuge. Samedi prochain, à treize heures quinze, le fourgon postal n° 5915 RM va transporter ses fonds au bureau des ambulants de la gare du Nord. Il remonte la rue. Dès qu'il arrivera à la hauteur de ce mur, assez haut, toi, Jo, tu le doubleras et tu lui feras une queue de poisson, de façon à l'arrêter. Nous autres, on émergera. Toi, Fefeu, tu braqueras le chauffeur et le convoyeur qui se tiennent à l'avant. Tu les aligneras le long du mur, les mains en l'air Raymond et moi, on piquera les sacs. Avant de réembarquer dans la traction, je désarmerai les postiers. C'est plus sûr et ça nous fera des flingues en prime. Tout doit se passer dans la minute. Ça va ? Bon. On se retrouve tous samedi, à midi pile, *Café de la Paix.* »

Le 26 août 1946, par une journée ensoleillée, l'agression se déroule à l'heure dite selon le plan prévu par Loutrel. Les P.T.T., cet après-midi-là, sont délestés de 7 950 000 francs.

Dans la voiture qui fuit dans Paris, le Louf, sur la banquette arrière, regarde longuement les sacs de toile gonflés de billets. Il sourit, découvrant ses dents, murmure :

« La baraka est revenue. »

Après les rafles sur la Côte d'Azur, après sa grande dépression chez Cornélius, après l'échec des Métaux Précieux, Loutrel craignait que sa vie ne fût parvenue au tournant qui amorce le déclin.

13.

L'ARACHNIDE basque — en latin *Pyrenaica Aranca* — Emile Nouzeilles a tissé sa toile. Et la première mouche qui vient s'y empêtrer, d'une espèce ordinaire, potelée, aux cheveux poivre et sel, à la poitrine lourde, au bourdonnement incessant, est la concierge du 93 de la rue de Maubeuge. L'après-midi du 26 août, elle faisait le ménage chez sa locataire du deuxième étage. Bien que la loi l'interdise, elle secouait ses chiffons par la fenêtre lorsqu'un spectacle captivant comme un film policier s'est déroulé sous ses yeux : une Citroën a barré la route à un fourgon postal, des hommes armés en sont descendus, ont aligné les convoyeurs contre un mur, dévalisé le fourgon, pris la fuite. Maintenant, dans la tanière de la Brigade des agressions où elle est arrivée, inquiète et essoufflée, elle tient la vedette.

« Çui-là, non, ça me dit rien... Çui-là non plus... Attendez, faites voir çui-là... »

Patiemment, Nouzeilles replace devant les yeux de la gardienne une photographie prise le 27 octobre 1941, par la police de Nice : les lèvres pincées, le regard dur, Pierre Loutrel pose malgré lui, du temps où il n'était qu'un petit malfrat.

« Ne faites pas attention à la date, recommande le policier, ce qui compte ce sont les traits, la forme du visage, l'expression du regard... »

La femme se concentre, cligne d'un œil, puis de l'autre, se recule de la photo, s'en rapproche.

« Dites donc, vos clichés, c'est pas de la tarte, glousse-t-elle, vous leur en faites des têtes à ces gars-là ! »

Nouzeilles cache son impatience derrière un sourire angélique. L'unique témoin de l'agression peut lui fournir des renseignements précieux, aussi ne doit-il pas le brusquer. Il échange avec Briat un coup d'œil excédé et s'entend dire :

« Prenez tout le temps qu'il vous faut, chère madame. Nous ne sommes pas pressés. Cette photo vous dit quelque chose, par hasard ? »

Le ton charmeur replonge la concierge dans une nouvelle méditation. Les yeux plissés, elle fixe le document, tandis que Nouzeilles triture nerveusement une cigarette entre ses doigts. Enfin, hésitante, elle répond quêtant presque une confirmation.

« Ce serait pas des fois celui qui barbotait les sacs avec un petit jeune ?

— Si, chère madame, exulte Emile en approuvant de la tête. C'est lui ! Un peu plus vieux, certes, mais c'est bien lui. Bravo, vous êtes physionomiste.

— Ah ! pour ça oui, on me l'a toujours dit. J'aurais fait un bon détective, hein ? Pour sûr que je le reconnais... Y a même pas d'erreur possible. je m'étais dit en le regardant manœuvrer : « Ça, « c'est un bel homme, et bien habillé avec ça ! Pas « du tout l'allure d'un gangster. »

Nouzeilles ne répond pas, mais il vient de marquer un point : il a trouvé le cerveau de l'attaque de la rue de Maubeuge, jusque-là inconnu. Reste à identifier les autres. Toujours souriant, il tend la photographie de Râymond Naudy. La concierge, encouragée, n'hésite pas :

« Alors, çui-là, pas de confusion possible, c'est le jeune qui aidait l'élégant. Il était très mignon...

— Avez-vous vu le chauffeur ? » l'interrompt le policier.

Elle secoue négativement la tête.

« Ça non. Y faisait trop de soleil et ça se reflétait sur le pare-brise. J'ai aperçu une ombre avec un chapeau, c'est tout. Vous pensez que je vous le dirais, sans ça.

— Bien sûr, bien sûr », répète Nouzeilles qui marque un second point. Après Loutrel, Naudy, ce sont bien les deux truands dont lui a parlé Pinault en revenant du ministère, repérés par la Sûreté nationale après le hold-up de la poste de Nice.

« Tenez, reprend le policier en fouillant dans ses photos, encore un petit effort. Voyez si vous ne reconnaîtriez pas d'autres têtes dans le tas. On ne sait jamais puisque vous êtes si physionomiste. Je reviens. »

Quand Nouzeilles réapparaît, les photographies de Boucheseiche et de Fefeu sont dans les mains de la concierge.

« Je peux m'en aller maintenant, m'sieu ? quémande-t-elle.

— Deux minutes, répond Nouzeilles, le temps de prendre votre déposition. Briat, conduit Madame chez le secrétaire suppléant. »

Nouzeilles reste seul dans son bureau. Il est archi-satisfait. Si Fefeu est une vieille connaissance de la P.J., Boucheseiche, recherché pour collaboration avec l'ennemi, est désormais accusé d'agression à main armée. Emile se frotte les mains, les accointances du Gros Georges avec la pègre devraient fatalement permettre de le débusquer.

Une seconde mouche se prend dans la toile d'araignée. C'est un commis parisien, le visage éclaboussé de taches de son, rouquin, qui s'exprime avec un accent faubourien prononcé. Il est arrivé dans le bureau de l'inspecteur principal avec cet air contrit de l'homme qui regrette amèrement d'avoir été trop bavard.

« J'veux pas être mêlé à ça, m'sieu », répète-t-il comme une litanie.

Visiblement, il est rongé par le trac.

« Ils vont me descendre ! » gémit-il, incapable de contrôler le tremblement de sa lèvre inférieure.

« Mais non, mais non », le tance Nouzeilles en s'efforçant de le rassurer.

Le jeune commis est toujours en proie à son cauchemar. Un dimanche soir, avec sa petite amie, il est allé flâner sur les bords de la Marne. Son plan sentimental était bien établi : après la friture avalée dans une guinguette, il comptait entraîner sa conquête dans des buissons propices aux tendresses furtives. C'étaient des temps où les jeunes gens se contentaient du peu que leur offrait la nature, où chaque bosquet, chaque modeste herbage, chaque coin de pénombre, chaque fossé herbeux abritait des amours malcommodes et clandestines. Donc, en ce soir de juillet, le jeune commis s'entortillait autour de sa compagne dans l'herbe du quai du Petit-Parc à

Saint-Maur, quand une étrange discussion l'a arraché à ses entreprises sentimentales. Deux hommes parlaient âprement, répétant trois prénoms : Jo, Serge, Monique.

Monique était l'enjeu de la dispute. Retenant son souffle, le jeune commis a compris que l'un des hommes, le prénommé Serge, reprochait à l'autre, Jo, de lui avoir pris sa femme. Bien que froussard, l'électricien, poussé par la curiosité, a rampé comme un serpent jusqu'au bord de la route où il a constaté qu'un troisième personnage, grand et râblé, se tenait légèrement à l'écart, silencieux. Dissimulé derrière un arbre, le jeune voyeur a remarqué également que le plus grand du trio, le nommé Jo, découvrait en parlant une incisive en or, et portait une cravate tricolore. Jusque-là, rien qu'une algarade sans importance, comme il en naissait souvent le dimanche soir sur les bords de la Marne. Et puis, tout s'est déroulé très vite. Le plus petit, Serge, a glapi :

« Si tu ne me files pas cinq cents sacs d'amende, t'auras de mes nouvelles. »

Jo a éclaté de rire. L'homme silencieux s'est alors avancé de deux pas et a dit, méprisant :

« Jo, ne gaspille pas ta salive avec un sous-homme. » Sa main a brandi un revolver. Il y eut trois détonations. Serge s'est écroulé. Les deux autres l'ont balancé dans une Delahaye et ont démarré en trombe.

Le lendemain, le commis a raconté la scène à son contremaître dont le beau-frère est flicard dans le XIIIe arrondissement : trois jours plus tard, l'information parvenait sur le bureau de Nouzeilles. L'organisation de la Brigade des agressions commençait à tourner rond. C'est surtout la

Delahaye qui a éveillé ses soupçons. Briat en avait parlé car il l'avait vue souvent, garée devant un bistrot de la rue Puget, à Montmartre, tenu par Alfred Bonheur, un ancien souteneur. Par les archives, Emile découvrait que Bonheur et Naudy avaient opéré ensemble à Toulouse. Il découvrait aussi qu'ils avaient le même ami, André Finckbeimer, leur chef de groupe durant la Résistance, maintenant propriétaire du Café *Les Marronniers*, 46, quai du Petit-Parc à Saint-Maur : près de l'endroit où le commis a vu abattre un homme.

Emile Nouzeilles a convoqué son deuxième témoin. De la main, il pousse devant lui la pile de photos anthropométriques. Après bien des réticences, l'électricien finit par en désigner deux. La première tête ne surprend pas Nouzeilles : c'est celle de Loutrel. La seconde le fait sursauter : il s'agit de Jo Brahim Attia, l'ancien déporté que la police laissait en paix en signe de gratitude pour son dévouement, son abnégation, son héroïsme à Mauthausen.

De nouveau Nouzeilles se frotte les mains : Loutrel, Naudy, Fefeu, Boucheseiche et maintenant Attia. La bande est « tapissée ». Reste à la coincer. Même les poulets ont droit de se nourrir d'illusions.

Les policiers sont généralement unanimes à reconnaître que le facteur chance ou providence joue un rôle déterminant dans leur travail. Pendant des mois, des années quelquefois, ils pataugent, sèchent, triment, enquêtent dans le vide, piétinent, se morfondent, s'agitent, perdus dans le brouillard. Et puis, d'un seul coup, le ciel s'éclaire, les renseignements s'accumulent, la justice peut enfin se mettre en branle. C'est ce qui arrive à Nouzeilles. Un nouvel élément vient lui confirmer la présence de la bande aux *Marronniers*. Il s'agit de l'une de ces coïncidences heureuses, perpétuant le dicton qui fait du hasard le dieu des policiers. Cette fois-ci, deux hirondelles, gardiens de la paix en bicyclette, lui apportent les informations qu'il attend.

Un soir, les deux agents du commissariat patrouillent en pédalant mollement dans les rues de Saint-Maur, leur secteur. Soudain, provenant des quais, un boucan intolérable en cette heure tardive leur parvient. Les hirondelles s'arc-boutent sur leurs pédales. Ils aperçoivent les occupants d'une voiture qui rient à perdre haleine, en tirant des coups de feu dans les arbres. Malgré leur sprint à la Lapébie, les gardiens arrivent trop tard : la voiture a décampé.

Une demi-heure s'écoule : les deux hirondelles retrouvent de nouveau la voiture, phares allumés, arrêtée devant le bistrot *Les Marronniers*. Elle est vide de ses occupants. Le plus âgé des agents pose sa bécane contre le muret de l'établissement, sort son calepin pour dresser un procès-verbal, quand son collègue le tire par la manche.

« Fais gaffe. C'est des manitous. Regarde la plaque. »

L'autre a froncé les sourcils. A la droite de la plaque minéralogique, dans un ovale vert, deux initiales C.D. Le véhicule appartient à une mission diplomatique.

« Tu as raison, vaut mieux laisser tomber

approuve le brigadier, en rangeant son calepin. Les huiles s'amusent... »

Toutefois, dès leur retour, ils font part de l'incident à leur chef de poste qui l'inscrit sur son registre, qui est transmis au bureau du commissaire, qui transmet à la P.J. Une routine qui aboutit au bureau de Nouzeilles. Lors de la réunion hebdomadaire, l'inspecteur Albert Briat, qui collecte les renseignements sur le XVIIIe arrondissement, s'est écrié :

« Vous voyez ce que je vous avais dit, patron : c'est bien la même voiture. Donc, l'équipe fréquente Alfred Bonheur, rue Puget, et *Les Marronniers* de Finckbeimer. Patron, je crois qu'on tient le bon bout. »

Le plan d'Emile Nouzeilles est simple. Il consiste à attendre que la bande soit désormais réunie au grand complet pour lui tomber dessus, massivement. Aux *Marronniers* ou ailleurs. Mais Emile pense que l'assaut aura vraisemblablement lieu vers la Marne.

« Etablissez une surveillance discrète et constante », ordonne-t-il.

Facile à dire. Si, de jour, des inspecteurs grimés en pêcheurs à la ligne taquinent le goujon sur le quai du Petit-Parc, de nuit, la planque est quasiment impossible. Or, c'est précisément le soir que le gibier en goguette fréquente la Marne. Dans la journée, il arrive que Jo Attia ou Boucheseiche, au volant de voitures aux numéros falsifiés, fassent des incursions au café, mais la bande n'est jamais complètement réunie. Les arrêter séparément serait une erreur : dès la première capture, le gang se disperserait, modifierait ses habitudes.

Emile, qui est venu examiner les lieux, l'admet. Pourtant, quand il s'est rendu à Saint-Maur, il a failli s'étrangler d'émotion. A quelques pas de sa voiture, il a vu Attia et Boucheseiche sortir en riant des *Marronniers,* s'installer dans une Citroën et disparaître. A ce moment-là, Emile a dû se retenir pour ne pas leur tomber dessus avec ses hommes. Maintenant, il en a la certitude : le célèbre gang des tractions avant, dont tous les journaux parlent, possède son quartier général aux *Marronniers.*

« Il faut continuer à planquer », recommande-t-il à ses collaborateurs.

La surveillance continue, doublée d'investigations. Interrogés sous des prétextes divers, les voisins de Finckbeimer racontent que les clients du bistrot jouent souvent à la pétanque dans le jardin de l'auberge, éclairé *a giorno* par les phares des voitures, que de très jolies femmes, sorties d'on ne sait où, les accompagnent ou viennent les rejoindre, dont une toujours emmitouflée dans ses renards argentés et tirée par un cocker.

« C'est tout ce qu'on a pu apprendre, patron », dit à Emile l'une de ses sentinelles, lors du rapport.

Nouzeilles n'hésite pas. Tant pis pour les frais. On lui a signalé un pavillon vide à louer, près du repaire, d'où la surveillance nocturne sera possible. Emile en parle à Pinault qui transmet à la direction de la P.J. qui alerte le préfet de Police. L'accord est donné. Armés de jumelles, les hommes d'Emile s'installent et se relaient avec les précautions d'usage. Désormais, c'est une affaire de patience, l'un des atouts de la police. Un jour viendra où la bande sera au complet. Malheureusement, la villa ne possède pas de téléphone et cela ne facilite pas les communications avec le quai des Orfèvres. Pour appeler la Brigade, les inspecteurs sont contraints de téléphoner d'un café voisin sans se faire remarquer des propriétaires ou des clients parmi lesquels pourrait se trouver un complice de Loutrel. Ces comptes rendus téléphoniques ont lieu trois fois par jour : matin, midi, soir. Chaque fois, ils se bornent à une courte phrase-code :

« Emilienne, on n'a rien pêché. »

Le béret de Nouzeilles demeure obstinément enfoncé jusqu'aux sourcils.

14.

TASSÉ dans un coin de la traction familiale qui m'entraîne vers Meaux, je contiens avec peine une mauvaise humeur. Il est six heures, le jour commence à poindre, je frissonne et j'ai la bouche amère. Je déteste l'aube, toutes les aubes et tous les levers de soleil. A l'avant, près du chauffeur Crocbois, ses cheveux noirs bien coiffés comme s'il partait pour le bal, Georges Durieu somnole, les bras croisés, la tête dodelinante, engoncé dans une vieille vareuse militaire dont il a décousu les galons. A côté de moi, Gueltel, sa cigarette maïs au coin des lèvres, a la toux d'un grabataire. Mes paupières me pèsent comme des briques. Je meurs de sommeil, j'ai l'impression de vivre avec un corps sans squelette, tout mou. A l'heure qu'il est, tandis que je suis ballotté par la Citroën, Marlyse dort sur le matelas posé sur un sommier à même le sol, dans le deux pièces-cuisine que j'ai déniché à Montmartre. Je l'imagine, ses cheveux blonds en désordre sur le traversin, le bras replié sous la tête dans une attitude familière, son joli corps lové dans la chaleur du lit. J'aime la regarder dormir. Elle paraît si gentille dans son sommeil ! Quand je l'ai rencontrée, trois ans plus tôt, au magasin du *Printemps* où j'étais engagé comme détective affecté à la surveillance, sa beauté m'a coupé le souffle. Mon naturel timide ne m'a permis que de bredouiller quelques paroles idiotes du genre : « Vous vivez avec vos parents ? » Enfin, elle a consenti à boire une grenadine au *Dupont Saint-Lazare.* Marlyse m'a parlé de son travail de dactylo, moi de mes tribulations avec les voleurs aux étalages. Elle était pauvre, je l'étais aussi. Nous avions décidé d'unir nos misères, ignorant que zéro plus zéro égale zéro.

Pendant deux années, nous avons comme on dit, abrité notre amour dans un taudis de Belleville avec eau vraiment courante sur le palier. Lorsque le soir, abrutis par une journée de travail, essoufflés par l'escalade des six étages, le regard hagard, nous nous retrouvions, Marlyse et moi, dans notre mansarde, il fallait réellement avoir la tendresse chevillée au corps pour puiser dans nos ultimes énergies la force de nous manifester ces délicatesses qui unissent un homme à une femme. Récemment, la chance m'a souri. Au cours d'une enquête de routine, j'ai appris qu'un minuscule logement était libre dans le quartier de la place Blanche, moyennant une reprise de trois mille francs pour une cuisinière à gaz, bruyante comme un Diesel, et une moquette dont une mite famélique n'aurait pas voulu. L'angoisse au cœur, je me suis présenté chez le propriétaire qui, rassuré par ma fonction de policier, m'a signé un bail. Aussitôt après, j'ai traversé les rues de Paris, entre les brancards d'une voiture à bras, chargé de nos biens entassés dans des cartons. Depuis notre emménagement, avec Marlyse, nous avons travaillé chaque soir comme des forçats, à la transformation de notre nouveau gourbi en nid d'amour. A peine rentrée de nos bureaux, Marlyse se déshabille, j'en fais autant. Elle noue un foulard de coton sur ses cheveux, endosse une salopette de mécanicien qui engloutit sa silhouette. Moi, torse nu, je nage dans mon pantalon de démobilisé, retenu par une ficelle. Elle lessive. Je comble les fissures. Elle gratte le vieux papier. Je bouche les trous, je mastique, j'enduis, je ponce. Nous peignons jusqu'à une heure tardive de la nuit, les yeux piquants, la gorge séchée par la peinture, hébétés, hargneux, silencieux. Mais le résultat est là : nos deux pièces ont pris un air guilleret et seul le renfoncement douteux de l'évier a conservé ses relents 1880.

La nuit dernière, nous nous sommes couchés affreusement tard. Marlyse avait décidé de peaufiner notre décoration : le bout de sa langue dépassant de ses lèvres roses, elle s'est entêtée à peindre des filets dorés sur les portes tandis que, de mon côté, j'ai joué les funambules en posant les tringles, puis les rideaux. Vers trois heures du matin, nous nous sommes écroulés sur notre lit. Je dormais profondément lorsque de violents coups de poing cognés à ma porte m'ont fait sursauter. En titubant, je me suis levé. A tâtons, j'ai cherché mon pantalon sur une chaise, je l'ai enfilé, puis, le tenant d'une main, j'ai marché tel un somnambule vers la porte, secouée par de nouveaux coups de poing.

« Qu'est-ce que c'est ? ai-je demandé en bâillant.

— Le commissariat du XVIIIe, inspecteur. »

Totalement abruti, j'ai ouvert et saisi le message que le gardien de la paix me tendait.

« Pas facile de vous dégotter dans un foutoir pareil ! Y a que des couloirs, chez vous. J'ai dû frapper au moins à quatre portes avant de vous trouver », me lance-t-il avec un ton de reproche.

J'ai refermé. Le pas de l'agent s'estompe. Il me faudra chercher un piston pour avoir le téléphone chez moi, si je ne veux pas être lynché par les autres locataires. Le message est laconique : « La voiture passera à cinq heures précises. » En haussant les épaules, j'ai retrouvé la chaleur de Marlyse qui a grogné dans son sommeil. Et je me suis rendormi jusqu'à cinq heures trente quand, après avoir fait vaciller ma porte en la bourrant de coups de pied, la voix de Durieu a hurlé :

« Alorsss, Borniche, c'est pourrr aujourrrrd'hui ou pourrr demain ? »

J'ai sauté dans mon pantalon, mes chaussettes, mes souliers, ma chemise, mon veston. J'ai agrippé ma cravate, avalé un verre d'eau, dégringolé mes quatre étages, pris place dans la voiture de service.

« Les collègues de Meaux ont alpagué une équipe de casseurs. On va les chercher », m'a annoncé Durieu avant de s'endormir.

Enchaînés et hirsutes, les trois hommes se tiennent debout dans le poste de police, tête baissée, honteux et furieux de s'être laissé prendre. Dès notre apparition, une lueur d'inquiétude a traversé les prunelles du plus petit, un Marseillais que Durieu a choisi comme proie préférée. Dans le bureau du commissaire, pas encore arrivé, le brigadier nous relate la capture avec une évidente satisfaction :

« C'était hier soir à vingt-trois heures. Avec

deux gardiens, on effectue une ronde dans les rues de Nanteuil-lès-Meaux et, tout à coup, qu'est-ce que je vois ? Une traction abandonnée devant la fabrique de bas de la Société Verdier. Je saute de ma bécane, je m'approche de la Citroën dont le moteur est encore chaud, les clefs sur le tableau de bord. A proximité, une autre Citroën et un camion P. 45, tous feux éteints. Je hume du louche. Je fais "psst" à mes hommes. On se terre dans l'ombre. Et qu'est-ce qu'on voit ?

— Qu'est-ce que vous voyez, brigadier ? demande Durieu en soulevant une paupière.

— Rien d'abord. Et puis, des inconnus sortent de l'usine avec des cartons de chaussettes dans les bras qu'ils chargent dans le camion. Le manège dure plusieurs voyages. Plus de doute possible : des voleurs. J'alerte mes hommes. On sort nos pistolets, on bondit, je somme "Haut les mains, Police !" Trois voleurs obtempèrent.

— Et les autres ? questionne poliment Gueltel.

— Ils foutent le camp. On passe les menottes à nos trois lascars, on pénètre dans l'usine, on délivre le veilleur ligoté et bâillonné, on rentre au commissariat. »

Nous sommes de retour rue Bassano depuis deux heures. L'œil mauvais, Durieu marche de long en large dans le bureau de Baniel, à larges enjambées. Par moments, il s'arrête, toise Marius Machoux, menottes aux poignets, planté au milieu de la pièce. Impassible derrière son bureau, le patron assiste à l'interrogatoire. Hidoine, assis jambes pendantes sur un coin du bureau, suçote sa prothèse. Gueltel, manches retroussées, attend le signal de passer à l'action directe.

Abasourdi, le menton sur la poitrine, Marius se tait malgré les vociférations de Durieu. Dans mon coin, je me sens mal à l'aise, presque honteux et coupable dans cette atmosphère de mise à mort. J'observe Durieu, hors de lui à cause du silence du Marseillais. J'observe Gueltel du coin de l'œil : ses gros poings se ferment et s'ouvrent convulsivement. Le bonheur anticipé qu'il ressent de bientôt frapper, me donne la nausée. Les passages à tabac me chavirent le cœur.

« Alors, reprend Durieu, tu ne veux toujours pas dire qui sont tes copains ? »

Machoux ne bronche pas, continue de fixer la pointe de ses chaussures sans qu'un muscle de son visage ne bouge. De temps à autre, seul le va-et-vient rapide de sa glotte trahit son anxiété. L'interrogatoire dure depuis plus d'une heure, toute la subtile graduation des arguments, doucereux puis franchement menaçants, a été épuisée. Je sens que nous parvenons au moment où la parole va céder sa place aux actes et je plains le Marseillais. Avec Gueltel, il va recevoir une raclée en règle. C'est mon premier interrogatoire important au sein de l'équipe de durs de la Brigade.

« Parfait, puisque tu n'ouvres pas ta gueule, à poil ! » ordonne Durieu.

Marius, apparemment, n'a pas compris. Il relève la tête et dévisage le policier.

« A poil, t'entends ? vocifère Durieu. Tu ne veux pas parler habillé, peut-être qu'à poil tu seras plus à l'aise. Jusqu'à présent, on a été gentils avec toi. Maintenant c'est terminé, on va passer au deuxième acte : celui du drame ! »

Après avoir parcouru du regard l'assemblée, cherchant une approbation, il s'approche du Marseillais, lui enlève les menottes, arrache sa veste et la chemise qu'il jette dans un coin du bureau.

« Le pantalon, et vite ! »

Machoux dégrafe sa ceinture, fait glisser son vêtement, lève une jambe, puis l'autre, se retrouve en caleçon.

« Les godasses ! »

Les chaussures sont enlevées.

« Et le caleçon ? Grouille, on n'a pas de temps à perdre ! »

Machoux obéit encore. Maintenant, il est là, nu au milieu de la pièce, sous nos regards, n'ayant conservé que ses chaussettes grises, montantes.

Gueltel ramène brutalement les poignets derrière le dos et verrouille les menottes. J'entends le cliquetis des crans jusqu'au dernier, celui qui fait apparaître un rictus de douleur sur le visage du prisonnier.

Gueltel prend position, les jambes écartées, bien calées, face à Machoux. La punition va commencer. Il lève la main.

« Stop, ordonne Baniel, sans quitter sa place. Une seconde, Gueltel. Marius a sûrement réfléchi et il va nous faire ses confidences avant qu'il ne soit trop tard. N'est-ce pas, Marius ? Une dernière fois, voulez-vous sortir de ce pétrin ? Si vous parlez, on vous en tiendra compte, j'interviendrai pour vous auprès du juge d'instruction. Si vous ne voulez pas, tant pis. Vos copains, en bas, seront peut-être plus compréhensifs. »

Machoux pose sur lui un regard désemparé. Ses lèvres se desserrent.

« Je sais pas, monsieur, j'ai été invité au dernier

moment... J'ai juste entendu les noms de la Fouine, de Dédé et de Riton, j'en sais pas plus !

— Si tu veux jouer au con avec nous, t'as pas gagné ! rugit Durieu. Tu parles, si on la connaît la musique ! « Je sais pas, monsieur, je connais « rien, monsieur... » Dis, c'est pas d'aujourd'hui qu'on nous la fredonne, hein ! Seulement avec moi, ça ne prend pas, foi de Durieu ! Et tu vas t'allonger, c'est moi qui te le dis ! Il va falloir y aller, il y a que comme ça... »

Agacé, Baniel l'interrompt d'un signe de la main et s'adresse de nouveau au Marseillais :

« Alors, vous refusez de parler ? »

Machoux hausse les épaules et détourne la tête. Nos regards se croisent. C'est un voyou, bien sûr, mais sa détresse m'émeut et me fait presque regretter d'avoir choisi ce métier dont certaines méthodes me révoltent. J'ai horreur de la violence et de la délation, pratiques courantes dans la police. Mais, effectivement, face au monde impitoyable et pervers de la pègre, qui lui aussi pratique les coups bas, comment agir autrement dans certains cas ? A pas lents, je quitte mon coin et je me dirige vers Machoux. Planté devant lui, je le fixe dans les yeux.

« Les chaussettes », dis-je simplement.

Durieu me regarde, apitoyé. Gueltel lève les yeux au plafond. Baniel, me fixe intrigué. Tout en soutenant mon regard, Machoux est troublé. Sans élever le ton, je continue à bluffer :

« Nous sommes au courant de tout, mon pauvre Marius ! Ça ne sert à rien de nier. Tu vois, quand vous partez en expédition, vous avez tort de mettre tous les mêmes chaussettes ! »

Auparavant, dans la voiture qui nous ramenait

vers Paris, j'avais constaté que les trois prisonniers portaient des mi-bas identiques, même forme, même couleur, même lainage. Il ne pouvait s'agir là d'une simple coïncidence. J'en avais déduit qu'ils se connaissaient depuis longtemps, qu'ils avaient dû voler d'autres chaussettes dans d'autres usines, bien avant, au cours d'autres cambriolages. Les chaussettes, en ces temps de disette, sont rares comme le caviar.

La glotte de Machoux reprend son va-et-vient. Sa langue humecte ses lèvres, un signe infaillible, précurseur d'aveux. De l'index, je soulève le menton de Machoux, qui flanche à vue d'œil.

« Alors ?

— Je vais vous expliquer », souffle-t-il.

Marius n'est pas un dur. C'est plutôt, un pauvre bougre qui s'est laissé entraîner dans des expéditions parce qu'il faut vivre et manger. Il est peintre en bâtiment, Machoux, sans emploi. Au chômage ! Il traîne dans les bistrots de la rue Saint-Denis, proie idéale pour les recruteurs de coups de main. Il ne demande pas mieux que de parler. Malheureusement, il ne sait pas grand-chose.

« C'est Gilbert Deschamps qui m'a proposé de participer à l'affaire de Meaux, m'avoue-t-il. Avant, on avait déjà fait le coup de Molliens, dans l'Oise, juste avant les vacances : on avait fauché deux camions de chaussettes.

— Qui est ce Deschamps. Et où peut-on le trouver ? »

Une ride barre le front de Machoux, il hésite. Enfin :

« Je ne connais pas son adresse, je vous jure. C'est un Breton qui fréquente la porte Saint-Denis.

— C'est vague, ça, hein ?

— Il est souvent au *Petit Trou*, rue de Tracy. Il a deux femmes qui travaillent rue Blondel, chez l'amie de Boucheseiche...

— Qui c'est, celui-là ? »

Marius pince les lèvres, avance le menton en signe d'ignorance.

« Je le connais pas. On m'a dit qu'il avait été de la rue Lauriston. Un type dangereux, à ce qu'il paraît. D'après Deschamps, il vient de temps en temps voir sa femme puis il disparaît. Sans doute qu'il a d'autres planques. »

Machoux se tait. Je le sens tendu, craintif même. Peut-être en sait-il davantage, mais il ne veut pas franchir la frontière ténue qui sépare le mauvais garçon de l'indicateur de police.

« Bon, ce Deschamps, comment est-il ?

— Petit, trapu avec un gros chronomètre en or. »

Fin de la séance. Machoux se cloître dans un mutisme prudent. Il signe ses aveux. Je regarde mes collègues étonnés par ma démonstration. Baniel me sourit :

« Que comptez-vous faire, maintenant, Borniche ?

— Si vous êtes d'accord, patron, j'irai consulter nos archives pour savoir qui sont Boucheseiche et Deschamps et même celles de la P.J., quai des Orfèvres.

— Vous défendez nos couleurs, mon petit Borniche. »

15.

Le bar *Le Petit Trou* appartient à un Corse corpulent, au nez épais et grêlé, dont le regard sombre et soupçonneux surveille sans cesse les mouvements de ses serveuses aux jupes fendues. Dans le fond de la salle, sous un escalier de bois, des clients jouent interminablement aux cartes, le chapeau rejeté en arrière, la cigarette pendante aux lèvres. De temps en temps, une fille bariolée entre, commande un Vittel, disparaît aux toilettes. L'un des joueurs se lève aussitôt, va la rejoindre. Quelques minutes après, il est de retour à la table, se rassied en souriant, reprend ses cartes : il a touché la comptée.

Quand nous pénétrons dans la salle enfumée, tous les regards convergent sur Marlyse qui s'est maquillée outrageusement, et observent ses jambes au moment où nous nous installons sur les tabourets du comptoir.

« Mominettes... deux ! »

Pendant que le patron nous sert, je tente en vain de repérer Gilbert Deschamps parmi les joueurs, mais je m'aperçois rapidement que tous portent au poignet d'énormes chronomètres achetés au marché noir : un luxe de truand et de B.O.F. A petites gorgées, je sirote mon apéritif en bavardant à haute voix avec Marlyse qui a découvert, juste ce qu'il faut, ses jambes admirables. L'horloge suspendue au-dessus de la caisse indique vingt heures. Le moment d'agir me paraît propice. Je quitte mon tabouret, je caresse les cuisses de Marlyse, je sors, cours vers le tabac de la rue Saint-Denis que j'ai remarqué en venant. Après avoir acheté un paquet de cigarettes, je demande un jeton, m'enferme dans la cabine téléphonique et je compose le numéro du *Petit Trou.*

« Est-ce que Gilbert Deschamps est là ? C'est Max.

— Quittez pas », répond le Corse.

L'attente est brève. A travers le brouhaha du bar qui me parvient dans l'écouteur, une voix questionne :

« Qui c'est ?

— Gilbert ?

— Oui ! »

Je raccroche. Je quitte la cabine. Dans la rue, à pas rapides, je me dirige vers *Le Petit Trou* où Gilbert Deschamps, mécontent d'avoir été dérangé pour rien, a regagné sa table de jeu. Marlyse me chuchote, pendant que le patron nous tourne le dos :

« C'est le petit à gauche avec les cheveux frisés, en marron. »

Le temps d'avaler un deuxième apéritif, nous sortons.

« Rentre et finis de cirer le parquet de la chambre, dis-je à Marlyse. Surtout, ne m'attends pas. »

Ma main se pose avec fermeté sur l'épaule de l'homme, mes doigts se referment sur le trapèze, ce muscle long à la base du cou, qui fait très mal quand on le serre. Mais je ne serre pas.

« Deschamps ? »

Surpris, le Breton lève la tête vers moi, m'examine. Il est neuf heures du soir.

« Police, viens avec moi.

— Pourquoi ?

— Simple formalité, on en a pour dix minutes. »

A pied, nous parcourons la rue de Tracy, nous coupons la rue Saint-Denis, escortés par les glapissements des filles, nous arrivons enfin au commissariat du quartier, dans l'étroite rue Thorel. Mon prisonnier est docile. Il se rebiffe à peine en franchissant la porte du poste où, après avoir exhibé ma carte de police au brigadier de service et lui avoir confié Deschamps, je téléphone à la Brigade pour que l'on m'envoie dare-dare la voiture de permanence. Mon but n'est pas compliqué : je vais tenter de faire avouer au Breton les vols de Molliens et de Meaux. Quand, demain matin, Baniel arrivera au bureau, il trouvera sur sa table un procès-verbal d'aveux signé, en règle.

Une demi-heure plus tard, nous filons vers la rue Bassano.

La joute commence, Gilbert Deschamps est sur la défensive, cela se voit. Il me détaille avec attention et je supporte son examen avec ironie, en silence. Ainsi que me l'avait décrit Machoux, il est petit, trapu, mais ne porte pas de chronomètre. Juste une montre rectangulaire, en or fin, et des boutons de manchettes sertis de diamants. Sa chemise de soie crème est coupée sur mesure, le façonnier a brodé les initiales G.D. en marron clair, au-dessus du cœur. Gilbert a les moyens et le front bas, le cheveu noir et dru, les mains manucurées. Le premier, il passe à l'offensive.

« Pourquoi vous m'avez amené ici ? »

Je souris toujours, me voulant mystérieux, m'espérant inquiétant. Enfin, je me décide à dire :

« Comme si tu ne le savais pas !

— Ma foi, non.

— Ah ! »

C'est tout. Volontairement, je garde le silence, bien que j'aie hâte d'en finir vite, de lui mettre sous le nez les aveux de Machoux, de recueillir les siens, de retrouver Marlyse et mon home montmartrois. Mais il me faut le laisser mariner dans son anxiété, ne pas abattre prématurément mes cartes. On ne sait jamais, il pourrait avouer plus que je n'en espère. Par routine, je pose une question style Durieu.

« Où es-tu né ? »

Il dort, Durieu, en ce moment, dans son pavillon de banlieue. Comme chaque soir après le repas, il a tiré sur sa pipe, promené son chien et, l'âme en paix, s'est allongé sur son lit 1900, en tubes cuivrés. Je me moque de lui mais il possède ce que je n'ai pas : la sérénité. Dès qu'il a quitté la Brigade, les problèmes de la boîte ne l'intéressent plus, jusqu'au lendemain neuf heures.

« A Pontivy », me répond Deschamps.

C'est joli, Pontivy. J'y suis passé une fois, avant la guerre, en vacances. C'est sur le Blavet. On y fabrique des toiles. J'aime bien la Bretagne et les Bretons.

« Ecoute, Gilbert, on ne va pas passer la nuit

ensemble. Si tu es là, c'est pour quelque chose de sérieux. Tu t'en doutes. Les histoires de macs ne m'intéressent pas.

— Comment ça, de macs ? se rebiffe-t-il.

— Voyons, rue Blondel ! dis-je ayant bien retenu la leçon de Machoux. Si je voulais être méchant je te demanderais de quoi tu vis, avec quel fric tu t'habilles, avec quoi tu achètes des diams. Les restrictions ne te privent pas, mais ça, ça ne m'intéresse pas. Par contre, vois-tu, ce qui me passionne, moi, ce sont les chaussettes. Marrant, non ? »

Gilbert Deschamps me lance un regard étonné et méfiant. Je sors une cigarette de ma poche, l'allume, rejette la fumée vers le plafond. Je poursuis.

« Comme je suis bon prince, je vais t'aider, Gilbert. A Meaux et à Molliens, il y a des gens qui s'amusent à fabriquer des chaussettes. Or sais-tu où elles vont, ces chaussettes ? Je te le donne en mille : aux pieds des truands de la porte Saint-Denis. Tu te rends compte ! »

Je n'ose relever le pantalon de Deschamps pour vérifier si ma théorie est exacte, mais, visiblement, ma tirade l'a ébranlé. Il me faut accentuer mon avantage.

« Si je suis venu te chercher, mon vieux, c'est pour des chaussettes. Tu es mis en cause par tes copains qu'on a piqués en flagrant délit. Alors, c'est simple : ou tu reconnais les faits et on peut s'arranger au mieux de nos intérêts communs, ou tu nies et, dans ce cas, tu passes la nuit ici avant d'être confronté, demain, avec tes complices. Trois contre toi, sans compter ceux que je vais encore alpaguer, tu ne pèseras pas lourd dans la balance. Finies les comptées du *Petit Trou.* Parce que, là aussi, fais-moi confiance, je veillerai au grain. »

L'amputation de ses ressources journalières impressionne Deschamps plus que les accusations de cambriolage. Les souteneurs sont ainsi faits. Pour eux, seules leurs femmes comptent. Elles sont leur gagne-pain, leur quiétude. Le monde peut être à feu et à sang, la bombe d'Hiroshima peut laisser des séquelles pendant des dizaines d'années, rien ne trouble leur indifférence tant que leurs gagneuses remplissent la tirelire. Mais coupez-leur les vivres et c'est la descente aux enfers !

Gilbert Deschamps n'échappe pas à la règle. Il appartient à cette confrérie dont les ramifications font le tour de la terre : les tenanciers. C'est parmi eux qu'un bon policier doit avoir des antennes car, par eux, il peut tout savoir de ce qui se trame dans le domaine du crime. A la sortie de la réunion ministérielle, Baniel m'avait recommandé de me constituer mon réseau d'informateurs. L'occasion m'en est fournie car je tiens la destinée de Gilbert Deschamps entre mes mains. J'attaque en douceur :

« Tu as peut-être un moyen de t'en sortir...

— Qu'est-ce que je dois faire ? me demande Deschamps, les sourcils arqués.

— Travailler pour moi. »

J'ai dit ça négligemment, comme si je demandais une chose tout à fait naturelle. Mais lui, il a un haut-le-corps et il se recueille quelques instants.

« Ça veut dire quoi, au juste ?

— Ça signifie que j'ai besoin de tuyaux. Les

casses ne m'intéressent pas, mais un beau crime, par exemple...

— Comment voulez-vous que je vous donne des tuyaux sur des crimes ?

— Boucheseiche, tu connais ? »

Interloqué, il me dévisage, se demandant pourquoi j'ai prononcé ce nom.

« Forcément.

— Eh bien, il m'intéresse. Il faisait partie de la Gestapo, non ?

— Dame, oui.

— Et il est en cavale !

— Dame, on le serait à moins.

— Alors, donnant, donnant : tu me dis où je peux l'arrêter et moi, je ne t'ennuie pas pour une affaire.

— Comment ça, pour une affaire ? sursaute Deschamps.

— Oui. Un crâne : une affaire. Deux crânes : deux affaires. Trois crânes : trois af...

— Oh ! s'écrie-t-il, dites, je n'ai pas volé toute ma vie ! Ce sont des accidents de parcours. D'ailleurs, avec Dédé le Basque, on voulait arrêter, c'est trop dangereux.

— Qui c'est, Dédé le Basque ?

— Decurzier, un brave mec, avec lequel on va le dimanche à Champigny jouer aux boules. Si je vous rends service, c'est vrai que vous me laisserez tranquille ?

— Ça dépendra.

— Le Boucheseiche se rend aussi à Champigny, avec Jo Attia, à *L'Auberge.* En voilà deux qui, en rien de temps, se sont bourrés avec Loutrel, Naudy et Danos. Seulement, ceux-là, vous ne vous en occupez pas. »

Le nom de Loutrel m'a fait sursauter à mon tour. Revigoré, j'attaque :

« Ecoute, on passe un pacte tous les deux : je laisse tomber les casses de chaussettes et tu me les fais piquer. D'accord ?

— Et les aveux des autres consignés sur P.V. ?

— Ils ne sont pas encore expédiés. On peut les refaire. »

Pendant une longue minute, Deschamps, l'esprit en ébullition, soupèse le pour et le contre.

« Je marche. Mais ça reste entre nous, hein ?

— Parole.

— Bon. Alors, écoutez-moi. Attia et Boucheseiche sortent souvent des filles du *Chabanais* ou du *One-Two-Two* et ils les emmènent en java à *L'Auberge* de Champigny. D'autres y viennent aussi. Le jour où ils seront là, je vous passe un coup de fil et vous les piquez en douceur. Ils seront bourrés, j'aurai planqué leurs armes dans le comptoir. Seulement, n'oubliez pas de m'emballer pour la forme, avec le Basque ! »

Je jubile. Lorsque Baniel arrive au bureau, je lui fais mon rapport détaillé. Il exulte aussi. En présence de la Brigade au grand complet, le patron met au point notre plan d'action. Il ne nous reste plus qu'à attendre l'appel de Deschamps.

« Messieurs, déclare Baniel, ce 23 septembre 1946 est une date à marquer dans notre carrière. C'est aujourd'hui que, grâce à Borniche, se dessine notre futur triomphe sur la P.P. »

16.

25 SEPTEMBRE 1946. Branle-bas de combat à la P.P. Une meute d'inspecteurs dégringole le large et vétuste escalier de bois de la Police judiciaire, se cogne aux murs noircis par le temps, déboule dans la cour carrée du quai des Orfèvres, saute en voltige dans les voitures dont les moteurs tournent déjà. Au même moment, des cars se remplissent d'agents casqués et armés. Dans une cacophonie de klaxons, de sirènes, de coups de sifflet, précédée d'une cinquantaine de motards, la police parisienne part à l'assaut. En tout, près de trois cent cinquante hommes. Il est 18 h 35.

L'appel de Nouzeilles à déclenché la mobilisation. Depuis qu'il est sur la piste du café des *Marronniers*, Emile, le béret enfoncé jusqu'aux yeux, ne quitte plus son observatoire. Tout à l'heure, de sa démarche voûtée, il est allé jeter un coup d'œil au bistrot. Il a eu un choc. Le jour tant attendu est arrivé : la bande est là. Dans la salle plongée dans la pénombre, il a aperçu Boucheseiche accoudé au bar, discutant avec des amis qui lui tournaient le dos. Nouzeilles a couru jusqu'au café le plus proche d'où, le souffle court, il a appelé le commissaire Pinault.

« Patron, ils sont là...

— Sûr ?
— Sûr.
— On arrive. »
Le chef de la Brigade criminelle a alerté le directeur de la P.J., René Desvaux, qui à son tour a averti le préfet de Police, Charles Luizet. Il a ensuite donné des ordres, rassemblé ses hommes, ceux de la Criminelle et ceux des Agressions. Maintenant, la colonne motorisée a traversé Paris, coupe le bois de Vincennes, vire au pont de Saint-Maur, s'engage sur le quai du Petit-Parc. Elle s'immobilise devant le n° 46. Un homme solitaire fait les cent pas devant la porte. C'est Nouzeilles.
« Alors ? questionne Pinault en courant vers lui.
— Alors, soupire Emile, furieux et consterné, quand je suis revenu après vous avoir téléphoné, il n'y avait plus personne.
— Vous voulez dire, s'étrangle presque Pinault, qu'ils sont partis ?
— Oui, patron. »
Pinault jette un regard désorienté aux véhicules qui regorgent d'hommes. Tout ce déploiement de force pour rien est grandiosement ridicule. Il soupire, imaginant la tête que fera le préfet de Police lorsqu'il débarquera, car Charles Luizet a tenu à diriger l'assaut en personne. Il va surgir d'une minute à l'autre, la radio l'a déjà annoncé. Le commissaire avale sa salive, puis propose d'une voix éteinte :
« Entrons toujours, Nouzeilles. »
André Finckbeimer, le patron des *Marronniers*, les reçoit avec un sourire ironique.
« Et pour ces messieurs, ce sera ?
— Mon pied au cul », lui répond Nouzeilles.
Une escouade d'inspecteurs envahit l'hôtel,

entreprend de le fouiller. A bout de nerfs, Nouzeilles a les larmes aux yeux. Son dépit est immense. Il s'approche de Finckbeimer, l'empoigne, et le secoue par le moignon :

« Où sont-ils ? interroge-t-il.

— Qui ? » demande Finckbeimer, les yeux agrandis par l'étonnement.

« Ecoute, fait Nouzeilles d'une voix stridente, en le secouant de plus belle, écoute-moi bien si tu ne veux pas recevoir une dérouillée comme tu n'en as jamais eu de ta vie. Où sont-ils partis, tes copains ? »

Il faut plus que des menaces pour intimider le Manchot. Il soutient le regard du policier et, la voix méchante, lui rétorque :

« Mes papiers sont en règle, monsieur. Je suis un commerçant, pas un auxiliaire de police. Vous n'avez aucun mandat de perquisition. Si vous touchez un seul de mes cheveux, vous aurez affaire à mes avocats. N'oubliez pas que vous parlez à un officier de la Résistance, à un mutilé de guerre. Je suis le commandant de Marmande... »

Le commissaire Pinault, surmontant sa déception, s'apprête à calmer Nouzeilles et à interroger Finckbeimer lorsque, se faufilant entre les jambes des policiers, un gamin pénètre dans le café, fonce vers le comptoir et, sur la pointe des pieds, agrippé au rebord du zinc, il interpelle le patron :

« Six paquets de Gauloises, m'sieur, s'il vous plaît. »

Nouzeilles a un déclic dans la tête. C'est une idée folle, saugrenue, un espoir insensé, désespéré. Les gangsters sont six. Pourquoi les cigarettes ne seraient-elles pas pour eux ? Nouzeilles lâche le mutilé. De mauvaise grâce, le patron sert l'enfant qui, ses paquets dans les mains, trottine maintenant dans ses sandalettes en carton bouilli. Pinault n'a pas eu besoin d'explications. Il a deviné ce qui s'est passé dans le crâne de son subordonné. Il désigne trois inspecteurs, puis s'adressant à Nouzeilles, à voix basse :

« Allez-y, mon vieux, et ne vous faites pas repérer. »

Les quatre hommes s'élancent. Le gamin a franchi le pont du Petit Parc, emboîte le quai Gallieni, s'engouffre dans une maison d'un étage aux murs jaunes et aux volets rouges, de l'autre côté de la Marne. Du coin des lèvres, Nouzeilles explique à ses collègues :

« C'est *L'Auberge* à Champigny. Restez là, moi je vais voir ce qui se passe... »

A pas feutrés, selon son habitude, l'inspecteur s'approche de l'établissement, contourne les tables de la terrasse, vide en cette fin d'après-midi, avance encore, longe un mur, jette un œil en passant. Son cœur bondit. Accoudé au bar, Boucheseiche est là. Il l'a reconnu. Les autres ne doivent pas être loin ! En courant, Nouzeilles rejoint ses collègues, et ordonne, excité :

« Briat, fonce prévenir le patron qu'il se ramène à toute allure ! Ils sont là. On va cerner la baraque ! »

Tel un interminable mille-pattes, la colonne des policiers s'étire le long du quai, traverse le pont au pas de course, ceinture *L'Auberge*. Par une chance inespérée, personne n'a remarqué la progression armée.

Dans le jour déclinant, à l'abri de la berge, l'officier de police Casanova empoigne un porte-voix :

« Vous êtes cernés ! hurle-t-il. Rendez-vous ! Sortez, les mains sur la nuque, les uns après les autres ! »

Les lumières de *L'Auberge* s'éteignent subitement. Puis, la porte s'ouvre. Une silhouette apparaît, qui semble vouloir s'élancer. Une détonation troue l'air, résonne sous le pont, roule entre les rives. L'ombre s'écroule. Des mains l'agrippent, la rentrent. La porte se referme. Le siège de *L'Auberge* commence. Il est vingt heures. Un silence opprimant s'installe. Allongés dans l'herbe humide des berges ou dans les jardins entourant l'établissement, tapis derrière les cabanons des potagers, les policiers attendent l'ordre de donner l'assaut. Le commissaire Pinault est satisfait. Il tient son gibier. Il a téléphoné à la Préfecture pour solliciter du renfort. La Brigade des gaz est en route. Il ne veut pas, et cela se conçoit, risquer de laisser filer Loutrel et ses complices. D'autres cars, d'autres motards sont arrivés, rejoints par un véhicule de la M.P. américaine convoqué pour assister à l'exhibition. Son 6,35 à la main, le préfet Charles Luizet s'est hissé sur un appentis pour mieux suivre l'évolution de cette nouvelle bataille de la Marne.

Soudain, un tir intense, désordonné, se déclenche, qui prend à revers les policiers embusqués dans la campagne.

« Les salauds ! fulmine le préfet. Ils ont alerté leurs copains. Ça va barder, messieurs, ça va barder... »

Il s'agit là de l'une de ces grandes méprises navrantes qui font parfois rougir l'Histoire, l'une de ces péripéties dérisoires déclenchée par la fatalité qui sait utiliser à merveille les comparses. Or, c'est bien un comparse qui a mis le feu aux poudres. A peine les assiégeants ont-ils pris place, à peine André Decurzier, un truand sans envergure, a-t-il reçu une balle dans la poitrine, l'affolement s'est propagé dans *L'Auberge*. Il faut préciser qu'à part Boucheseiche, contrairement aux espérances du commissaire Pinault et de ses hommes, la salle ne contient, ce soir-là, excepté une poignée de voyous de second plan, qu'une clientèle paisible : ce sont des gens venus des studios cinématographiques de Joinville et de Saint-Maur, des figurants, des techniciens abrutis par une journée de tournage, désireux de passer une soirée au frais, au calme.

Sitôt le premier coup de feu, un cinéaste a perdu son sang-froid. Il a bondi sur le téléphone et il a alerté le commissariat de Nogent. D'une voix fébrile, il a débité : « Venez vite, on est attaqué par des gangsters. » Le temps de rameuter ses troupes, de distribuer les armes automatiques, et la police nogentaise est partie au combat, sur les chapeaux de roues. Dans le clair de lune qui éclaire joliment la nuit d'automne, les nouveaux arrivants aperçoivent, planqués dans le gazon ou les légumes des jardins, des ombres armées à l'affût. Pas de sommations pour la vermine feu dans le tas !

Nul ne saura jamais, dans cette lutte fratricide entre poulets, à quoi attribuer l'absence miraculeuse de victimes. Mauvaise qualité des armes ? Piètre entraînement des tireurs ? Le fait est là, pas un policier n'a une égratignure. La confusion entre la police parisienne et la police banlieusarde prend fin tout de même à l'issue de l'un de ces exploits ignorés par la postérité, l'un de ces actes de bravoure qui s'épanouissent dans les ténèbres. Rampant tels des Peaux-Rouges, deux inspecteurs de Nogent ont pu s'approcher, sans être démasqués, d'un ennemi aplati dans l'herbe, l'arme au poing. Avec un ensemble parfait, ils lui ont sauté sur le dos, l'empêchant de donner l'alerte, l'ont maîtrisé, ramené dans leurs lignes. On fouille le prisonnier encore abasourdi. Stupéfaction : c'est un collègue. Dans la nuit, c'est bien connu, tous les poulets sont gris.

La méprise découverte, tous les tirs convergent vers *L'Auberge* verrouillée comme un fortin.

A l'intérieur, le patron, Mario Prost, réalise que son établissement, pour lequel il a économisé toute sa vie, va être réduit en miettes. Chaque balle qu'il entend venir s'aplatir ou écorner ses murs ou transpercer ses volets, est un coup qui le blesse au cœur. Il sait fort bien qui la police veut capturer. Mais à part Boucheseiche et quelques malfrats, les ténors de la bande sont absents. Il sait même où ils se trouvent, aux *Sept Arbres*, un café de Charentonneau, chez René de Saint-Malo, un Breton, ami de Cornélius. Peu avant la fusillade, Loutrel lui a téléphoné afin de prévenir Boucheseiche qu'il passerait dans la soirée, avec Attia.

« Bon, se dit Mario Prost, je préviens Pierre de la bagarre afin qu'il se tienne au large ; je fais filer le Gros Georges par ma cave qui communique avec les champs, puis j'ouvre aux poulets. »

Sa décision prise, Mario appelle les *Sept Arbres*, sans plus tarder. C'est Attia qui décroche :

« Pierre est déjà parti ?

— Tu rigoles ? fait Jo. Il est soûl comme une vache, il ne tient pas debout et il délire. Pourquoi ?

— Parce qu'ici, il y a du grabuge. Nous sommes encerclés par les poulets. Y en a partout. Ça grouille. J'aide Georges à foutre le camp et on capitule.

— Bon. J'arrive.

— T'es fou, Jo ! Je te dis que toute la police est là !

— J'arrive. Je viens récupérer Georges. On est pas le genre à laisser tomber un pote, dans la famille. »

L'entêtement d'Attia désespère Mario. A quatre pattes, il s'approche de Boucheseiche qui se tient assis par terre, une cigarette fumant au bord des lèvres, un Mauser dans chaque main. « Suis-moi », lui chuchote-t-il. Le Gros Georges crache sa cigarette, rampe derrière Mario jusqu'à la cuisine où Marie Boubouleix, la femme de chambre, et André Valy, le barman, claquent pitoyablement des dents. Avec peine, le patron soulève une trappe, la désigne à Boucheseiche :

« Débine-toi par là. D'ici cinquante mètres, tu déboucheras dans la verdure. Bonne chance.

— Merci, Mario ! *Auf wiederschen.* »

Le panneau de bois se rabat. Toujours à quatre pattes, Prost reprend le chemin inverse. Au passage, il encourage ses employés : « Y en a plus pour longtemps. » Le voici dans la salle où les clients, à plat ventre sur le parquet, emmêlés et tremblants, attendent le secours de la police. D'une voix claire, Prost annonce :

« Messieurs, dames, dans quelques minutes tout sera fini. Faites-moi confiance. »

Les genoux ankylosés, Mario se relève, époussette son pantalon, se frotte les mains, escalade poussivement l'escalier. Au premier étage, il pénètre dans une chambre vide. Il allume la lumière, ouvre la fenêtre puis les volets. Il va capituler. Son poitrail puissant apparaît distinctement dans le rectangle lumineux.

Mario Prost lève un bras, tel un orateur réclamant le silence. Il perçoit un miaulement aigu, qui se rapproche. Un choc violent dans la poitrine le rejette dans la pièce. Mario Prost meurt sans souffrir.

Le regard tendu, Jo Attia scrute la nuit dans les faisceaux de ses phares. Les quelques verres qu'il a bus avant que Loutrel ne s'écroulât, l'ont mis dans un état d'exaltation extrême. Possédé par l'esprit de sacrifice, il est ardent comme un lancier du Bengale galopant sa dernière charge. Il risque gros en fonçant vers *L'Auberge* assiégée, mais des risques, le Grand Jo en a déjà affrontés pas mal. Quant à la mort, son séjour à Mauthausen l'a familiarisé avec elle et a sublimé dans son âme candide le sentiment de l'amitié. C'est pourquoi il s'entend si bien avec Pierre et même avec le jeune Raymond. Ils pensent comme lui : si un ami est à l'eau, on plonge et on va le chercher, même si souffle la tempête. C'est con, mais c'est comme ça. Le reste, la politique, les femelles sont des distractions pour garçons de bains. Certes, il n'est pas sans défaut, Attia. Parfois, il est balourd, emporté et violent aussi. Mais le Milieu s'accorde à dire qu'il a le cœur sur la main. Il l'a prouvé.

Maintenant, le Grand Jo s'apprête à délivrer Boucheseiche. Les mains bien à plat sur le volant,

Attia conduit rapidement. Il n'a pas de plan précis, il est éperonné par un besoin physique d'action, il agira selon les circonstances. Jo pense à Loutrel et il considère qu'après tout c'est mieux qu'il ne soit pas avec lui dans cette aventure suicidaire. Soûl tel qu'il était, Pierre agirait imprudemment, assujetti à ses forces maléfiques, incontrôlables. Quand il a bu, a constaté Jo avec une inquiétude chagrinée, Loutrel est vraiment fou et capable de tout. Il en a eu une preuve supplémentaire quelques semaines auparavant.

Cédant à sa bonté, Jo avait soustrait une gosse qui tapinait à contrecorps rue des Lombards, et se lamentait de la brutalité de son exploiteur. Vraiment une brave gosse, jolie, douce, paumée, pas faite pour le tapin qui, comme tout le monde le sait, implique la vocation. Jo, apitoyé, l'avait fait engager comme dame-pipi dans la boîte de l'un de ses amis : les voies de la rédemption sont parfois tortueuses comme un labyrinthe. Las ! cette bonne action avait chaviré les sangs du maquereau. Enormément, au point de l'égarer, de lui faire perdre le sens du danger. Il était allé voir le Grand Jo pour lui régler son compte. De l'inconscience pure. On l'avait mis en garde. « Tu sais, Attia, c'est la bande à Loutrel. C'est pas des rigolos ; des trucideurs, méfie-toi. » Rien à faire, on ne badine pas avec l'honneur d'un souteneur. Jo, cet après-midi-là, était d'humeur patiente et bonasse. Il avait tenté de raisonner le protestataire. Peut-être y serait-il parvenu, si Loutrel présent à la scène et étranger au débat, ne s'en était mêlé à sa manière expéditive. Son P. 38 avait aboyé trois fois.

« Sacré Pierre », se dit Attia à haute voix en hochant la tête, amusé par le souvenir.

Un coude à la portière, Jo a traversé Saint-Maur et s'approche de la Marne. Malgré le grondement régulier du moteur, le vacarme de la fusillade lui parvient, encore ouaté et lointain. Calmement, il éteint ses phares. Il rétrograde en seconde, prêt à relancer sa machine. Le pont est à un kilomètre à peine. Jo prend sa décision. Le franchir en trombe, virer sec sur l'autre rive, stopper face à *L'Auberge,* ramasser Boucheseiche, repartir : le tout peut être exécuté en vingt secondes. Le coup est jouable.

Attia a décéléré. Tel un gros félin méfiant, la voiture s'approche du pont. Jo maintenant est sur le qui-vive. Les nerfs tendus, le cœur rythmant plus vite dans sa poitrine, la paume des mains légèrement en sueur, il sait que l'action va se précipiter d'un instant à l'autre. Il n'a pas tort. Brusquement, giclant de l'ombre des maisons, des silhouettes barrent la route. Certaines agitent des lumières rouges, lui intimant de stopper. « Nous y voilà », pense Attia. Son pied appuie sur l'accélérateur. Le moteur rugit. La Delahaye bondit en avant. Dans la clarté orangée du clair de lune, Attia aperçoit les ombres danser une gigue confuse, des armes se pointent vers lui. Il enclenche la troisième, la Delahaye lancée à plein régime fuse parmi les policiers qui se rejettent en arrière. Des salves et des rafales crépitent derrière elle : premier obstacle franchi.

Penché sur son volant, Attia fait corps avec son véhicule. Il entend des balles chuinter de chaque côté, d'autres percer la carrosserie, mais rien ne l'arrête. Même la brûlure soudaine qui cingle sa tempe, ni le filet de liquide tiède qui glisse contre sa joue, s'incurve sous la mâchoire, serpente le long de son cou jusqu'au col de sa chemise ; son sang. Enfin le pont. Avec l'habileté d'un pilote de course, Attia exécute un double débrayage, rétrograde, lance le moulin, s'apprête à affronter le virage à angle droit avec la berge. De nouveau des silhouettes se dressent derrière les parapets. De nouveau des détonations, de longues rafales déchirent la nuit. Et, coup sur coup, de nouvelles brûlures : l'une au bras gauche, l'autre à la poitrine, à la hauteur du cœur. La concentration de Jo, en ces secondes où tout se joue, est telle qu'il ne ressent aucune souffrance, qu'il en oublie sa femme, sa fille Nicole, son café. Il est vivant. Tout son être est projeté dans l'action. Les doigts moites d'Attia sont crispés sur le volant. Le virage approche, il est là : coup de frein, Attia braque.

La voiture, soudain, a comme un frémissement, se met à tanguer, refuse le tournant, poursuit en zigzaguant dans un bruit de ferraille ; un pneu avant et un pneu arrière sont crevés. Pendant un laps de temps infiniment bref, Jo perd le contrôle de la Delahaye qui balaie la route, percutant les trottoirs, cahotant, toujours poursuivie par un tir nourri. Enfin, au bout d'une trajectoire de quelques centaines de mètres, la vitesse du bolide a diminué, Attia écrase la pédale du frein. La voiture s'incline à droite, puis à gauche, à la limite du capotage. Les pneus laissent des traînées brunâtres sur le sol. Une odeur de caoutchouc s'élève dans la nuit. La Delahaye se met en travers, puis s'arrête.

17.

Attia ne perd pas de temps. Il gicle de la voiture, se retrouve groggy et seul dans la rue. Alors, brutalement, la douleur s'aggrave. Si l'estafilade à la tempe a cessé de saigner, son bras le fait souffrir. Mais c'est surtout la blessure au thorax qui le martyrise. Jo a l'impression que des milliers de piquants de feu lui labourent la poitrine. Tout son être se cabre pour refouler l'étourdissement qui le gagne. Sa main droite se plaque sur sa chemise imbibée de sang. Dans un effort désespéré pour comprimer sa vie qu'il sent lui échapper, il aimerait pouvoir s'étendre, fermer les yeux, dormir, ne plus bouger, ne plus agir, ne plus penser. Mais les claquements des pas qui se rapprochent, les voix qui crient des ordres, lui insufflent une énergie désespérée, la volonté de fuir. Les tempes bourdonnantes, perdant son sang, incapable de se défendre, sans voiture dans cette nuit où pullulent les policiers, le Grand Jo sait qu'il ne peut plus rien pour Boucheseiche. Désormais, c'est chacun pour soi. Avec effort, il s'arrache à la rue. Chancelant, respirant avec peine, il s'enfonce dans la campagne.

Il n'a pas parcouru deux cents mètres, l'ombre basse de *L'Auberge* est déjà derrière lui, quand il entend des voitures arriver, freiner sèchement. Jo accélère tant bien que mal son allure. Il pense que ce sont des renforts de policiers accourus pour le prendre en chasse. Il ignore que le préfet de Police est venu contempler la carcasse trouée de la Delahaye. Jo avance toujours. Il s'évertue à demeurer dans l'ombre des pavillons, rampant d'un arbre à un autre, étonné à mesure qu'il progresse dans sa fuite, de n'être pas tombé sur un cordon de police. Mais sa résistance décline. Il n'en a plus pour longtemps, il n'ira pas loin. Jamais, même à Mauthausen, où pourtant il n'était guère robuste, jamais il ne s'est senti aussi faible, aussi proche de l'évanouissement. Une seule personne peut le tirer d'affaire, Cornélius. *La Bonne Oseille* n'est qu'à deux kilomètres à peine, mais Jo sait qu'il ne les parcourra pas. Sa main poisseuse de sang lui rappelle que l'hémorragie ne se ralentit pas. Que faire, bon Dieu ! pour échapper à la capture ? Que faire, Seigneur ! pour au moins pouvoir mourir en paix, sans les ombres des barreaux ? Soudain, le salut lui apparaît. Christobal, Le Basque tient un café à moins d'une centaine de mètres du coin où il se terre. Jo décide d'aller momentanément s'y réfugier, le temps d'alerter Cornélius. Il reprend sa marche pénible. Soudain une galopade devant lui. Mais les policiers passent sans remarquer cette épave qui vacille dans la nuit, comme titubent les innombrables ivrognes qui rôdent, le soir, dans les banlieues.

Combien de temps Attia marche-t-il ? Impossible à évaluer. Pourtant, alors qu'il sent ses jambes se dérober de plus en plus, que sa chemise n'est plus qu'un chiffon sanguinolent, que sa tempe le lance, que son bras blessé, totalement engourdi, lui pèse comme un boulet, il se trouve devant le store à demi baissé de Christobal. Il se plie en deux pour entrer. Le mouvement lui arrache une plainte. Jo tombe sur ses genoux. Il est à bout. Mais provisoirement sauf. Comme si elle provenait d'extraordinairement loin, la voix du Basque lui parvient :

« Tiens bon, Jo !

— Préviens Cornélius. C'est urgent. Appelle-le. »

Jo Attia peut enfin s'évanouir en paix. Le boxeur c'est un homme.

En un certain sens, Cornélius s'y attendait. Il se doute bien contre qui est dirigé ce carrousel policier et la fusillade dont les échos lui parviennent avec netteté. Il se ronge les sangs, Cornélius. Mais tant que ça tire, il y a de la vie ; cela signifie que ses amis, dont il est sans nouvelles depuis la veille, résistent toujours. Toutefois, il ne nourrit guère d'illusions. Tôt ou tard, ils seront submergés ; la curée aura lieu au bout de la nuit. Avec des jumelles de marine, il est monté, tout à l'heure, sur son toit pour observer le champ de bataille, mais il n'a rien pu voir de vraiment palpitant. Le visage soucieux et renfrogné, il se tient maintenant immobile derrière son tiroir-caisse, prêt à intervenir. Il a bouclé sa boutique, éteint toutes les lumières. Dans l'obscurité, Cornélius attend. Il sursaute quand la sonnerie du téléphone retentit, mais il n'est pas vraiment surpris. Il pressent que ce sont les amis qui appellent. Il descend du tabouret comme d'un perchoir, se dirige à petits pas rapides vers la cabine, entre, décroche. A l'autre bout du fil, la voix de Christobal, à l'accent pyrénéen et au débit précipité, l'informe des dernières péripéties. Cornélius l'écoute, hoche la tête, se borne à répondre : « Oui... oui... oui... », puis il raccroche. Son gros index spatulé compose aussitôt un numéro. La sonnerie se déclenche une fois, deux fois. Cornélius s'énerve, enfin une voix méfiante questionne :

« Qui est là ?

— Le boxeur, Dédé. Ecoute-moi : le Grand Jo est chez le Basque, amoché.

— La fusillade ?

— Ouais. Faut que tu me rendes service : prends ta camionnette et va le chercher. Après, tu l'emmèneras où il te dira.

— En pleine nuit ? Avec les barrages ? Tu crois pas que c'est risqué ?

— C'est risqué. Il a les perdreaux dans les reins. Maintenant si tu ne veux pas, c'est ton droit. Mais ça se saura ! » dit Cornélius dont l'intonation laisse clairement entrevoir des représailles.

« Ça va, j'y vais », accepte Siscosse après une courte hésitation.

Siscosse, Dédé pour ses intimes, sait agir avec promptitude. Moins de trente minutes plus tard, Attia est installé au fond de la camionnette du transporteur en tout genre. Allongé sur un matelas, recouvert d'une couverture kaki de l'armée américaine, il est dans un état lamentable. Le teint diaphane, la respiration courte et saccadée, les yeux mi-clos, du sang coagulé sur le visage, il est encore rattaché à la vie par un fil ténu. Avant de s'écrouler, il a chuchoté à Siscosse, qui lui demandait quel était le terminus du voyage :

« Chez Félicia. Dammartin-sur-Tigeaux... C'est la nurse de ma fille. »

Puis il a fermé les yeux.

Tandis qu'au volant de son véhicule, Siscosse roule à travers la campagne, se demandant avec inquiétude s'il ne livrera pas un macchabée, le préfet de Police, juché sur un tas de bois, consulte sa montre : les aiguilles indiquent 23 h 35.

« Messieurs, dit-il à son état-major rassemblé tête en l'air à ses pieds, le moment est venu d'en finir avec ces fripouilles. Que l'on donne l'assaut. Et... que Dieu vous protège. »

Il brandit son minuscule 6.35, des coups de sifflet strient la nuit : la charge est sonnée. Avec ensemble, les forces de police se redressent, se ruent à l'assaut de *L'Auberge.* De courtes rafales crépitent. A leur étonnement, les policiers ne rencontrent aucune résistance, n'essuient aucun coup de feu. Ils parviennent, en quelques bonds, devant l'entrée principale, bloquent la façade arrière. Les portes sont ouvertes. Ils se ruent à l'intérieur du bastion et l'enlèvent sans coup férir. Les lumières s'allument. Un spectacle étrange s'offre à leurs regards : une vingtaine de corps aplatis sur le sol les accueillent avec inquiétude, puis soulagement. Le bonheur des assiégés est de courte durée. Une voix antipathique leur intime :

« Tous debout contre les murs et les mains en l'air ! Le premier qui fait le zigoto, on le flingue ! »

L'ordre déchaîne des protestations indignées. Seuls les quelques truands pris au piège ne bronchent pas. Ils obtempèrent, rôdés aux façons discourtoises de la loi en action.

Il faut dresser le tableau de chasse. Le front barré de rides, les yeux rougis par la fatigue et le sommeil, le préfet de Police s'est assis à une table et contemple, impassible, ses troupes en train de poursuivre les interrogatoires, prendre des notes, fouiller les clients de la salle. Il est plus de trois heures du matin. Le grand moment d'excitation passé, tous ressentent le poids de l'épuisement et de l'accablement. Le commissaire Pinault, si placide à l'ordinaire, ne peut masquer son dépit. Nouzeilles, lui, est vidé, découragé par l'issue de la bataille.

Les vérifications d'identité, avec comme corollaire le contrôle au fichier central, se déroulent avec leur lenteur habituelle exaspérante. A mesure que le temps s'écoule, les uns après les autres, les innocents innocentés quittent *L'Auberge*, abasourdis par les événements de la nuit ou écumant de fureur.

Face aux policiers lugubres, il ne reste plus que sept personnes : Alfred Bonheur, le copain de la rue Puget, Joseph Barri, Charles Vaillant, André Bobstoin et Gilbert Deschamps. Des toquards. Plus deux femmes, Huguette et Marie-Louise, les compagnes de Deschamps et de Boucheseiche.

Sans un mot, Charles Luizet les observe, puis se lève, imité de ses proches collaborateurs. Les mâchoires serrées, il sort. En se dirigeant vers sa voiture, il croise deux brancardiers qui transportent la dépouille de Mario Prost sur une civière. Celle de Decurzier est déjà dans un fourgon. Le préfet détourne la tête, monte dans sa Citroën et part se coucher. Il est quatre heures du matin.

Nouzeilles et Pinault sont harassés. Pourtant, ils hésitent à quitter les lieux. Trop énervés pour aller dormir, conscients de l'échec de l'opération, ils sont sortis à leur tour après le départ du préfet de Police pour faire quelques pas. Le premier une cigarette aux lèvres, le second tirant sur sa pipe, ils contournent la bâtisse, se retrouvent dans le potager, s'arrêtent près d'un puits.

Dans la pénombre, ils admirent la qualité des pierres, l'anse en fer forgé, rouillée mais parfaitement travaillée. Nouzeilles lance son mégot dans le puits, s'assied sur la margelle.

« Mon pauvre Nouzeilles, dit Pinault d'un ton qui révèle toute sa déception, il va falloir repartir à zéro. Ce qui m'ennuie, c'est qu'il y a deux morts. On n'aurait pas dû tirer...

— Oui, patron, admet Nouzeilles, imaginant d'avance toutes les démarches, tous les pas, toutes les fatigues et toutes les embûches qui l'attendent.

— Et je ne crois pas, dit Pinault poursuivant son idée, que nous obtiendrons des tuyaux des rombiers qu'on vient d'embarquer. Tous des minables...

— Je sais, patron ! »

Nouzeilles fouille dans les poches de son veston, trouve un paquet de Gauloises chiffonné, extrait une cigarette qu'il porte à ses lèvres, cherche encore ses allumettes, en fait craquer une, aspire une longue bouffée qui le fait tousser.

« Savez-vous, Emile, à quoi nous ressemblons ce soir ? reprend Pinault.

— Non, patron.

— A des chasseurs partis pour un safari au colibri !

— Il y a un peu de ça, patron », convient Nouzeilles.

Puis, il ajoute, avec lassitude :

« Vous voyez, je donnerais bien une année de notes de frais pour savoir où sont passés ces fumiers ! Et Dieu sait, patron, que je ne gagne pas lourd... »

Il se lève. Lentement, les deux policiers s'éloignent et, le dos voûté, se dirigent vers leur voiture. Leurs semelles crissent sur le gravier. De nouveau, c'est le silence.

Georges Boucheseiche tire des deux mains sur la corde. Sa tête émerge de l'eau qui dégouline de ses cheveux, plaqués sur le front. En levant les yeux, il peut apercevoir, dix mètres plus haut, le cercle du puits qui s'ouvre sur la nuit étoilée.

Avec précaution, Boucheseiche retire de sa bouche la paille qui lui permettait de respirer immergé, aspire une longue goulée d'air et tend l'oreille. Rassuré, il grimpe sans effort à la corde, agrippe la margelle, effectue un rétablissement, sort du puits. Ses vêtements ruissellent. Il frissonne. Il écoute encore la nuit : tout est calme. Alors, Boucheseiche ôte ses souliers gorgés d'eau, les glisse dans sa poche, tend de nouveau l'oreille. La campagne s'est rendormie. Telle une hyène, il s'éloigne à longues enjambées, en direction de chez Cornélius.

18.

« Il s'en tirera ! » avait dit le docteur Bourély.

Il s'en est tiré. Mais Jo Attia revient de loin, de très, très loin.

Quand en chancelant sous le poids, Siscosse l'a débarqué de sa camionnette, quand on l'a installé dans le grand lit de Félicia, un lit ancien, paysan, haut perché, surmonté de trois matelas épais, Jo était prêt à rendre l'âme. Félicia, après avoir nettoyé les plaies et les blessures avec des compresses d'eau bouillante imbibées d'alcool, a regardé son teint ivoiré. Les cernes violacés, qui marquaient ses paupières closes, l'ont ébranlée. La vieille femme s'est penchée sur le blessé, l'a reniflé longuement, puis a murmuré en se redressant : « Il sent la mort. » C'était vrai. Le corps de Jo Attia dégageait cette odeur âcre et doucereuse, caractéristique des cadavres. Il était, à ce moment-là, près de cinq heures. Le siège de Champigny venait d'être levé, Boucheseiche allait frapper à la porte de *La Bonne Oseille,* Loutrel que la communication de Cornélius dessoûlait sur l'instant, arrachait Naudy aux bras de Pierrette, s'apprêtait à foncer à Dammartin.

Un bol de chicorée au lait fumant sur la table de chevet, Félicia veille le moribond. Le jour s'est levé et filtre à travers les persiennes, striant le mur et un angle du plafond, des raies de lumière. Attia gémit. Il essaie de bouger, d'échapper à son cauchemar, mais les mains fermes de Félicia le maintiennent immobile. Il commence à délirer. D'une voix à peine audible, il articule avec peine sur un ton monocorde : « Pas les mouches... Chassez les mouches... » Des larmes ont glissé sur ses joues hâves que la barbe a commencé à bleuir. Les insectes sont la hantise du Grand Jo courageux. Il les a prises en haine à Mauthausen quand il les a vues se poser et arpenter, avec leurs pattes filiformes, les yeux ouverts des morts. Depuis son retour, il a dit, répété à Loutrel et aux autres : « Si je crève, jurez que vous me fermerez les yeux. » Ils avaient promis.

Le docteur Bourély était arrivé en fin de matinée. Il avait fallu que Siscosse revienne à Champigny, révèle la planque de Jo à Cornélius, et que le boxeur alerte Bourély. La boucle était bouclée. Bourély ne s'était pas fait prier. Il est le toubib des honnêtes gens mais il est aussi un ami d'Attia. Les deux hommes ont été déportés dans le même camp où le Grand Jo avait été promu assistant du médecin.

Avisé de l'état critique du blessé, le docteur Bourély a emporté le matériel médical nécessaire. Sous le regard sévère de Félicia, il a extrait la balle du thorax, soigné le bras transpercé de part en part, planté l'aiguille du goutte-à-goutte. Les soins ont duré près de deux heures. Le docteur Bourély est ensuite passé dans la salle à manger meublée en faux Henri III, où il a ingurgité une tasse de chicorée à la saccharine qui lui a arraché une grimace.

Bourély était en train de ranger son matériel dans sa trousse lorsqu'un taxi rouge et noir parisien a stoppé devant la maison de Félicia. De la fenêtre, le médecin a vu trois femmes et un enfant en descendre : c'étaient Marinette, Marguerite, la femme d'Attia qui tenait sa fille Nicole dans ses bras, et Nadine, l'amie de Fefeu. Cornélius les a expédiées se mettre au vert.

« Les hommes ne vont pas tarder à arriver », a annoncé Marinette au docteur, en cherchant du regard un endroit décent où accrocher ses renards argentés.

Le médecin s'était excusé :

« Je n'ai pas le temps de les attendre car j'ai du travail à Paris. Dites-leur que tout va bien. Je reviendrai cette nuit pour changer les pansements. S'il y avait quelque chose, vous m'appelez ! »

Régulièrement, le docteur était venu examiner Jo. Et lors de la dernière visite, Bourély a eu un sourire : les joues du blessé ont retrouvé un semblant de couleur. Sa carcasse tiendra le coup.

Loutrel, Naudy et Fefeu, ramassés en cours de route, sont arrivés vers quinze heures, au volant d'une antique Salmson dont le moteur a été remis à neuf par Siscosse. Les trois hommes sont restés un long moment silencieux au chevet de Jo, puis ils ont rejoint la cuisine où les femmes préparent les repas grâce aux provisions apportées par Marinette.

Trois journées se sont écoulées. La bande s'est enrichie de Boucheseiche et de Marie-Louise, libérée par la police. Les gros titres des journaux ont disparu. La radio a simplement annoncé que le ministre de l'Intérieur a félicité la préfecture de Police pour le succès de l'opération de Champigny. L'euphorie règne dans la maison de Félicia transformée en dortoir : la police pédale dans la semoule ! Attia, bien soigné, a récupéré à vue d'œil. Le bon air campagnard fouette les appétits et, au cours de longues promenades, les couples savourent les plaisirs bucoliques inconnus. Ils se dispersent dans la nature, s'affalent au pied des arbres, découvrent les amours champêtres. Et puis, patatras ! Un après-midi, tandis que les conversations vont bon train dans le jardin de Félicia, Marinette décroche le téléphone. La voix éraillée de Cornélius débite d'un trait :

« Tirez-vous, Monsieur Joseph m'a alerté : les flics vous ont repérés ! »

Marinette n'a pas eu le temps de poser une question. Clac ! Cornélius, avare de paroles, a raccroché.

« Qu'est-ce que c'est ? » demande Attia en rejetant son journal sur la couverture.

« Les poulets ! » lui crie Marinette du seuil de la porte.

Elle se précipite dans le jardin. Finies la chlorophylle et les fleurs des champs au coin des lèvres. C'est le sauve-qui-peut, l'à Dieu vat, l'abandon du navire. Mais dans l'ordre, la méthode, la dignité. Autre chose qu'un exode paniqué, style juin 40. Loutrel, déjà sur pied, a réfléchi. Le stratège prend sa décision sans affolement.

« Voilà, dit-il à la bande rentrée en hâte dans la

maison faire ses valises, Jo et Marguerite partiront par le train avec Fefeu et Nadine. Je les accompagnerai à la gare. Marinette et Marie-Louise rentrent à Paris de leur côté. Et moi...

— Et toi ? demande Attia.

— T'inquiète pas, Jo. Je te ferai savoir où je me planquerai. Tu vas aller voir Emile Sauvagnat de ma part. Dans son bordel, tu seras pas mal ! »

Quand, exactement une heure plus tard, vingt-cinq policiers armés, emmenés par le patron de la Brigade criminelle, font irruption dans la ferme de Félicia, ils ne trouvent que la nurse qui pouponne Nicole. Félicia ne sait rien. Sincèrement. Personne ne lui a rien dit, rien expliqué. Elle a vu débarquer chez elle un agonisant, puis surgir en ordre dispersé une petite troupe mixte, qui a festoyé avant de s'éclipser en un tour de main, sans lui laisser un centime. Félicia a protesté avec véhémence lorsqu'un inspecteur a touché la fille d'Attia, puis la monotonie de son existence s'est rabattue définitivement sur elle. Les policiers, une fois de plus, ont échoué au port. Après le revers de Champigny, c'est le déboire de Dammartin. La Préfecture ajoute une nouvelle défaite à son palmarès.

Quant aux fuyards, que l'on soit rassuré : malgré des péripéties diverses, ils vont bien. Pas de soucis à leur sujet. Attia, qui a souffert dans le train à cause de ses cicatrices qui se sont rouvertes, est arrivé exténué mais sans encombre, flanqué de Marguerite, chez Sauvagnat. Une halte de quelques jours dans la chambre aux miroirs du bobinard, pour récupérer, puis un nouveau départ. Seul. Direction : *La Titoune,* une villa de Porcheville, sur les rives de la Seine, chez Edouard Bourgeois, un vieil ami à lui et à Pierre, du temps des Bat' d'Af', devenu éleveur de chiens.

Boucheseiche, lui, a ramené Marie-Louise rue Blondel. Le temps de remplir une valise de vêtements propres, de ramasser de l'argent, de laisser ses consignes à Tabor, de s'armer d'un nouveau Mauser, de munitions, et il a pris, à son tour, la route de *La Titoune.*

Loutrel et Naudy ont retrouvé leurs quartiers résidentiels. Pierre, Marinette et le chien se terrent rue Boileau chez un vieil ami que Loutrel a connu à Pigalle, durant la guerre, André Témano. Le Louf n'en sort que pour aller boire quelques pots au *Santa Maria,* le bar de la rue des Saussaies d'où il peut contempler à son aise les murs de la Sûreté. Raymond, lui, ne quitte plus les draps de Pierrette. Son visage s'étiole à mesure que le travail de sape de la tendresse fait son œuvre.

Nouzeilles reçoit, quand même, une consolation. Le 2 octobre, grâce à l'un de ces concours de circonstances heureux sans lesquels il n'y aurait plus de police possible, ses hommes agrafent Henri Fefeu. Attia, avant l'attaque de Champigny, avait laissé une traction volée en réparation dans un garage de Meaux. La voiture a été repérée, par hasard, par deux inspecteurs en maraude qui, regagnant Paris, se sont arrêtés pour refaire leur plein. La trouvaille a été aussitôt signalée à Nouzeilles qui a mis le garage sur la table d'écoute. Le téléphone sonne. Un inconnu demande où en sont les réparations. La communication est localisée : elle émane du bar d'Alfred Bonheur, rue

Puget, à Montmartre. Moins d'une demi-heure après, deux mains s'abattent sur les épaules de Fefeu qui buvait paisiblement un café.

Pendant quatre jours pleins, soit quatre-vingt-seize heures consécutives, soit cinq mille sept cent soixante minutes interminables, le Sarthois subit un passage à tabac des plus perfectionnés. Sa tête a doublé de volume. Ses dents bringuebalent, ses lèvres sont tuméfiées et éclatées, ses yeux sont devenus deux fentes qui cisaillent les paupières boursouflées. Les côtes, les chevilles, les doigts, les omoplates, les pieds, tout y passe : une correction magistrale, sublime, admise par la convention internationale qui régit les relations flics-truands.

Henri Fefeu hurle, crache son sang, s'évanouit, revient à lui, subit la punition perpétuelle, crie encore de douleur sur sa chaise de torture. Les policiers qui l'interrogent savent qu'il sait. Mais Henri Fefeu ne parle pas.

« Riton, c'est un homme », disait de lui Loutrel.

19.

« JOLI travail, Borniche. »

La voix du commissaire Baniel est tranchante, méprisante même. Son visage, d'habitude placide, exprime une colère difficilement contenue. Cloué à mon siège, je fixe le clavier de ma vieille machine à écrire, tandis que les autres, les Durieu, Hidoine, Gueltel, retiennent leur souffle. Il est rare que le patron ne maîtrise pas ses sentiments, mais l'assaut de *L'Auberge* de Champigny, par nos rivaux de la P.P., l'a exaspéré. Il en ressent comme une humiliation que les sarcasmes de ses collègues rendent intolérable.

Baniel quitte son fauteuil, contourne son bureau, brandit l'un après l'autre les journaux étalés sur sa table : « FOUDROYANTE ATTAQUE POLICIÈRE » ; « PRISE D'ASSAUT DU QUARTIER GÉNÉRAL DES AGRESSEURS DES FOURGONS-POSTAUX », titre à la une *France-Soir*.

Paris-Presse, Ce Soir, Libé-Soir, en caractères gras, hissent Pierre Loutrel au rang d'ennemi public n° 1 et lui attribuent son nom de guerre : Pierrot le Fou. Ses photos, celles d'Attia et de Boucheseiche, promus au grade de lieutenants, occupent les premières pages presque grandeur nature.

Les Français découvrent, médusés, les visages des vedettes de la pègre. Sous le porche du quai des Orfèvres, le préfet Luizet déclare : « Le gang des tractions avant a vécu. » Le ministre de l'Intérieur, M. Depreux, l'approuve et le congratule.

« C'est le triomphe de la P.J., reprend d'une voix furieuse Baniel, mais ce qui nous arrive, c'est-à-dire notre défaite, c'est la conséquence de votre légèreté, Borniche. Enfin quoi ! sans contrepartie, sans même lui faire signer un procès-verbal d'aveux, vous avez fait confiance à un Deschamps, comme si cette sorte d'individu pouvait avoir une parole. Et vous l'avez relâché ! C'est de l'inconscience ! Borniche, de la pure et impardonnable inconscience ! Supposez qu'il se mette à table à la P.P... qu'il raconte son entrevue avec vous à Nouzeilles !... ou à Pinault ! J'aurai bonne mine, moi ! »

Délaissant ses manières onctueuses de futur maître de Loge, Baniel rejette les journaux sur son bureau, me fixe de nouveau en secouant la tête et poursuit :

« Vous êtes encore trop inexpérimenté, Borniche, pour prendre seul de pareilles initiatives ! Le réalisez-vous, au moins ? Machoux met en cause Deschamps et vous, bon prince, vous le laissez filer !...

— Mais, patron, dis-je faiblement, souvenez-vous, je vous en avais parlé ! Deschamps devait nous fournir des informations...

— Vous les a-t-il données ? rétorque Baniel avec mauvaise foi. Non, n'est-ce pas ! Il s'est bien gardé de vous téléphoner. Et supposez qu'il ait, au contraire, alerté Nouzeilles ?

— Ce n'est pas possible, patron, la P.P. l'a arrêté.

— Bien sûr, il est arrêté. Mais ne vous avait-il pas proposé la même chose, Borniche ? »

C'est exact, Baniel a raison. Emporté par la griserie des débutants, j'ai agi avec légèreté. J'ai commis une faute grave que le divisionnaire Gillet, s'il l'apprend, peut sanctionner en me chassant de la Brigade du banditisme. Ma gorge est affreusement sèche.

« Il y a eu deux morts ! s'emporte Baniel. Vous vous rendez compte : deux morts ! A l'avenir tenez vos informateurs en main, Borniche. Et pour ça, une seule méthode : leur faire signer un procès-verbal d'aveux que vous bouclez dans votre tiroir, que vous pouvez, à tout moment, brandir contre eux. Donnant, donnant ! Pas d'information ? Le trou !

— Bien, patron. »

Baniel me regarde un long moment, comme s'il voulait m'imprégner de ses conseils, pivote sur ses talons, regagne son bureau, allume une Gauloise avec son briquet plaqué or, se rassied. Soulagé, je cherche déjà comment remonter le courant et prendre ma revanche. Après m'être raclé la gorge, je propose timidement :

« Si j'allais voir Deschamps à la Santé, patron ? Peut-être me lâcherait-il quelques tuyaux ? »

Le commissaire secoue la tête.

« Non, Borniche, Deschamps, nous allons l'extraire. Je vais téléphoner au juge Devise pour qu'il vous remette un permis. Et nous lui notifierons un mandat d'amener pour l'affaire de Meaux. Ça lui apprendra à tenir ses promesses, à votre protégé. »

De nouveau, le Breton est dans mon bureau. Son séjour en prison a nui à sa forme physique : il est mal rasé, il a le teint hâve et ses vêtements sont chiffonnés. En silence, nous l'écoutons raconter le siège de *L'Auberge*. Il se trouvait au bar avec son ami Decurzier quand ils entendirent une première sommation. Le Basque était sorti sur le pas de la porte pour voir ce qui se passait : aussitôt, il avait été mortellement blessé.

« Qui de chez vous a tiré ? questionne Baniel.

— Personne, monsieur le commissaire, je vous donne ma parole. Jamais on ne s'attendait à un tel grabuge ! Le restaurant était rempli de cinéastes.

— Les journaux disent pourtant que la police était en état de légitime défense. Elle a même trouvé des douilles percutées sur les lieux.

— Bidon, monsieur le commissaire, bidon ! Personne n'a tiré. Decurzier n'était pas armé, moi non plus, Mario Prost, le patron, également. Boucheseiche devait avoir ses flingues, c'est sûr, mais comme il s'est débiné par la cave...

— Restaient quand même Loutrel, Attia, Naudy qui, eux, n'ont pas l'habitude de se promener les poches vides, ricane Durieu.

— Comment ça ? fait Deschamps interloqué. Mais ils n'étaient pas là, ceux-là !

— Quoi ? sursaute Baniel. Tu prétends que les super-flics de Nouzeilles ont donné l'assaut à des absents ?

— Parfaitement : ni Loutrel, ni Attia, ni Naudy. »

Nous nous regardons. Le sourire discret du patron confirme notre conviction. Malgré les cocoricos de la P.P., les titres dithyrambiques des journaux, les déclarations du préfet de Police, l'attaque de *L'Auberge* a été un fiasco. Pourquoi le nier, l'échec de nos collègues nous procure une satisfaction indéniable.

« Si vous êtes chouette avec moi, reprend Deschamps, je vous file un tuyau qui va vous les remettre dans le colimateur. A condition que ça reste entre nous.

— Dis toujours, l'encourage Baniel.

— Voilà. Je connais un gars qui a le contact avec Jo Attia. Il s'appelle Moustique parce qu'il mesure un mètre cinquante, pas plus. Lui et Jo se rencontrent à *L'Etape,* un bistrot du faubourg Saint-Martin. Je vous fais une sacrée fleur, hein, monsieur le commissaire ? »

Baniel tire sur sa cigarette, réfléchit, puis prend sa décision.

« Borniche, reconduisez Deschamps à la Santé. »

Tandis que je remets les menottes au prisonnier, je regarde, surpris, mon chef de groupe.

« Et le procès-verbal, patron ?

— Quel procès-verbal, Borniche ? s'étonne-t-il. Lorsqu'on a un informateur sérieux et intéressant comme c'est le cas de Gilbert, on se garde bien de l'importuner avec de la paperasserie ! »

Ce que ressent Deschamps est facile à deviner. Son regard l'exprime clairement : le commissaire, voilà un homme ! Tandis que moi... D'ailleurs, dans la traction qui nous conduit à la Santé, il me demande avec brusquerie :

« Dites, qu'est-ce que je vous ai fait depuis l'autre jour ? Pourquoi vous vouliez me faire dégringoler ? »

Impossible de lui expliquer que Baniel, en l'occurrence, s'est conduit en grand chef sournois. Au moment où la voiture vire dans la rue de la Santé, le Breton rompt le silence.

« J'ai oublié un détail intéressant pour votre patron. Dites-lui que Loutrel fréquente un café du faubourg Montmartre, rue Geoffroy-Marie : *Au Soleil d'Oran.* C'est un de ses copains de Toulouse, qui le tient. Vous n'oubliez pas, hein ?

— T'inquiète pas », dis-je.

Je compte aller fouiner à cette nouvelle adresse le plus vite possible. Mais je me promets aussi de ne pas en souffler mot à Baniel. Gilbert Deschamps, c'est mon unique propriété privée.

Moustique a la taille d'un nain. S'il mesure un mètre cinquante, comme le prétend Deschamps, c'est grâce au subterfuge de ses souliers à talons compensés, incorporés. Sinon, pieds nus, il ne doit guère dépasser les cent quarante-deux centimètres, un voyou de poche, un truand modèle réduit, une minigouape. Un crâne dolichocéphale, aux cheveux roux, un nez fin et retroussé. Le visage singulièrement ridé, le fait ressembler à une boule de papier chiffonné. Un tic dilate régulièrement sa narine gauche.

Quand j'entre à *L'Etape,* il est debout sur une chaise, seul moyen pour lui de s'accouder au comptoir comme un homme. A mon tour, je m'accote au zinc et j'examine rapidement le bar plongé dans la pénombre. Des photographies jaunies et écornées sont épinglées aux murs : Marcel Cerdan, Edith Piaf, Robert Charron, Mistinguett, Jean Robic, puis Michel Simon, Laurent Dauthuille, René Vietto, Marie Bell, Madeleine Sologne. Et Staline, juste au-dessus des deux étagères vitrées, où sont rangées les bouteilles des apéritifs.

Moustique me fixe, sur ses gardes. Nous ne sommes qu'à une brasse l'un de l'autre. D'une voix basse, étonnante dans un corps aussi fluet, il me demande :

« C'est toi qui m'as appelé ? »

De la tête, j'approuve. La veille, déjà au téléphone, il m'avait paru méfiant ; aussi, sans trop me compromettre, lui avais-je annoncé que je souhaitais le rencontrer d'urgence, « because Deschamps ». Après lui avoir décrit mon signalement, nous étions convenus de l'heure de mon passage à *L'Etape.*

Moustique me tend une main lilliputienne.

« T'as besoin de quelque chose ?

— Moi non, dis-je. Mais Gilbert, oui. Il a pris Beaurain comme avocat et il aimerait que tu l'assistes un peu. Il m'a aussi chargé de te dire que tu balances tout ce que tu as chez toi, comme chaussettes de Molliens : elles puent le poulet.

— Comment ça ? dit Moustique en écarquillant les yeux.

— Il paraît que deux des gars que les flics ont piqués à Meaux ont parlé. Gilbert m'a dit que tu fasses gaffe, que si t'étais interrogé tu ne le connais pas et lui, ne te connaît pas. »

J'ai dû jouer mon rôle de truand avec naturel car la défiance de Moustique s'estompe.

« Tu parles ! s'exclame-t-il, mais alors, les perdreaux, ils l'ont agrafé pour Molliens, Gilbert ? »

Il y a de l'inquiétude dans sa voix, je me demande si lui aussi n'a pas participé à l'expédition. J'aimerais savoir quelles chaussettes il a aux pieds.

« Non, dis-je, seulement pour l'affaire de Champigny. A la Santé, il a rencontré un mec qui l'a affranchi et il m'a fait toucher par un libéré. Heureusement que je ne suis pas dans le coup. Moi, les casses, c'est pas ma spécialité...

— Tu travailles dans quoi, toi ? fait Moustique, soudain intéressé.

— Braquages. C'est plus rentable, plus expéditif aussi. Surtout en province. Y a des accrocs, bien sûr, mais dans l'ensemble, ça "rapporte". »

Je mens avec aisance, sans courir de risques, car si je me trahis j'ai toujours le recours de sortir ma plaque de police et d'embarquer Moustique à la Brigade. Néanmoins, je préférerais en savoir davantage sur Jo Attia. De nouveau, je sens Moustique soupçonneux.

« Et il y a longtemps que tu connais Gilbert ? » me demande-t-il.

C'est un piège. Heureusement, j'ai étudié le dossier de Deschamps aux archives de la P.J.

« Juste quatre ans. On était à la Santé ensemble, en 1942. Il était dedans pour une affaire de faux tickets de pain, moi, comme julot.

— C'est vrai que t'as davantage la gueule d'un julot que d'un braqueur, considère Moustique, c'est ce qui s'appelle joindre l'utile à l'agréable. »

Douloureusement j'avale le compliment, mais je poursuis imperturbable :

« Il était à la 5/34 et moi à la 5/35. Pendant la guerre, on s'est un peu perdu de vue et puis on s'est retrouvé à la Libération, chez Marie-Louise, rue Blondel.

— La femme à Boucheseiche ?

— Oui. Pas longtemps, parce que je me suis

tiré sur la Côte. Ici, ça sentait mauvais. Dis, t'as pas soif ? »

Moustique se dandine sur sa chaise.

« Pastis, Jeannot, commande-t-il.

— Deux. »

Le patron, aux oreilles larges et décollées comme des pavillons de phonographe, me dévisage avec une insistance gênante. Je me retourne vers Moustique.

« Mon nom est Degaltier. Théophile. Un prénom à la con, que mes vieux ont choisi. On dit Théo, c'est plus court. Si tu veux me joindre, je te file mon adresse. On m'y trouve jusqu'à midi. Si un jour tu as besoin de quelque chose... »

C'est maintenant que tout se décide. Le long préambule sur Deschamps ne devait me servir qu'à entrer en relation avec Moustique, surmonter ses soupçons. Il n'est pas aisé d'obtenir la confiance des membres du Milieu, toujours plus ou moins en cavale, ne déjouant les pièges de la police qu'en vivant sur le qui-vive constant, l'œil toujours en éveil, l'esprit inquiet. Ne pénètre pas qui veut dans la pègre. Je le réalise lorsque Moustique, après avoir bu une longue gorgée, me jette, à brûle-pourpoint :

« C'est marrant que Gilbert ne m'ait jamais parlé de toi. »

Pendant un bref moment, je cède à la tentation de dévoiler mon identité et de poursuivre notre conversation rue Bassano. Je me raisonne. Livré aux hurlements de Durieu et aux biceps de Gueltel, Moustique parlera, c'est certain. Mais il ne dira que le minimum et son arrestation mettra les caïds davantage sur leurs gardes. Il me faut de la patience. *Perseverare flicum est.*

« Eh bien, tu vois, dis-je avec assurance, moi, c'est pas pareil. Gilbert m'a parlé de toi. Il m'a même précisé : « Moustique c'est un mec sûr. Tu « peux compter sur lui si t'as besoin d'un équi- « pier. » Voilà ce que m'a dit Gilbert. Maintenant, je vais pas chialer pour t'avoir à mes côtés ! »

Le compliment touche le micro-gangster. Il termine son verre, saute à terre.

« Laisse, c'est pour moi, dit-il, en jetant une poignée de monnaie sur le comptoir. Téléphone-moi demain à la même heure. J'ai peut-être quelque chose d'intéressant. »

Moustique me tend une main nerveuse. Il ne m'a pas dit comment trouver Jo Attia.

« Roger, tu ne vas pas aller seul là-bas. J'ai trop peur ! » a tressailli Marlyse lorsque je lui ai annoncé le rendez-vous que Moustique m'a fixé devant l'entrée du cimetière de la porte de Charenton. Préviens au moins ton patron. Tu te rends compte, si le nain te manigançait un traquenard ?

— Ne t'inquiète pas, je suis l'as de la police, dis-je en m'efforçant de plaisanter.

— Tu es ridicule, Roger, insiste Marlyse, tenaillée par l'angoisse, prends au moins ton revolver !

— Non. Je ne me servirai jamais d'une arme ni même de menottes. »

J'ai endossé mon imperméable mastic, dégringolé les marches, pris le métro. A dix-sept heures, je suis ponctuel au rendez-vous. Moustique aussi, installé au volant d'une Citroën noire à jantes jaunes. Avec un grand sourire, il m'ouvre la portière.

« Salut, Théo, en forme ? »

En cette fin d'après-midi du 26 octobre 1946,

Roger Borniche, inspecteur de troisième classe, deuxième échelon de la Sûreté nationale, est en excellente forme. Sur la défensive aussi car, sans être poltron, l'inquiétude de Marlyse a effectué son travail contagieux, tirée par un minus ou un géant, une balle bien logée procure les mêmes dégâts. Pour la rassurer et me rassurer, j'ai accepté qu'elle prévienne Baniel au cas où je ne serais pas de retour à vingt heures.

En faisant grincer la première, Moustique démarre, embouche le boulevard Poniatowski. Je regarde mon conducteur qui vire sur le quai de Bercy, à la hauteur du pont Nationale. A cause de sa petite taille, il est contraint de s'installer un véritable échafaudage de coussins sous les fesses et dans le dos, pour pouvoir conduire. Malgré cela, ses yeux arrivent juste au ras du pare-brise.

« J'ai une affaire pour toi, comme tu dois les aimer, m'explique-t-il soudain, dix briques au moins à palper. Facile ! Tous les jours, une bagnole bourrée de pognon s'arrête devant le bâtiment que tu vas bientôt apercevoir, à droite. »

Notre traction arrive sur le quai de la Rapée, ralentit devant le numéro 12, siège de la Société Parisienne d'Escompte.

« Vu ? me demande Moustique en effectuant un demi-tour. Maintenant, je vais te montrer autre chose. »

Nous repartons en sens inverse. Après avoir longé les immenses entrepôts de Bercy, Moustique se gare à l'angle de la rue de Dijon, bordée d'arbres centenaires. Il baisse la vitre.

« Regarde, Théo, dit-il. Tout ça, en face, c'est le fief du pinard. A l'intérieur, il y a une tapée de petites ruelles qui portent des noms de crus : la troisième, c'est la rue de l'Yonne. Et au numéro 1, qu'est-ce qu'il y a d'après toi ?... »

Je hausse les épaules en signe d'ignorance.

« Une a - gen - ce - de - la - So - cié - té - Pa - ri - sien - ne - d'Es - comp - te, récite Moustique allégrement. C'est elle qui récolte, tous les jours, les versements des grossistes. »

Mon compagnon a eu l'information par un employé des entrepôts. D'un ton doctoral, il m'explique la meilleure méthode pour opérer : quand la Renault, une Juvaquatre transportant les fonds, quitte la Halle aux Vins vers dix-sept heures trente, à destination du siège social, il suffit de lui faire une queue de poisson quai de Bercy, presque désert, de menacer les deux employés, de rafler leur sacoche. « Du nougat. »

Veni, vidi. Je questionne :

« On fait ça tous les deux ou j'amène des potes à moi, des costauds ? »

Avant de me répondre, mon minuscule ami relance la traction, roule jusqu'aux boulevards extérieurs. Enfin :

« J'ai ce qu'il faut. Deux copains, Lucien le Menteur et Henri la Langouste. Avec toi, on est quatre. Moi, je conduis. Ça nous fait un fade de deux briques chacun parce qu'il y a une part pour l'indic, c'est normal. »

J'approuve.

« Normal. Et on fait ça quand ?

— Le 29 ou le 30 : les meilleurs jours. D'ici là, je reviendrai montrer les lieux aux deux autres, puis je te les présenterai. »

Avec entrain, il crache par la portière, sifflote jusqu'à la place de la Bastille où le trafic est presque inexistant en ces années et s'arrête devant la station de métro à l'entrée du boulevard Beaumarchais. Je descends ; on se serre la main ; au moment où il s'apprête à repartir, Moustique me lance :

« Eh, Théo, après-demain à *L'Etape,* d'accord ? »

J'acquiesce de la tête. Tandis qu'il s'éloigne, je griffonne sur mon paquet de cigarettes le numéro de la voiture. Il est dix-huit heures quinze. Marlyse va m'accueillir les bras ouverts.

20.

Le 29 octobre, Crocbois trouve une place pour sa traction quai de Bercy, en face de la Halle aux Vins, entre les deux ponts. La voiture de Moustique ne devrait pas tarder à apparaître. Nous sommes cinq à la guetter. A l'avant, près du chauffeur, Baniel tire nerveusement sur sa cigarette. A l'arrière, Durieu et Gueltel me pressent entre eux et fument également.

Lorsque j'ai mis mon patron au courant de mon enquête et de ma rencontre avec Moustique, il a eu, d'abord, un regard ironique. Durieu, en fonctionnaire servile, l'a plagié ; Gueltel m'a dévisagé avec compassion ; Hidoine n'a pas daigné lever les yeux de ses mots croisés. Pourtant, quand j'ai raconté ma reconnaissance des lieux où doit se dérouler le hold-up, Baniel m'a dévisagé soudain avec attention, puis il a claironné :

« On va leur faire un flag de première, en plein travail. Pas mal, mon petit Borniche... »

C'est juste la veille, quand je suis allé boire un pot à *L'Etape*, que Moustique, me prenant à part, m'a dit sincèrement attristé :

« Mes associés ne veulent pas de toi, Théo ! Ils

ne te connaissent pas. T'en fais pas vieux, ce sera pour une autre fois. »

Malgré mon simulacre de contrariété, j'étais en réalité délivré d'une corvée périlleuse. Il me fallait trouver un prétexte pour me désister, les truands m'ont mâché la besogne et je demeure l'ami de Moustique.

Dans la voiture, l'attente s'éternise. Durieu caresse sa mitraillette, moi je viens d'engager un chargeur dans la mienne, Gueltel tient serré contre lui un Parabellum. Personne ne parle. A mesure que les minutes s'écoulent, la nervosité me gagne. Je crains qu'à la dernière minute, Moustique et ses complices n'aient modifié leurs plans. A ma montre, il est 17 h 20 et je m'inquiète de ne pas voir les truands venir se poster à l'endroit convenu.

« Et s'ils avaient, tout à coup, décidé de faire le coup devant le siège principal, quai de la Rapée, patron ?

— Allons voir », ordonne Baniel.

Crocbois vire, s'élance vers le quai de la Rapée au moment précis où, en sens inverse, arrive la Renault 1880 RK I de la banque avec deux hommes à son bord. Elle se dirige vers la Halle aux Vins, suivie à une centaine de mètres par une traction noire.

« Patron, les voilà ! »

J'ai reconnu Moustique au volant, flanqué d'un individu plus âgé que lui, au chapeau rabattu sur le front. A l'arrière, un troisième homme que je n'ai pas le temps de voir.

« Foncez, Crocbois, décide Baniel. Pendant qu'ils entrent dans la Halle aux Vins, on a le temps d'aller jusqu'au siège principal. »

Le chauffeur poursuit sa route, ralentissant à peine devant le 12 du quai de la Rapée où une Citroën étincelante vient de se garer face à la banque. J'ai le temps d'apercevoir un homme aux cheveux plaqués, élégant dans son imperméable beige clair, aux gants de pécari, installé au volant. Quelque chose au plus profond de mon être me dit que cette tête ne m'est pas inconnue mais, malgré mes efforts, ma mémoire ne parvient pas à le localiser. Je confie mon impression à Baniel qui, avec agacement, me répond.

« Borniche, votre imagination vous perdra. Vous voyez des gangsters partout. C'est sans doute un client de la banque...

— A cette heure-ci, patron ? Elle est fermée. »

Il hausse les épaules, puis :

« Demi-tour, Crocbois. »

Nous revenons à notre poste de guet initial, quai de Bercy. L'attente reprend mais elle sera de courte durée. A 17 h 35 exactement, la Renault avec l'argent passe à vive allure devant nous, se rendant vers le siège principal quai de la Rapée. A notre stupéfaction, la traction de Moustique ne suit pas.

« Les salauds ! rugit Baniel. Ils ont fait le coup dans la Halle aux Vins ! »

Nous tournons comme des toupies. Nous fonçons aux entrepôts, mais tout est normalement calme rue de l'Yonne, devant la succursale. Nous nous dévisageons, d'autant plus étonnés que Moustique a disparu.

« Au siège principal ! » hurle Baniel.

Crocbois vire encore, sans tenir compte de la

circulation, s'élance à folle allure vers le quai de la Rapée d'où nous venons. Là, brutalement, le décor a changé. Face à la banque, un attroupement d'une cinquantaine de personnes ne cesse de s'agrandir. Crocbois freine en catastrophe, Baniel descend en voltige, Gueltel et moi à ses trousses.

« Police judiciaire ! que se passe-t-il ? crie le patron en fendant la foule, sa carte tricolore à la main.

— Ah ! ça, vous tombez à pic, dit quelqu'un. Qu'est-ce que vous êtes rapides ! »

Ça, pour être rapides, arriver après la bagarre, il n'y a pas meilleurs que nous. Je regarde. Devant la banque, la traction 2534 WO que j'avais repérée, barre la route à la Renault des convoyeurs. L'un d'eux, Lelièvre, au milieu d'un cercle de curieux, agite son chapeau percé par une balle. Il est livide.

« Les fumiers ! bégaie-t-il, un peu plus je passais l'arme à gauche...

— Expliquez-vous », lui intime Baniel.

Le directeur de la banque prend la parole. Alors que sa Renault arrivait devant le siège social, plusieurs coups de feu ont été tirés sur les pneus et la carrosserie. Puis, après qu'ils eurent stoppé, quatre individus, dont deux armés de mitraillettes, les ont encadrés : la sacoche changeait de mains, les gangsters s'engouffraient dans la Citroën neuve qui ne démarrait pas. Comme des fous, ils en ressortaient puis, après avoir tenté d'arrêter un camion-citerne, ils contraignaient une camionnette à stopper, embarquaient en catastrophe, prenaient la fuite.

« On les a couillonnés, commissaire ! intervient le convoyeur.

— Comment ça ?

— Ben, au lieu de leur tendre la sacoche avec les millions, je leur ai donné la mienne : elle contenait mon casse-croûte... »

Baniel me regarde et je lis dans ses yeux gris un réel soulagement : on s'en tire sans trop de dégâts. Le patron se gratte le nez, réfléchit, puis me chuchote à l'oreille :

« Filez à *L'Etape.* »

Moustique me tourne le dos. Assis à une table, ses courtes jambes battant dans le vide, son tronc se soulève au rythme d'une respiration précipitée. Tranquillement, je m'approche et prends place sur une chaise en face de lui. Moustique lève les yeux vers moi, des yeux qui reflètent encore une terrible émotion.

« Théo, soupire-t-il, le visage tordu par des tics, si tu savais d'où on revient ! T'as eu de la chance de ne pas être avec nous. »

Le regard vitreux, il avale sa salive à plusieurs reprises, termine d'un trait son verre, secoue la tête comme pour chasser un vilain souvenir puis, avec un débit précipité, il m'explique :

« Figure-toi qu'en passant quai de la Rapée, je vois une bagnole devant la banque. Et au volant, tu sais pas qui ?

— Ma foi...

— Pierrot le Fou, mon vieux ! Je ne le connaissais que de vue mais, quand j'ai ralenti près de l'arrêt du bus, je l'ai retapissé, fais-moi confiance ! Une tronche comme la sienne, avec ses yeux jaunes, fixes, tu la confonds pas ! A côté de lui, il y avait Attia. Alors, je me suis arrêté. Le Grand Jo est descendu, a marché vers nous. Et tu sais pas ce qu'il m'a dit ? »

J'avance le menton en signe d'ignorance.

« De nous casser, mon vieux ! Que la banque, c'était un job à eux et pas pour des toquards comme nous !

— Sans blague !

— Je te le dis. Tu les connais ceux de la bande à Loutrel ! C'est des assoiffés de sang, ils butent un mec comme moi je vais pisser ! On s'est barré. J'aimerais pourtant bien connaître le salaud qui nous a doublés. Tu veux que je te dise, Théo, ce soir j'ai le moral à zéro. »

Moi aussi ! Pour la deuxième fois, en l'espace d'un mois, je viens de rater Pierre Loutrel. A Champigny d'abord, quai de la Rapée ensuite. Comme le dit une vieille chanson des années 36 : Si les andouilles volaient, je serais chef d'escadrille !

C'est un être abattu, vaincu, déçu, que Marlyse voit débarquer à la maison. Je ne veux pas réparer notre cuisinière dont deux brûleurs sont entartrés. Je ne veux pas chercher l'oubli dans la tendresse que me propose Marlyse. Je veux me coucher, rester dans le noir, réfléchir. Depuis que j'ai quitté Moustique, durant tout le trajet, je n'arrête pas de me révolutionner la mémoire. L'homme que j'ai vu dans la traction devant la banque avec ses jolis gants de pécari, cet homme était Loutrel. Et je l'avais vu avant. Mais où ? Couché, je me retourne dans le lit, entraînant chaque fois la vieille couverture, découvrant Marlyse qui la ramène coléreusement vers elle, en protestant. Le visage du tueur m'obsède et, bien qu'exténué, je sais, pour bien me connaître, que je ne m'endormirai pas tant que je n'aurai pas trouvé la réponse à ma question.

« Où l'ai-je vu ? »

J'ai parlé à haute voix, Marlyse m'a demandé à qui je pensais, je lui ai conseillé sèchement de se taire. Combien de temps ai-je fouillé dans mes souvenirs ? Impossible de le dire. Soudain, la recherche dans mon passé m'apporte, fulgurante, la solution. Je me revois. C'était fin janvier 1945. Mon patron d'alors, Villacampa m'avait dit : « Borniche, venez avec moi, on va chercher des collabos. » La voiture de service nous avait déposés devant un luxueux hôtel particulier du boulevard de Courcelles, réquisitionné par la Sécurité militaire. Sur les traces de Villacampa, j'avais grimpé un large escalier de bois, nous étions entrés dans un bureau. Assis à sa table de travail, un lieutenant de l'Armée française, avec ses deux barrettes dorées autour des épaulettes, nous avait accueillis et priés d'attendre. D'une voix sèche et autoritaire, il avait demandé au téléphone que l'on amenât les prisonniers. Pendant les quelques minutes d'attente, il avait fumé paisiblement sa cigarette en nous fixant, sévère. Enfin, la porte s'était ouverte et quatre collaborateurs au visage tuméfié, la chemise déchirée et maculée de sang, escortés de deux militaires, avaient été poussés vers nous.

« Voici vos hommes », avait dit avec mépris l'officier.

Nous leur avions passé les menottes. Au moment de quitter le bureau avec nos captifs, l'officier s'était adressé à mon patron avec hauteur :

« Si vous avez besoin d'un complément d'information, n'hésitez pas, inspecteur, appelez-moi.
— Merci, lieutenant, qui dois-je demander ?
— Lieutenant d'Héricourt, de la D.G.E.R. »
Le militaire, c'était Pierre Loutrel ! Mon calcul était faux : Pierrot le Fou, je l'ai raté trois fois.

21.

JAMAIS Pierre Loutrel n'a été autant irritable. Un mot de travers, un regard mal interprété, un chat qui miaule, une porte qui grince, un rien en somme, suffit à le mettre hors de lui, à déchaîner sa violence démentielle. Les sclérotiques injectées de sang, les pupilles dilatées, il ne peut dominer les tremblements continus de ses mains. Sa voix est enrouée, son articulation embrouillée. Les crises, depuis bientôt deux semaines, se succèdent, de plus en plus rapprochées. Des crises terrifiantes au cours desquelles il saccage tout, menace, vocifère, avant de sombrer dans la léthargie de l'éthylisme. Il ne reste plus, dans ce cas-là qu'à le ramener chez Témano, rue Boileau, où il reste caché. Marinette est bouleversée de voir son amant, les lèvres ourlées de bave, inerte. Le docteur Bourély, à qui Attia, follement inquiet, a téléphoné, n'a pas mâché ses mots :

« S'il consent à se faire désintoxiquer, il a une chance de s'en tirer. Seulement, tu le connais, Jo, jamais il ne voudra se faire hospitaliser. D'ailleurs, avec son signalement diffusé partout, je ne vois pas quel établissement pourrait le recevoir.

— On ne peut pas le mettre dans une clinique en Suisse ? espère Attia.

— C'est son unique chance.

— Naudy a essayé de le convaincre, répond avec vivacité Attia, mais il l'a envoyé aux pelotes. Tu ne pourrais pas faire une tentative, toi ? En tant que toubib, peut-être t'écoutera-t-il.

— J'ai essayé, moi aussi. Il m'a menacé.

— Une dernière question, toubib. Peut-on le calmer quand il est en crise ?

— Non. Il en est arrivé au stade du *delirium tremens*. Je me répète, Jo, seul un traitement en clinique et une désintoxication, peuvent le sauver. »

Attia est accablé. Il a rapporté à Naudy les paroles du docteur. Raymond, lui aussi, est atterré. Boucheseiche et même Attia lui ont fait comprendre qu'ils l'accepteraient comme successeur de Loutrel. Danos pense comme eux. Mais Naudy n'a pas cette ambition. Du moins dans l'immédiat. Il n'a que vingt-quatre ans et il a le temps de voir venir. Non, ce qui le bouleverse, c'est l'état de Pierre. Impuissant, il assiste à la dégradation de son ami. Il n'est pas seul à ressentir de la pitié à l'égard de Loutrel : Attia, Cornélius, Danos et même le cynique Boucheseiche partagent sa tristesse.

« On ne peut pas rester comme ça sans rien faire ! » s'insurge chaque fois le Grand Jo.

Mais que faire avec un Loutrel qui est pratiquement soûl dès dix heures du matin, qui refuse d'entendre raison, qui n'hésite pas à menacer même ses compagnons ?

« Le Milieu commence à avoir une trouille noire de Pierre, rapporte un jour Naudy. D'ici à ce qu'un maquereau le balance aux flics pour s'en débarrasser... »

La menace n'est pas à négliger. Le Milieu estimait Pierre, il est prêt à sacrifier le Fou. La police qui, maintenant, le recherche sans trêve, ne cesse de perturber, avec ses rafles, le petit monde bien organisé et tranquille des proxénètes et des petits braqueurs. La police joue son jeu, sait ce qu'elle fait : tôt ou tard, un truand parlera afin que revienne le calme. Prenez le cas d'un gentil proxénète. Sa vie est sereine. Chaque jour, il se lève à midi, descend boire son apéritif avec ses camarades, part jouer aux courses à Auteuil, Longchamp ou Vincennes, passe chez son tailleur, va disputer sa partie de cartes avec ses amis, dîne en lisant son journal, file au cinéma, puis effectue la tournée des trois ou quatre filles qui arpentent pour lui. Bien. Supposez que la police lui embarque chaque soir, ou presque, ses gagne-pain : son train de vie s'étiole, ses ressources financières s'écroulent. Qu'à ces inconvénients s'ajoutent des pertes aux courses et c'est la catastrophe. La famine. Que fera ce souteneur ruiné ? Il cherchera l'homme qui lui cause tant de mal. Et il le jettera aux flics. Tout le monde a le droit de vivre. Est-il juste qu'à cause d'un fauve enragé, tous les voyous doivent pâtir ? Non.

La bande à Loutrel n'ignore pas ce phénomène de retournement d'opinion. La loi du silence, si chère au Milieu, n'est qu'un mythe. Il s'en exhale toujours un petit soupir qui n'échappe pas aux oreilles policières. Attia, Danos, Boucheseiche et Naudy se méfient des durs qui plastronnent dans les bistrots, qu'ils n'hésitent pas à abattre avant qu'ils deviennent bavards. Oui, les quatre hommes, avec Loutrel, sont vraiment des êtres à part. Ils appartiennent à la catégorie des tueurs que la police redoute et que le Milieu craint. La guerre et l'Occupation les ont placés en marge de toute société. Ils ne peuvent compter sur personne que sur eux-mêmes. Dans cette période trouble où la vie d'un homme ne pèse pas lourd sur les consciences, Jo, Abel, Georges, Raymond et Pierre se sont forgé leur propre morale, leur propre idéal. Ils sont cinq ,unis comme les doigts d'une main, cinq desperados impitoyables, rassemblés sous la bannière de l'amitié, pressentant confusément que le bout de leur voyage se fera dans le sang. Leur sang.

En y réfléchissant, Naudy peut situer avec exactitude dans le temps le moment où Pierre a commencé à se réfugier désespérément dans l'alcool. C'était le 4 novembre. Pierre venait d'avoir une idée lumineuse pour agresser deux transporteurs de fonds de la Banque de France, escortés de policiers armés.

« Une affaire comme je les aime, à mener avec un chronomètre dans la tête », avait expliqué le Louf à ses amis avec un enthousiasme qu'ils ne lui connaissaient plus depuis longtemps.

Réunis au *Fouquet's*, dans un coin tranquille de la grande salle du rez-de-chaussée, près d'une fenêtre ouvrant sur l'avenue George-V, ils sont là, vêtus de costumes noirs à fines rayures blanches. La cravate bleu, blanc, rouge et l'incisive en or du Grand Jo tranchent agressivement. Loutrel parle :

« C'est au moment où le quatuor passera devant l'église de Versailles que nous agirons. Abel et Georges marcheront vers les transporteurs et les flics. Toi, Raymond, tu surgiras du trottoir d'en face avec la Sten et tu les braqueras de côté. Moi, j'arriverai derrière. Jo garera sa traction à notre hauteur. L'opération doit se dérouler avec une simultanéité parfaite. Raymond, quand tu diras : « Mains en l'air », les types se retourneront, c'est instinctif. Au même instant, Abel et Georges leur tomberont dessus et leur piqueront les sacoches qui contiennent trente millions !

— Trente briques ! répète Attia songeur, ça fait un sacré paquet. Je pourrai agrandir mon fonds.

— Mais, intervient Naudy soucieux, les types sont armés. Quand on embarquera dans la voiture... »

Loutrel l'interrompt :

« J'y ai pensé. Abel et Georges auront quatre paires de menottes. Ils les enchaîneront aux grilles de l'église et prendront leurs armes. »

Les quatre le regardent, admiratifs : c'est du grand Loutrel. Seul le Louf peut manigancer une opération d'une telle envergure avec une telle minutie.

Une fois de plus, le jour prévu, tout se déroule avec ce synchronisme cher à Pierre. Les transporteurs apparaissent, flanqués des policiers. Abel et Georges, qui marchent vers eux, s'arrêtent brusquement et miment une discussion serrée. Raymond surgit avec sa mitraillette sous son pardessus bleu nuit. Pierre s'apprête à dégainer son

P. 38. Sans méfiance, les quatre hommes et leur pactole avancent en bavardant. Tout va bien. Et soudain, Loutrel voit Naudy apparaître sur le flanc de leurs victimes sans sortir son arme. Naudy a eu raison de ne pas déclencher l'attaque. Attia et sa voiture ne sont pas au rendez-vous.

Loutrel s'arrête, Naudy le rejoint. Danos et Boucheseiche avancent vers eux. Le regard grave, impassibles, ils observent les transporteurs, leur escorte et les millions s'éloigner paisiblement. C'est raté. Quand ils retrouvent Attia, là où ils l'avaient laissé avec la voiture, le Grand Jo a la tête enfouie sous le capot. Il lève vers eux des yeux tragiques où perlent des larmes de dépit. D'une voix enrouée, il dit simplement : « Le delco... » Ce soir-là, accoudé au bar du *Café de Paris*, tournant le dos aux Champs-Elysées, illuminés, Loutrel dit tristement à Naudy :

« La chance tourne, Raymond. »

A partir de cet aveu pitoyable, Loutrel n'a plus dessoulé. Cet échec survenu après celui du quai de la Rapée semble l'avoir brisé. Seule une nouvelle victoire pourrait l'extraire de ce découragement dans lequel il s'est englué. Mais, physiquement et moralement, en est-il encore capable ? Raymond ne peut répondre à cette question.

Le chauffeur du taxi se retourne et demande :

« Vous allez où, à Champigny ? »

Plongé dans ses pensées, Naudy relève la tête, regarde autour de lui. Le trajet a été parcouru rondement, il est déjà sur les bords de la Marne. « Ici », répond-il. Il paie généreusement. Il descend, attend que le véhicule ait disparu, puis il se met en route. Mains dans les poches de son trench-coat anglais mastic, une cigarette aux lèvres, il traverse le pont balayé par un vent humide d'automne. Le ciel est gris, les arbres se dépouillent de leurs feuilles, la Marne charrie ses eaux boueuses. Naudy relève le col de son imperméable et se dirige vers *La Bonne Oseille,* ultime retraite de la Marne après la fermeture des *Marronniers* et de *L'Auberge.* Les muscles de ses cuisses renâclent un peu, ses jambes sont plutôt molles. En souriant, il se dit : « Tu baises trop, Raymond. » Cette pensée lubrique le ragaillardit. Il presse le pas.

A peine a-t-il pénétré à *La Bonne Oseille,* que des éclats de voix lui parviennent de l'arrière-salle. Aussitôt, il reconnaît le timbre rauque et voilé de Cornélius et le débit, haut perché, presque sifflant, de Loutrel : une tonalité qui trahit chez le Louf une extrême tension nerveuse, une colère difficilement contrôlée.

Au moment où il ouvre la porte, il entend Cornélius vociférer :

« Tout Loutrel que tu es, je te dis et répète que tu es un fumier. »

Naudy entre. Le teint livide, les yeux exorbités de Pierre lui font comprendre que le Louf a déjà pas mal bu, que le moment où il va s'abandonner à sa violence est imminent. Raymond avance calmement, s'interpose entre les deux hommes debout, face à face, qui se défient du regard.

« Que se passe-t-il ? » demande-t-il.

Cornélius écume. En gesticulant, raide, droit, cambré pour ne pas perdre un pouce de sa petite taille, il reprend :

« Ce salaud n'a même pas envoyé une boîte de

sardines à Fefeu ! Sais-tu ce que j'ai appris ? Pour échapper à la taule, Fefeu a gobé des crachats de tuberculeux ! Il pense ainsi se faire expédier à l'Infirmerie. J'en ai mal au cœur. Dès que tu es dans le malheur, le grand Loutrel te laisse tomber ! »

Cornélius crache par terre de dégoût.

« Mais, nom de Dieu ! Je te répète que je n'ai pas eu le temps d'aller voir son avocat ! gronde Loutrel.

— Attia non plus n'avait pas le temps ! Il était même blessé ! Il a trouvé le temps, lui. Il est passé chez sa mère pour lui remettre de l'argent. Mais le Grand Jo a du cœur.

— Je n'ai jamais trahi un ami ! hurle Loutrel.

— Si, Fefeu ! » conclut implacable, Cornélius.

Un silence inquiétant s'établit. Soudain, un changement incroyable s'opère sur le visage de Pierre. Ses traits s'affaissent. Il baisse la tête. Alors, spectacle pitoyable, le Boxeur et Raymond aperçoivent des larmes glisser sur ses joues : le tueur pleure. Il murmure :

« Je ne suis pas un salaud... »

Puis, d'une voix brisée, comme s'il voulait s'en convaincre lui-même, il ajoute :

« Je ne suis pas un homme fini. Je vous le prouverai. »

L'idée de Loutrel, comme on dit en argot de golfman, est très jouable. Il s'agit de vider un joaillier qu'il a repéré au 36, rue Boissière, un certain Carabed Sarrafian.

« Le franc se dévalue, tandis que l'or et les bijoux, ça ne bouge pas. Au contraire ! Plus le franc tombe, plus l'or monte. C'est mathématique. »

Le problème financier énoncé d'un ton assuré est un véritable baume pour les cœurs d'Attia, Boucheseiche et Naudy, installés dans la chambre de la rue Boileau. Loutrel est redevenu le conquistador. Boucheseiche a pour Naudy un regard qui semble dire : « Les miracles, ça existe. » Eh oui, le Louf paraît sur la voie de la rédemption : tandis que ses amis sablent, en cette fin d'après-midi du 5 novembre, son champagne, lui se contente de boire à petites gorgées du café noir.

« Comment va-t-on opérer ? » interroge Attia, jovial, en rejetant la fumée de son cigare.

« On ne va pas opérer, Jo. »

Loutrel se tait, observe ses amis par en dessous, avec une ironie amusée puis, se redressant sur son siège, annonce :

« Je vais travailler seul. Vous me regarderez. Comme pour le hold-up de la gare de Lyon. Si, par hasard, ça tournait mal, vous pourrez toujours intervenir. D'accord ? »

Silence des autres. Ballet des yeux. Attia, le souffle coupé, fixe Naudy qui observe Boucheseiche qui scrute Attia. Puis les trois paires d'yeux se rabattent sur Loutrel : six gros yeux ronds, stupéfaits.

« C'est risqué, Pierre ! bougonne Boucheseiche en fronçant les lèvres.

— Mais non, ce n'est pas risqué ! Au contraire, c'est rassurant. Vous aurez la preuve qu'on peut toujours compter sur moi. Le coup aura lieu demain vers 19 heures. Jo, tu chercheras une voiture, comme d'habitude. Mais surveille bien l'allumage. D'accord ? »

D'un signe de tête, les trois amis approuvent, terminent leurs coupes d'un trait, se lèvent, endossent leurs manteaux et serrent la main de Loutrel.

« J'aime mieux te voir comme ça, dit Attia dont le sourire découvre son incisive en or.

— Tu nous as flanqué une sacrée trouille, commente Boucheseiche en lui donnant une tape amicale dans le dos.

— J'ai confiance en toi, Pierre », conclut Naudy en le fixant dans les yeux.

Loutrel sourit, mais détourne le regard. Un dernier salut de la main à sa troupe qui descend discrètement l'escalier. Un dernier « à demain », il referme la porte, s'y adosse. Son cœur bat à ses tempes, il passe sa langue sur ses lèvres sèches, sa respiration s'accélère, il ressent un spasme dans l'estomac. Pierre livre un douloureux combat à lui-même, un combat sans espoir qu'il sait perdu d'avance. Avec brusquerie, il se décolle de la porte, marche nerveusement jusqu'à l'armoire. Ses doigts tremblent lorsqu'il en ouvre la porte. Il s'empare d'une bouteille de cognac qu'il porte goulûment à ses lèvres.

Quand Marinette, essoufflée, revient avec son chien deux heures plus tard, elle trouve Pierre affalé en travers du lit. Il ronfle en marmonnant des imprécations. Il est ivre.

22.

Raymond Naudy n'a jamais aimé rester seul durant les heures qui précèdent un hold-up. Les rares compagnies dont il éprouve le besoin sont celles de ses amis. Raymond demeure silencieux à l'écart, les observe jouer aux cartes ou plaisanter, mais il est avec eux et leur présence lui est physiquement bénéfique. Pierrette, pendant ces veillées, lui est pénible, presque insupportable.

Le matin, il a téléphoné à Pierre et ils sont convenus de déjeuner ensemble chez *Prunier*, l'élégant restaurant de l'avenue Victor-Hugo. A treize heures, Naudy arrive. On le conduit à la table réservée par M. Bernard, proche d'une haute fenêtre qui ouvre sur la rue de Traktir. Loutrel, peu après, fait son entrée. Après s'être débarrassé au vestiaire de son chapeau marron, de son manteau en poil de chameau, de ses gants en cuir jaune, il s'est avancé dans la salle, précédé d'un maître d'hôtel. Dès qu'il le voit, Naudy a un haut-le-cœur. Le teint de Pierre est terreux, sa démarche un peu hésitante et son regard a une fixité inquiétante. Instantanément, Naudy ressent une bouffée de colère. Il se sent bafoué, floué par son ami à qui il avait fait confiance. « Ainsi, se dit-il à mesure qu'il approche, ainsi, il s'est remis à boire malgré ses serments ! » Le maître d'hôtel écarte de la table la chaise rembourrée, la repousse tandis que Loutrel s'y laisse tomber pesamment. Les deux hommes restent face à face sans desserrer les dents. Finalement, gêné, Loutrel rompt le silence.

« Ça va, Raymond ?

— Ça va, réplique avec froideur Naudy, mais toi, tu ne me parais pas en forme.

— Mais si, articule Loutrel, je me sens juste un peu flapi, parce que cette nuit, j'ai eu des insomnies. Tu sais ce que c'est, quand on ne ferme pas l'œil, on est plutôt vaseux, le lendemain.

— Me prends pas pour un con, Pierre ! l'interrompt sèchement Naudy qui répète : Me prends pas pour un con. »

Loutrel plisse les yeux, fait un nouvel effort.

« Qu'est-ce que tu as, ce matin, tu es nerveux ? Pierrette ne t'a pas gâté ? » essaie-t-il de plaisanter hypocritement.

Naudy ne goûte pas l'allusion.

«Laisse Pierrette de côté ! Tu sais très bien de quoi je veux parler : tu as encore bu. Il n'y a qu'à voir ta tête pour le comprendre. Hier soir, en te quittant, j'étais heureux, j'avais retrouvé mon ami d'avant, solide, lucide. Et je t'ai cru ! Quel con !

— Raymond...

— Tu mens comme tous les ivrognes, pris le goulot entre les dents. »

Brusquement, Loutrel perd patience. Ses doigts se serrent sur le rebord de la table, les phalanges deviennent blanches, son regard brille d'un éclat mauvais. Changeant de ton, il siffle entre ses dents.

« Bon, et après ? J'ai bu. Ça me regarde, non ?

C'est ma santé, pas la tienne. Alors, foutez-moi tous la paix avec votre morale, et si t'es pas content, tire-toi. »

L'éclat de voix a fait dresser des têtes des tables voisines. Naudy, à son tour, perd patience.

« C'est bon. Fais ton casse de bijouterie tout seul comme un petit tireur de banlieue. Bourre-toi la gueule, bois à en crever. Tu as raison, ce sont tes affaires. Mais moi, je ne travaille plus avec un pochard. »

Naudy se lève, quitte la table, traverse rapidement la salle. Lui et Pierre ne sont pas près de se revoir.

En d'autres temps, Loutrel aurait éprouvé une peine réelle, un chagrin profond de perdre son meilleur ami, son lieutenant. Mais, est-il besoin de le préciser, en quittant sa chambre, il a déjà plusieurs pastis dans l'estomac et les idées peu claires. Après avoir suivi Raymond du regard, dès qu'il le voit disparaître, il hausse les épaules et, d'un claquement des doigts, appelle le maître d'hôtel et le sommelier qui le fixaient avec inquiétude. Il commande des huîtres, il ordonne du vin blanc d'Alsace. La pensée ailleurs, il déjeune et boit posément. Il demande un café, une mirabelle, un cigare. Les joues empourprées, l'esprit embrouillé, Loutrel songe au bijoutier en dégustant son alcool, en tirant sur son cigare. Malgré l'ivresse grandissante, il sait que voler des bijoux va provoquer des complications, notamment celle de trouver un receleur en qui avoir confiance. De nouveau, il hausse les épaules. Attia ou Boucheseiche en dénicheront bien un.

Il regarde sa montre : 15 h 15. Il demande la

note, laisse un pourboire princier et, d'une démarche un peu chancelante, se dirige vers le vestiaire où il enfile son manteau.

Loutrel maintenant marche dans l'air vif et humide. A longues foulées, tournant le dos à l'Etoile, il se dirige vers la place Victor-Hugo. Il ignore les vitrines des magasins huppés qui commencent à retrouver leurs décors et leur faste. Loutrel rumine son plan d'action. Le prodige, c'est que malgré les agressions de l'éthylisme, son cerveau parvient encore à échafauder des plans ingénieux, à trouver des failles dans les systèmes de défense adverses. Il passe près d'un mendiant accroupi sur le trottoir, qui tend une casquette crasseuse. Le Louf le regarde en souriant et, d'humeur badine, jette son cigare allumé dans la coiffure sans interrompre sa marche. Il a trouvé. Il va se rendre dans la boutique, sous le prétexte de voir des bijoux, pourra repérer les lieux, situera l'endroit exact où Attia et Boucheseiche l'attendront, seuls, puisque Naudy l'a trahi. Car, maintenant, pour Loutrel cela ne souffre plus l'ombre d'un doute : Raymond est un renégat, qui l'a abandonné. Un goût amer de bile lui envahit la bouche.

Les mains enfoncées dans les poches de son élégant manteau, Loutrel traverse la place Victor-Hugo, s'engage dans la rue Boissière, avance encore, parvient enfin devant la bijouterie. Pendant une bonne minute, il contemple, avec un air alléché de client, la vitrine et les bijoux disposés sur les rayonnages. Il entre. Brune et dodue, la trentaine sereine, le regard noir et vif des femmes persanes, Sirvart Haladjan, épouse Sarrafian, l'accueille derrière son comptoir. Loutrel se présente aussitôt :

« Je suis M. Laurent. J'ai eu affaire à votre époux quelques jours avant la Toussaint et j'ai été satisfait du travail qu'il a effectué sur ma montre-bracelet. Vraiment un travail admirable... »

Mme Sarrafian, qui se méfie toujours des têtes nouvelles en cette période où le gangstérisme fleurit comme des tulipes en Hollande, se détend : le nom de Laurent ne lui est pas inconnu, elle a même l'impression de l'avoir porté sur son livre de comptes.

« Mon mari est absent pour le moment, monsieur.

— Je voulais lui acheter une montre-bracelet-gourmette pour ma femme. Ce qu'il y a de mieux, bien sûr.

— Bien sûr, dit aimablement Mme Sarrafian, mais si vous pouviez repasser en fin d'après-midi, il sera là.

— Parfait, fait Loutrel avec un air enjoué, je repasserai. Puis-je vous demander un service : téléphoner à ma femme, qui se trouve au *Grand Hôtel*, pour lui demander de me retrouver ici, ce soir. Je préfère qu'elle choisisse elle-même son cadeau. »

Mme Sarrafian lui tend l'appareil. Loutrel compose le numéro de l'hôtel sur le cadran en souriant affablement à la commerçante.

« Chambre 305, s'il vous plaît. »

Après plusieurs ronflements, la femme du bijoutier peut entendre la voix de l'opératrice répondre : « Madame est sortie. » Toujours souriant, Loutrel raccroche.

« Pas de chance, dit-il. Et merci. A ce soir, madame... »

La nuit est tombée. Il est dix-neuf heures trente. Le froid n'est pas trop piquant. Il crachine. L'étroite rue Boissière est chichement éclairée par les becs de gaz ; des piétons se hâtent vers leur domicile. Une traction avant noire se gare le long du trottoir, à la hauteur du n° 32. Un homme au manteau beige descend, se dirige vers la bijouterie Sarrafian. Loutrel va passer à l'action. Recroquevillés dans la voiture, le chapeau rabattu sur les yeux, le col du manteau relevé, se frottant leurs mains gantées pour lutter contre le froid, Attia et Boucheseiche regardent leur ami s'éloigner dans la rue avec une certaine appréhension.

« Il est encore rond ? soupire Attia.

— Complètement ! grogne Boucheseiche. On n'aurait pas dû le laisser y aller seul. T'as vu quand il rechargeait son Colt ?

— Non, je conduisais...

— T'as raté, Jo ! Ses doigts tremblaient tellement, on aurait cru qu'il jouait aux osselets avec les balles.

— Pourquoi a-t-il pris un Colt ?

— Il prétend que le P. 38 lui porte la poisse. Si ça continue comme ça, il consultera des voyantes avant de faire un hold-up.

— Tu sais, Georges, décide soudain Attia, on ne va pas rester à attendre que ça foire. Je n'ai pas confiance. On va laisser tourner le moulin et on va aller se poster près de la bijouterie. En cas de coup dur, on pourra intervenir. Tu es d'accord ?

— *Yawohl.* »

Dans la bijouterie, Carabed Sarrafian dévisage son dernier client de la journée sans se souvenir de l'avoir déjà vu. Il a déballé sur son comptoir des montres-bracelets, des bagues, des chaînettes et il vient de présenter sa plus belle pièce : une montre-gourmette.

« Celle-ci vaut 140 000 francs, c'est peut-être un peu cher, mais elle les vaut », dit-il sans cacher sa hâte de conclure pour fermer le magasin.

Loutrel prend l'objet, le soupèse dans sa paume l'examine avec attention. Enfin avec une expression enthousiaste, il déclare :

« Je l'achète. Comme je n'ai pas la somme sur moi, je vais vous laisser un acompte de 50 000 francs et je vous remettrai le reste demain matin, lorsque vous me livrerez la montre au *Grand Hôtel.*

— Bien, monsieur, dit le bijoutier soulagé d'en finir avec ce client visiblement éméché, dont l'haleine empeste l'alcool. Je vous prépare un reçu. »

Loutrel baisse ses paupières pour résister à un vertige soudain, rouvre les yeux, sourit. Avec un geste presque naturel, sa main s'enfonce à l'intérieur de son veston comme pour chercher son portefeuille. Quand elle reparaît, elle brandit le Colt. Que se passe-t-il alors dans son esprit déréglé ? Au lieu d'agir avec sa promptitude et son efficacité habituelles, il braille :

« Je suis Pierrot le Fou ! Videz-moi vos tiroirs. »

Carabed Sarrafian est un homme tranquille qui ne lit jamais les journaux et affecte une grande indifférence pour les faits divers. Le nom de Pierrot le Fou, il ne l'a jamais lu, il ne sait pas qui il est, il ne devine pas le danger. Carabed Sarrafian n'a qu'une obsession : sauver son trésor. Le trou noir du 11,45 dirigé sur lui l'effraie à peine.

Il ne sait pas qu'une balle de ce calibre provoque un petit trou rond au bord brûlé à son entrée dans un corps, mais qu'elle fait un orifice large comme un poing quand elle en ressort. Sous les yeux de sa femme terrifiée, le bijoutier veut désarmer le gangster. L'homme étant ivre, la tentative lui paraît réalisable.

Carabed Sarrafian témoigne, ce soir-là, d'une inconscience fatale. Par-dessus le comptoir, il se penche en avant, bras tendu, doigts écartés pour agripper l'arme pointée vers lui. Loutrel, en titubant, fait un pas en arrière. Comiquement, il ferme un œil, vise le cœur du commerçant. Son index se crispe sur la détente douce, douce, douce. Il y a une détonation assourdissante. L'impact de la balle projette Carabed Sarrafian contre le mur. Les yeux ronds de stupeur, en une fraction de seconde, le bijoutier regarde son ventre, son gilet. Il a l'impression que des millions de ressorts se déchaînent en désordre dans ses intestins. Il écarte les pans de sa chemise : il a un deuxième nombril d'où s'échappent des flots de sang. Loutrel, que le coup de feu a abruti, agit comme un automate. Il rafle les quelques bijoux posés sur le comptoir sans se préoccuper de l'épouse du commerçant, qui s'élance, horrifiée, vers la porte.

Attia essaie de l'empoigner au passage mais la malheureuse, éperonnée par la terreur, se débat furieusement, lui glisse des doigts, court vers le café *Kléber* pour alerter la police. La rue retentit de ses appels au secours.

Malgré son hébétude, Loutrel réalise le danger. Il court vers la porte, soudainement affolé, négligeant le maigre butin. Il bute dans Attia.

« Fonce à la bagnole », lui intime Jo qui, l'arme au poing, se dirige vers la traction à reculons.

Loutrel s'affale sur la banquette arrière. Boucheseiche a déjà enclenché la première, prêt à bondir. Attia s'apprête à les rejoindre lorsqu'il voit Sarrafian surgir sur le pas de la porte, ses mains plaquées sur son ventre, comprimant ses boyaux.

Plié en deux, le bijoutier aperçoit le Grand Jo, ouvre la bouche pour hurler. Attia tire deux fois dans sa direction, puis s'engouffre dans la Citroën qui démarre en direction de l'avenue Kléber.

Carabed Sarrafian, un lobe du foie transpercé, la onzième vertèbre dorsale atteinte, n'a plus que quelques minutes à vivre. Il va précipiter sa mort. Laissant une traînée de sang derrière lui, le bijoutier, désespéré de voir fuir son meurtrier, traverse le trottoir, avance en chancelant dans la rue. Mais sa fin est imminente. Elle brouille son regard, les bruits ne lui parviennent plus que lointains. Sarrafian fait encore un pas sur la chaussée, ses yeux ne distinguent plus. La dernière image de cette terre qu'il perçoit sont deux ronds lumineux qui s'approchent. Sarrafian reçoit un choc d'une rare violence et s'écroule.

La voiture qui vient de le heurter passe sur son corps, poursuit sa route sur une cinquantaine de mètres avant de s'immobiliser. Etalé en travers de la rue, le bijoutier semble bouger encore. Une Peugeot arrive à son tour qui l'écrase de nouveau. Carabed Sarrafian meurt, la tête coincée entre les essieux des roues avant.

23.

Le moteur poussé au-delà du régime, en seconde, la traction noire a traversé l'avenue Kléber, dégringole jusqu'à la place d'Iéna, brûle un feu rouge, provoque un concert d'avertisseurs, plonge vers les quais de la Seine. Boucheseiche, les mâchoires serrées, conduit brutalement mais avec adresse. Indifférent au slalom de la voiture, Attia, affalé sur son siège, essuie avec son mouchoir les gouttelettes de sueur qui suintent de son front. Il se retourne par instants, s'assure que personne ne les a pris en chasse, observe Loutrel, puis se recroqueville de nouveau, le front buté. La voiture se faufile parmi les encombrements. Sur la banquette arrière, le Louf, la tête secouée par la suspension raide de la Citroën, résiste aux nausées qui l'assaillent. Le regard vitreux, il contemple le Colt que sa main enserre toujours. Boucheseiche vire sèchement à l'angle du boulevard Dellessert, fonce sur le quai de Passy, direction pont Mirabeau. Loutrel a un hoquet, puis il ravale sa salive amère.

« Range ton arme, Pierre », lui suggère Attia.

Loutrel s'exécute. La tête lui tourne, les maisons

qui défilent l'étourdissent. Avec des gestes patauds, il écarte les pans de son manteau, bougonne des mots inintelligibles, ouvre son veston, se contorsionne, rentre son estomac. Au prix d'un effort, il enfonce le canon du Colt dans sa ceinture. Pour un individu normal, l'opération demanderait une seconde. Mais Loutrel est ivre et encore agité par son incursion malheureuse dans la bijouterie. Par saccades, il s'évertue à glisser son arme. Ses doigts cherchent une meilleure prise sur l'acier froid. Il s'énerve. La boucle de la ceinture bute contre la détente. Il exerce une pression plus brutale. Avec la force du tonnerre, une détonation explose dans la voiture. Boucheseiche, surpris, fait une courte embardée. Attia sursaute, se retourne avec vivacité, l'injure à la bouche. Ses yeux s'écarquillent. Il reste un instant sans voix, puis s'exclame : « Mon Dieu ! »

Sur le pantalon de Loutrel, une flaque de sang s'élargit comme une étoile, dégouline sur la banquette. Attia lève les yeux. Son regard croise celui de Loutrel. Pendant un moment qui lui semble interminable, les deux hommes s'examinent, silencieux. Puis, le Grand Jo, bouleversé, voit l'iris de son ami se voiler, perdre de son éclat. Atterré il gémit :

« Qu'est-ce que tu as fait, Pierre ! »

Des plaintes lui répondent. Les doigts de Loutrel se crispent sur ses entrailles qui connaissent à leur tour les souffrances que subit Sarrafian. Ses paupières, devenues trop lourdes, se ferment, son menton s'affaisse sur sa poitrine. Le sang s'échappe toujours. Dans le rectangle du rétroviseur, Boucheseiche découvre le visage livide de Loutrel. Il n'a pas besoin d'explication, le Gros

Georges. Il a deviné. Il demande simplement à Attia :

« Grave ?

— Il s'est mis une balle dans les tripes.

— *Ach ! Das ist schlecht !* Qu'est-ce qu'on fait ? »

Attia réfléchit. Amener Pierre à Marinette ne résoudra rien : elle s'affolera, pleurera. Ce n'est pas le moment. Son ami a besoin de soins, pas de larmes. Comme s'il devinait ses pensées, Boucheseiche lui indique soudain :

« On va aller chez le toubib qui t'a soigné après Champigny.

— Tu es fou ? s'insurge Attia. Je suis trop connu. Si la concierge me voit avec un moribond, on sera vite retapissés et le toubib serait coincé. On va chez Germaine, la femme de Bourgeois. Elle habite rue Achille-Luchaire dans le XIVe. Je reconnaîtrai l'immeuble. On appellera le toubib de chez elle. »

La voiture dévale l'avenue de Versailles, traverse en trombe le pont Mirabeau. Quand elle arrive à destination, Loutrel, d'une pâleur cadavérique, râle.

« Tu crois qu'il va crever ? » interroge Boucheseiche en découvrant le sang qui macule le pantalon et le manteau.

« Je n'en sais rien. Mais, on peut pas le laisser là. Faut le monter chez Germaine. »

A cette heure du soir, la rue est déserte. C'est une chance. Avec ménagement, ils extraient le corps inanimé et le hissent au deuxième étage. Les mains encombrées, Attia donne des coups de pied dans la porte. Il est vingt heures trente. Germaine Dufour est une couche-tôt. Quand elle ouvre, elle a déjà ses bigoudis sur le crâne et a passé une robe de chambre rose sur une chemise de nuit transparente. Elle n'est pas vieille, Germaine, une trentaine d'années à peine. Elle n'est pas laide non plus mais, avec sa crème de beauté étalée sur le visage, elle ressemble à un fromage blanc.

« Qu'est-ce qui vous arrive ? demande-t-elle en s'effaçant pour laisser passer l'étrange cortège.

— Des ennuis, dit laconiquement Attia. Où est le téléphone ? »

Il ne s'est pas écoulé un quart d'heure quand Bourély fait son entrée. Il salue Attia et Boucheseiche de la tête, se dirige vers l'étroit salon où Loutrel a été allongé sur une toile cirée. Le médecin a un choc en voyant le blessé. Sans même retirer son manteau, il écarte les vêtements de Loutrel, palpe le ventre avec dextérité, se relève, les mains tachées de sang.

« Pas question de le soigner ici, déclare-t-il. Que s'est-il passé ?

— Un suicide, fait Boucheseiche. On ne peut pas le conduire à l'hôpital, les flics seraient tout de suite prévenus. »

Le docteur Bourély secoue la tête.

« C'est sûr, répond-il. Il faut le mettre en clinique. J'en connais une. S'il ne meure pas, la police n'en saura rien.

— Tu crois qu'il va s'en tirer, toubib ? » s'inquiète Attia troublé.

Bourély a un geste évasif.

« Il est trop tôt pour me prononcer, se borne-t-il à répondre. Pendant que vous le descendez, je préviens la clinique. Mais dépêchez-vous ! Il a perdu beaucoup trop de sang. Je vous rattrape. »

La clinique se trouve avenue Daumesnil et le trajet a été parcouru à folle allure. Tandis que Loutrel est transporté dans le bloc chirurgical, Jo Attia remplit la fiche d'admission. Il inscrit le blessé sous le nom de Paul Chaplain, domicilié 5, rue Durantin à Paris. Tout est faux, bien entendu, exceptés le lieu et la date de naissance : Château-du-Loir, Sarthe, 16 mars 1916.

« Motif de l'admission ? demande pour la forme l'employée du guichet.

— Accident de chasse », répond le Grand Jo. Avec Boucheseiche, il s'installe dans les fauteuils inconfortables de la salle d'attente. Leur anxiété s'accroît à mesure que les heures s'écoulent, mais aucun d'eux ne parle. L'expérience leur a enseigné que, dans ces moments où un homme oscille entre la vie et la mort, les paroles sont inutiles.

A deux heures, les talons d'une jeune infirmière martèlent le carrelage du couloir. Elle s'avance vers eux.

« L'opération est terminée. Votre ami se trouve chambre 19 au premier étage. Le docteur Bourély vous y attend. »

Le Grand Jo et le Gros Georges, avec ensemble, piétinent leur cigarette, agrippent leur manteau, escaladent les marches, pénètrent dans la chambre. Sur l'oreiller, le visage de Pierre leur apparaît d'une pâleur presque transparente. Les narines pincées, il respire en gémissant. On l'a mis sous perfusion.

« Alors ? » demande Boucheseiche.

Avec un geste ample, Bourély soulève le drap, découvre le corps nu de Loutrel : du ventre badigeonné de mercurochrome émerge un tuyau. Les deux hommes le regardent, sidérés, puis Attia relève la tête, questionne le médecin du regard.

« C'est un drain, Jo, explique Bourély. Il en a près d'un mètre dans l'abdomen. C'est ce drain-là qui le maintient en vie. Il revient de loin, vous savez !

— Tu penses qu'il va s'en tirer, toubib ?

— Il s'en tirera. »

Attia sourit, confiant. Il sait que Bourély a prononcé les mêmes mots quand il a été blessé. Et il s'en est tiré !

LIVRE III

LES FEUILLES MORTES

24.

« *Préfecture de Police — Direction de la Police judiciaire — Cabinet du directeur — Dossier H. 136 411. A tous services Préfecture de Police — Sûreté nationale — Gendarmerie nationale. Il y a lieu de rechercher activement le nommé LOUTREL Pierre, né le 5 mars 1916 à Château-du-Loir (Sarthe), dit* « *Pierrot le Fou* », *auteur de nombreux meurtres et agressions à main armée. A appartenu à la Gestapo. Très dangereux, toujours armé.*

« Signalement : *taille 1,71 m, yeux orangés moyens, cheveux roux foncé, rasé, dos du nez busqué, base relevée, visage tiqueté. En cas de découverte, aviser d'urgence Préfecture de Police. Direction de la Police judiciaire. Turbigo 92.00 et Odéon 43.80, postes 357, 360, 361, 280 et 377. Paris, le 4 octobre 1946. Le directeur de la Police judiciaire : R. Desvaux.* »

Sa lecture terminée, le commissaire divisionnaire Gillet repose la circulaire sur sa table de travail, massive comme un sarcophage. A travers les portes du secrétariat, grandes ouvertes pour la circonstance, son regard dur, presque hautain, balaie la Brigade rassemblée au complet. Il reste silencieux pendant un moment, puis il reprend de sa voix tranchante :

« Ainsi que vous l'avez remarqué, le message de la Préfecture de Police est daté du 4 octobre. Nous sommes le 10 novembre. La diffusion a donc mis trente-huit jours pour parvenir du quai des Orfèvres à la rue Bassano. L'explication en est simple : la P.P. a espéré résoudre, seule, le problème posé par le gang des tractions avant dirigé par Loutrel. Elle a échoué. Du coup, nos collègues parisiens sont contraints de demander aux autres services et particulièrement à nous, Sûreté nationale, de leur prêter main-forte. Le ministre exige des résultats immédiats et, à ce sujet, je dois vous dire qu'il n'a pas mâché ses mots à notre directeur : M. Valantin. Ceux qui ne se montreront pas à la hauteur ne feront donc pas long feu chez nous. Vous avez compris ? »

Le divisionnaire se tait de nouveau, nous observe sans indulgence, se tourne vers un homme jeune, de petite taille, aux cheveux noirs, élégant et raffiné, qui se tient debout, à sa droite.

« Le commissaire Denis, poursuit-il, va s'occuper de l'affaire avec son collègue Baniel et une équipe de dix hommes. Le groupe se scindera en deux. Il disposera de voitures à toute heure du jour et de la nuit. Je ne tolérerai aucune rivalité ridicule et imbécile au sein de notre brigade. J'exige au contraire, une collaboration totale. Le ministre veut Loutrel, il l'aura. Loutrel est désormais notre objectif n° 1. C'est tout, messieurs. »

Gillet pivote sur ses talons, la porte du secrétariat se referme. Peu après, dans le bureau contigu au nôtre, Denis et Baniel distribuent les rôles. Les inspecteurs les moins débrouillards s'occuperont de récolter les renseignements d'archives, les informations, les grouperont et, en cas de besoin, utiliseront les écoutes téléphoniques. Les autres sont affectés aux surveillances et aux filatures. Chacun de nous reçoit l'avis de recherches avec des photographies du tueur. Le grand cirque est commencé.

Dans la soirée, lorsque j'arrive au bar de *L'Etape*, la salle est quasi déserte. Derrière son comptoir, le patron est renfrogné. Tout reflète une profonde désolation.

« Salut, dis-je en me hissant sur un tabouret. Un pastis. »

Sans me répondre, le cafetier se retourne, s'empare d'une bouteille sur l'étagère, pose un verre devant moi, me sert, fait glisser sur le zinc une carafe d'eau dans ma direction. Mal à l'aise, tout en sortant une cigarette, je demande :

« Moustique n'est pas là ? »

Le patron lève vers moi ses yeux délavés.

« Moustique ? Ça fait deux jours qu'il est emballé », me répond-il, l'air désolé.

La nouvelle me fait sursauter. Mes concurrents viennent d'interrompre une des rares pistes que je possédais. Je questionne :

« Comment ça emballé ?

— Depuis dix-huit mois qu'il était en cavale, ça devait lui arriver ! Il avait un mandat d'arrêt au cul pour cambriolage à Tours, à la Libération. Je crois bien qu'il est au ballon pour un bout de temps, celui-là ! »

Une fois de plus, je paie l'inexpérience de mes vingt-cinq ans. J'avais la chance de pouvoir faire pression sur Moustique et je ne l'ai pas saisie. Je ne me suis pas préoccupé de son casier judiciaire, tellement j'étais certain de le retrouver chaque soir à *L'Etape.* J'ai commis une faute. Je me maudis de tant de sottise : j'avais la possibilité de remonter jusqu'à Jo Attia, et je l'ai gâchée.

Dans la rue, le col de mon pardessus frileusement remonté, je me dirige vers les boulevards, décidé à jeter un coup d'œil *Au Soleil d'Oran,* dans le faubourg Montmartre, que Deschamps m'avait signalé. Il est 20 heures, Marlyse attendra.

Je marche d'un bon pas jusqu'au métro Montmartre, je tourne à droite et me voici à l'angle de la rue Geoffroy-Marie. Le restaurant *Au Soleil d'Oran* est sur la gauche. Les vitres embuées m'empêchent de discerner les ombres à l'intérieur. Le cou tendu, je passe et repasse à plusieurs reprises devant la porte d'où me parviennent des éclats de voix. J'entre ? J'entre pas ? J'hésite. Pour mieux réfléchir sans donner l'éveil, je traverse la rue et je m'adosse à une camionnette stationnée presque en face du bar.

Je commence à avoir froid. Enfoncés dans mes poches, mes doigts sont engourdis et douloureux. Quant à mes orteils, je ne les sens plus dans mes chaussures. Je contourne discrètement le véhicule, puis je passe la tête par-dessus le capot pour observer. La porte du café s'ouvre. Un petit homme brun, en culotte de golf, jette un mégot, puis rentre dans le bar. Rien à voir avec Loutrel. Frissonnant, je quitte mon poste d'observation et je vais me dissimuler dans une encoignure de porte, à deux pas du restaurant. A cet instant précis, je regrette d'avoir gardé pour moi le renseignement de Deschamps. C'est stupide. Avec le groupe, nous aurions pu investir ce rendez-vous de voyous et les neutraliser. Tandis que seul je n'en ai ni l'audace, ni les moyens. J'en parlerai demain à Baniel et à Denis. En mettant le bar sur la table d'écoute, peut-être obtiendrons-nous des renseignements. Fatigué, je renonce à ma surveillance, décidé à rentrer chez moi, me mettre au chaud. A peine ai-je tourné le coin de la rue Geoffroy-Marie, je bute dans un homme en béret basque, surpris par mon arrivée brutale. Sans lui prêter attention, je poursuis ma route, les mains dans les poches. A l'angle de la place de Châteaudun, mû par je ne sais quelle intuition, je me retourne. L'homme au béret basque est encore là. Avec stupeur, je le vois foncer vers moi à grandes enjambées. Une plaque argentée brille dans le creux de sa main gauche. Il m'intime :

« Police ! Vos papiers ! »

Il est aussitôt rejoint par un malabar à chapeau mou, en imperméable, qui se place derrière moi.

« Bien sûr, dis-je. A qui ai-je à faire ?

— Police judiciaire ! fait l'homme au béret. Contrôle d'identité. »

Intrigué, je sors ma carte.

« Moi aussi, je suis de la police. Qu'y a-t-il ? »

Un instant, l'homme au béret semble désarçonné. Il examine néanmoins ma carte tricolore d'un œil soupçonneux, puis me l'arrache de la main sans que j'aie le temps d'esquisser un geste. De sa poche, il sort une lampe électrique dont il promène tour à tour le faisceau sur ma carte et mon visage.

« Votre carte est suspecte, lâche-t-il enfin. Il faut que nous vérifiions... »

La colère me prend.

« Comment ça, suspecte ? Elle m'a été délivrée par ma brigade, avec ma plaque !

— Alors, montrez votre plaque. »

Nerveusement, je fouille mes poches. En vain. Je me souviens alors que j'ai oublié mon insigne, ce matin, sur le buffet de ma salle à manger. Je bredouille :

« C'est idiot, je ne l'ai pas sur moi, mais je vous assure...

— Ça va, me dit l'homme au béret basque, suivez-nous. »

Un flic emballé par des flics, c'est une tragédie et elle ne pouvait arriver qu'à moi. Quelques minutes plus tard, je me retrouve sur un banc du commissariat du faubourg Montmartre, gardé par l'inspecteur en chapeau, tandis que son collègue a disparu dans un bureau. Quand il en ressort, il me dit, soupçonneux :

« J'ai regardé votre carte à la lumière : elle est raturée. »

Exact. Par erreur, l'employé aux écritures avait inscrit, comme année de naissance, 1920 au lieu de 1919. Un soir, avec Marlyse, nous avions gratté le carton au rasoir, rétabli la date exacte à l'encre de chine qui s'était un peu étalée. Depuis, je n'y avais plus pensé. Je tente d'expliquer à mon collègue les circonstances de cette transformation.

« On va être rapidement fixé : j'ai téléphoné à votre service pour qu'on vienne vous reconnaître. Un inspecteur va arriver ! »

Je blêmis. La situation va me ridiculiser pour le restant de ma carrière si, toutefois, je ne suis pas chassé avant de la grande famille. De plus demain, il me faudra expliquer à mon patron ce que je faisais dans ce quartier mal famé, à cette heure du soir. Mon surveillant s'approche de l'homme au béret :

« Je peux rejoindre les autres, maintenant, monsieur Nouzeilles ? »

Ainsi, j'ai en face de moi l'inspecteur principal Nouzeilles. Le héros malheureux de Champigny approuve de la tête, regarde son subalterne disparaître et se retourne vers moi.

« Que faisiez-vous devant le *Soleil d'Oran* ? demande-t-il. Ça faisait une demi-heure qu'on vous observait.

— J'avais rendez-vous avec une fille qui m'a posé un lapin, dis-je. C'est tout. »

Nouzeilles m'examine attentivement, pas dupe de mon mensonge et lâche, avec un certain mépris :

« Vous êtes encore trop petit pour vous promener seul, dans les rues la nuit. »

Une vingtaine de minutes plus tard, l'inspecteur archiviste Lefay vient mettre un terme à ma déconfiture. Sans même m'adresser un regard, Nouzeilles lui remet ma carte de police, puis il quitte la pièce. Je suis le point de mire des gardiens. Un frisson me parcourt lorsque Lefay bougonne :

« T'as de la chance que j'aie été encore là ! Deux minutes plus tard, je quittais la brigade et tu passais la nuit au violon...

— Ecoute, dis-je, en ravalant mon orgueil, sois chouette : ne dis rien ni à Baniel ni à personne. Si Gillet apprenait ça, je suis bon pour être muté aux chiens écrasés. »

Lefay me rassure d'un sourire et nous quittons le commissariat. Je suis furieux. En repassant devant la rue Geoffroy-Marie, j'aperçois Nouzeilles enjamber le hayon de la camionnette bâchée derrière laquelle je m'étais posté. Enfin, je comprends : la P.P. planque là pour Loutrel. Le tuyau de Deschamps était bon.

25.

CHERCHEZ la femme...

Pendant que la P.P. déploie ses forces pour retrouver le tueur du bijoutier, moi j'ai décidé de m'attaquer à l'amie de l'assassin. Je n'ai rien trouvé dans son passé judiciaire. A tout hasard, je poursuis mes recherches au Tribunal de Commerce.

Dans l'immense salle, des centaines de volumes reliés, hauts et épais, aux millésimes dorés sur des étiquettes rouges, garnissent les étagères : ce sont les documents d'immatriculation des sociétés, répertoriés par année. Si Marinette Chadefaux est gérante d'un commerce, le fichier général va m'en fournir la preuve en dévoilant son numéro d'enregistrement. Je n'ai pas beaucoup d'espoir, mais, comme me l'a jadis conseillé Villacampa, un vieux routier de la procédure, il faut commencer par fouiller les archives avant de se lancer dans l'aventure. Je me souviens de la tirade qu'il m'avait débitée :

« Mon petit Borniche, une enquête, c'est une bobine de fil. Il faut savoir en trouver le bout pour la démêler. Après, ça vient tout seul. »

Un employé me tend un dossier. Il n'est pas

épais. Il m'apprend seulement que Marinette Chadefaux, divorcée Moulier, a acquis, pendant l'Occupation, un bar, 70, rue Condorcet, qu'elle a baptisé *Le Cocker*. Le 1er août 1945, elle a cédé l'établissement à une certaine Marie-Antoinette Chatagner qui l'exploite actuellement sous la nouvelle appellation de *Mary's*. Une demi-heure plus tard, je suis rue Condorcet.

Je frappe, puis sans attendre la réponse de la concierge, je pénètre dans la loge. Tout est sombre, sale, malodorant. Dans l'angle de la pièce, coincée entre deux montagnes de linge sale, une vieille femme somnole, le menton sur la poitrine. Au-dessus du lit défait, une photographie de poilu à moustache, en bleu horizon, délavé, casqué et en bandes molletières. Un rameau de houx, fiché dans le cadre, semble lui chatouiller le nez. Doucement, j'approche de la femme, lui touche l'épaule, ce qui la fait sursauter. Ma plaque de police a jailli dans ma main. Elle la fixe avec stupeur, puis lève les yeux vers moi.

« Marinette Chadefaux, s'il vous plaît. »

La concierge hausse les épaules :

« Y a longtemps qu'elle est plus là. C'est pourquoi ?

— Je la recherche, dis-je en m'écartant un peu. On m'a dit qu'elle habitait toujours ici.

— Des blagues ! marmonne-t-elle, excédée, Marinette tenait le bar à côté, mais il y a plus d'un an qu'elle est partie. Je sais pas combien de fois la police est venue la demander. Y a donc pas de cohésion chez vous ? »

Je fais non de la tête tandis que mon interlocutrice bâille, laissant apparaître des gencives édentées.

« Je sais même pas ce qu'elle est devenue avec son type, ajoute-t-elle. Des drôles de gens, pleins aux as, pas comme nous. »

Encore une démarche pour rien. Avant de battre en retraite, je questionne :

« Pourquoi appelait-elle son bar *Le Cocker* ?

— Pour faire plaisir à son chien, pardi, une espèce de cabot qui pissait tout le temps sur ma porte. Quand sa copine le prenait, je vous jure, mon petit monsieur, qu'on était bien tranquille !

— Quelle copine ? » dis-je subitement intrigué.

La concierge exhale un long soupir.

« Mado. Y a pas tellement longtemps qu'elle est venue ici. Elle m'a laissé un numéro de téléphone, des fois que je reverrais Marinette. C'est à Meudon. Attendez. »

Péniblement, la gardienne se lève, fouille derrière un ancien calendrier des P.T.T. accroché au mur. Des papiers tombent, elle les ramasse en geignant, les déplie, m'en tend un.

« C'est pas ça, des fois ? »

Ecrit au crayon, je lis : *Mado, OBS 17-82. Je* rends le papier après en avoir noté le numéro.

« C'est Mado comment ?

— Est-ce que je sais, moi ? Tout ce que je peux vous dire, c'est que c'est une belle fille, rousse, très maquillée. Elle partait des fois avec Victor.

— Victor ?

— Le cocker noir de Marinette. »

Au volant de sa onze légère, Crocbois traverse le bois de Boulogne, longe la Seine, s'engage sur le pont de Sèvres et file à vive allure en direction de Meudon. De temps à autre, il jette un regard dans le rétroviseur pour s'assurer que la traction de Morvan le suit. Les deux voitures bourrées de policiers empruntent l'avenue du Château. Le commissaire Baniel est à côté du chauffeur ; sur le siège arrière, Gueltel et Durieu me coincent entre eux. Je me sens responsable de ce déploiement de forces. En effet, dès que j'ai rapporté à mon patron la découverte de la nouvelle piste de Victor, il a décidé de déclencher une opération d'envergure. Par la lunette arrière, je jette un coup d'œil sur la traction de Morvan derrière nous. Les silhouettes du commissaire Denis et de ses hommes se devinent à travers le pare-brise.

Je ne possède pas la preuve irréfutable des présences de Marinette et de Loutrel à Meudon, sinon de fortes présomptions. Sans difficulté, j'ai découvert le nom et l'adresse de l'abonné, Observatoire 17-82. Il s'agit du café *La Source*, 24, rue d'Alembert à Meudon. Sans rien dire, je m'y suis propulsé. Je me suis trouvé, dès la porte franchie, dans une petite salle de banlieue envahie par un comptoir en zinc sur la gauche et cinq ou six tables de marbre blanc, alignées comme des tombes. Dans le fond, une cuisine prolonge l'arrière-salle ; à droite, une porte donne sur une cabine téléphonique et les toilettes. Une jeune femme rousse et maquillée m'a versé un café brûlant. J'allais régler ma consommation lorsqu'une boule de poils noirs a bondi de la cuisine et est venue flairer mon pantalon.

« Victor, ici ! » a ordonné la rouquine.

Pour masquer mon émotion, je me suis baissé et j'ai caressé le cocker. Il me fallait gagner du temps, en savoir davantage. Ne s'agissait-il pas d'une coïncidence ? J'ai été vite fixé. Une femme âgée est apparue à la porte de la cuisine et a annoncé :

« Je m'en vais, Mado. Je serai de retour vers quatre heures. »

Le tuyau de la concierge était bon : la meilleure amie de Marinette se trouvait bien à Meudon et, mieux encore, le chien de Pierrot le Fou était là. La chance aidant, j'avais découvert le bout de fil de la bobine chère à Villacampa.

Le temps de rentrer à la brigade, de faire mon rapport verbal : maintenant, nous sommes sur le sentier de la guerre.

« Je m'arrête où ? » demande Crocbois.

Notre voiture a sagement évité la rue d'Alembert et nous longeons au ralenti le mur de clôture du parc de Chalais. L'endroit est désert. Morvan colle à notre pare-chocs.

« On va se faire repérer, grommelle Durieu. C'est comme ça qu'on loupe une affaire.

— Je suis d'accord avec vous, condescend Baniel préoccupé. Ça ne va guère être facile de planquer ici : ou bien nous restons rue des Vertugadins, où nous sommes, et nous ne voyons rien ; ou bien nous nous plaçons rue d'Alembert et tout le monde nous voit. »

Nous continuons à avancer doucement lorsque, derrière, Morvan exécute des appels de phares.

« Stop ! dit Baniel. Denis veut me dire quelque chose. »

Crocbois obéit. Le patron ramène sur ses cuisses les pans de son imperméable, ouvre la portière, quitte la voiture, va à la rencontre de son collègue. Après une brève conversation, il reprend sa place.

« Denis est d'accord avec moi, explique-t-il. Ici, c'est trop risqué. Il va aller au central téléphonique mettre le bistrot à l'écoute et nous, on va planquer dans la voiture. A tour de rôle, on se promènera dans la rue, il n'y a pas moyen de faire autrement. Messieurs, ça vous fera un bol d'air. »

Quinze interminables journées d'oxygénation ont passé au cours desquelles nous n'avons cessé de faire la navette entre la rue de Mado et le central téléphonique pour écouter des conversations sans intérêt. Nous sommes découragés. Mado est toujours présente à Meudon et attend des nouvelles des son amie Marinette. De temps à autre, un certain Alex l'appelle, étonné de rester lui aussi sans nouvelles de « leurs cousins ».

Entre deux navettes, je me suis livré à une enquête au siège de la D.G.E.R., boulevard Suchet, un immeuble zébré de noir, vert, rouge, qui abrita durant la guerre la direction des transmissions de la *Kriegsmarine*. Mon but : consulter le dossier de Pierre Loutrel du temps où il appartint à ce service. Un capitaine m'a remis la chemise cartonnée, mais mon butin est maigre : j'ai la confirmation que le tueur se faisait appeler Pierre d'Héricourt. Sa carte officielle d'espion, remise le 29 septembre 1944, portait le n° 302. Un coup d'épée dans l'eau.

Je reprends donc ma surveillance du cocker de Marinette. Victor est devenu le point de mire de la Brigade mobile. Tous nos espoirs reposent sur lui : la capture de ses maîtres et de leurs complices, l'avancement de nos patrons, les gratifications éventuelles de réussite. Victor est notre poumon, notre espérance, notre tourment. Lorsque, guilleret, il échappe à Mado pour flairer les murs environnants, nos cœurs s'arrêtent, nos regards effarés scrutent la rue, craignant qu'une voiture ne l'écrase durant ses vagabondages. Nous souhaiterions que Mado tienne constamment Victor en laisse ; six fois par jour, nous assistons à ses ébats ; trois fois par semaine, nous allons avec lui faire le marché, le regard braqué sur le pompon rouge de son collier. Nous sommes des nounous attentives, craintives, vigilantes.

« Filocher un cabot ! s'insurge Durieu. Jamais je n'ai vu une affaire pareille. »

Enfin, le 26 novembre à 18 h 55, c'est l'état d'alerte. Alors que Gueltel surveillait la rue d'Alembert, je suis allé téléphoner à Antoine, notre collègue installé à la table d'écoute.

« Roger ? Faites gaffe, il va y avoir du nouveau. Le nommé Alex a téléphoné. Il a annoncé à Mado qu'il venait de recevoir une carte des personnes dont ils attendaient des nouvelles, que tout allait bien. Il va venir chercher le chien d'un moment à l'autre. »

Un formidable espoir nous envahit. La victoire est imminente. Je savais bien que Victor était le trait d'union entre le gang de Pierrot le Fou et nous.

Comme d'habitude, à vingt heures, les lumières du café s'éteignent ; peu après, au premier étage, Mado rabat les volets de sa chambre. *La Source* dort. A vingt-trois heures Crocbois me dépose chez moi. Nous convenons qu'il me reprendra demain, à sept heures, pour relayer Durieu. Mon collègue se plaint, depuis quelques jours, de l'enflure de ses jambes.

A six heures trente, ce 27 novembre 1946, je suis déjà prêt, rasé, douché, habillé. J'ai avalé mon petit déjeuner en vitesse quand on frappe à ma porte. J'ouvre. Un gardien me tend un message de Durieu : « *Mado et Victor envolés cette nuit, dans voiture traction 877 LA 2. Brigade prévenue.* » Le numéro minéralogique se révèle faux. Nous ajoutons une défaite supplémentaire à notre guirlande. Le dicton « cherchez le chien » n'entrera pas dans les mœurs...

26.

Il y a eu ce que l'on a nommé la période dingue. Ses débuts se situent en mars 1947 lorsque Wybot, patron de la D.S.T., a donné un spectaculaire coup de torchon à la Préfecture de Police. Depuis la fameuse réunion chez le ministre de l'Intérieur, en juillet de l'année précédente, l'homme qui ne cillait jamais attendait son heure. Il guettait un prétexte pour agir. Il l'a eu le jour où, apprenant qu'un commissaire divisionnaire a alerté le trafiquant Joanovici qu'un mandat d'arrêt était lancé contre lui, l'ancien ferrailleur a pris la fuite. Ce jour-là, Wybot détient enfin la preuve de la collusion entre certains policiers et certains truands. Dès lors, il passe à l'action. Avec l'assentiment du ministre, accompagné du directeur général de la Sûreté nationale, le préfet Pierre Boursicot, du juge d'instruction Fayon et d'hommes sûrs, il effectue une descente au cabinet du préfet. Les têtes tombent. Première victime de cette opération d'assainissement : le directeur de la police générale qui légalisait les fausses cartes grises des voitures de Joanovici. Momentanément, la même sanction s'abat sur le patron de la Police judiciaire, René Desvaux. C'est ensuite au tour du préfet de Police Luizet qui a décoré le ferrailleur milliardaire. Dans tous les services, à tous les échelons, des policiers sont révoqués, mis à la retraite d'office, inculpés, arrêtés. Les investigations et les aveux obtenus à la suite du salutaire nettoyage font éclater au grand jour l'étendue de la corruption dans la Grande Maison, permettent de comprendre pourquoi tant de tueurs et de voyous notoires échappaient systématiquement aux recherches, aux rafles, aux perquisitions. Le printemps de cette année-là est consacré à débusquer les fonctionnaires coupables et à réorganiser les services avec des policiers triés sur le volet. Courant juin, l'imposante machine policière de Paris a refait peau neuve. Elle est de nouveau prête à fonctionner. Les ordres venus d'en haut sont formels : « Il faut assainir le territoire. » Le safari aux gangsters débute.

L'Occupation a été la gangrène de la France. Des gangs se sont constitués et spécialisés dans les hold-up. Aucun moyen de s'enrichir illégalement n'a été négligé. Le pays est traversé par un raz de marée sans précédent d'attaques à main armée : banques et fourgons postaux sont régulièrement attaqués et pillés. Les policiers ont à peine enregistré les dépositions des convoyeurs terrorisés qu'une autre affaire éclate. Le banditisme déferle sur le pays.

Un bilan terrifiant : en 1947, près de 130 000 affaires, englobant meurtres, vols, viols, agressions, escroqueries, trafics de cigarettes et de stupéfiants, sont enregistrées par la police. Les bandes des Corses se livrent une guerre sans pitié. Philippe Graziani récolte deux balles, François Luchinacci — l'associé de Manouche — en reçoit dix dans le ventre, la secrétaire du député Raulin-Laboureur est fauchée par quatorze balles destinées à Jo Renucci. Le tueur Sinibaldi descend Léon Baudine et sa maîtresse. Ce n'est pas fini. Les complices de Dellapina, Latti et Aristotelès tuent le consul de Norvège, qui les a surpris en plein cambriolage. Emile Buisson en est à son dixième, René Girier à la quatrième évasion. Loutrel et son gang mènent le bal.

Une légende se propage : tous les vols sont l'œuvre du démoniaque Pierrot le Fou. On le voit partout. A Toulouse où il a dîné à *La Réserve* ; à Paris, chez *Maxim's* entouré de femmes ; à Cannes, se bronzant sur la plage du *Carlton*. Le Milieu murmure son nom avec crainte, la police avec rage. Après le meurtre du bijoutier Sarrafian, la disparition des vingt-cinq millions de la Banque d'Indochine et le vol des cent millions de bijoux de la Môme Moineau lui sont attribués.

C'est ce tueur dangereux et insaisissable que je voudrais arrêter. Parce que j'aime mon métier, parce que j'aime la victoire, parce que j'aime la gloire. Mes moyens d'investigation ne sont pas à la hauteur de mon ambition. Je furète, partout, opiniâtrement, le jour, la nuit, obsédé par cette capture spectaculaire qui transformerait ma vie. Mais on ne chasse pas les grands fauves avec un revolver à flèches. Or, c'est mon cas.

« Cocorico ! » Pour la première fois, après tant d'années humiliantes, la poulaille française peut lancer son cri gaulois de victoire. Si les Loutrel, Dellapina, Sinibaldi sont toujours terrés dans la nature, le 10 juillet 1947, soit quatre mois après le déclenchement du ratissage du territoire, les policiers inscrivent à leur tableau de chasse le nom d'un animal dangereux : Jo Brahim Attia.

19 heures, ce jour-là. Deux voitures de la Sûreté marseillaise freinent devant le bar *Le Printemps*, tenu par Jean Giudicelli, corse et maire de Pietralba, toujours vêtu de noir. Armés, cinq inspecteurs font irruption dans l'établissement, examinent les consommateurs balafrés, couturés, aux regards séraphiques, les mains en l'air. Jo Attia ne se trouve pas parmi eux, mais les policiers ne s'avouent pas vaincus. Ils savent que le complice de Loutrel est caché quelque part dans le café. Moins de vingt minutes auparavant, un « donneur » leur a téléphoné : « Le Grand Jo est chez le maire. »

Les policiers ne se trompent pas, Attia n'a pas eu le temps de fuir. Surpris par l'arrivée des tractions, il s'est réfugié dans la cave. Planqué dans le renfoncement du mur du fond, protégé par l'obscurité. Il attend, retenant son souffle, les doigts crispés sur la crosse de son Colt.

Des bruits de pas et de voix lui parviennent, assourdis, d'en haut, puis la trappe de la cave est soulevée et un homme s'engage prudemment dans l'escalier de bois. Le faisceau d'une torche glisse sur les murs. Avec autorité un jeune inspecteur ordonne :

« Attia, sortez. Et ne faites pas de conneries, vous êtes coincé. »

Tapi dans le noir, le Grand Jo répond, fataliste :

« J'arrive. »

Il n'esquisse aucune révolte, aucune tentative de fuite. L'âge et l'expérience lui ont enseigné que les combats inutiles ne sont pas toujours les plus beaux, qu'il faut parfois savoir se soumettre en attendant des jours meilleurs. Il s'avance sous le regard tendu du policier. Il présente son arme, offre ses poignets : avec un doux claquement, les menottes se referment. Attia sourit à son vainqueur :

« Vous êtes trop jeune pour faire un mort », dit-il.

« Cocorico *bis* », le 29 juillet. Boucheseiche a décidé de risquer quelques jetons au Casino. En attendant le soir, il se promène, désœuvré, dans les rues de Cannes. Son regard s'attarde sur les vitrines des bijoutiers, sur les évolutions des jolies femmes, bronzées sous quelques grammes de tissu. Le Gros Georges marche, fuyant le soleil, à l'ombre des immeubles, en tirant lentement sur la cigarette qui pend à ses lèvres. Ses pensées vagabondent de Loutrel à Marie-Louise en passant par le pauvre Attia enfermé à la prison Saint-Pierre de Marseille, particulièrement inconfortable.

Quand un inconnu l'aborde et lui demande poliment du feu, Boucheseiche, toujours *Korrect*, s'exécute. Il fouille dans sa poche, sort un briquet en or massif, abrite la flamme de sa main gauche. Soudain le canon d'un pistolet s'appuie sur son ventre tandis qu'une main le déleste de son Mauser, le Gros Georges, avec lenteur, regarde par-dessus son épaule : derrière lui, trois hommes résolus le menacent de leur arme. Alors, Boucheseiche est rassuré : ils ont des gueules de flics.

Calmement, il tend ses mains : les menottes se referment sur ses poignets.

« Et de deux, exulte l'as de la police marseillaise, le commissaire Mattéi. Les autres ne doivent pas être loin. »

Le gang est décimé, mais la tête court toujours...

Si le Grand Jo et le Gros Georges sont bouclés à double tour, le banditisme ne désarme pas.

Le 3 septembre, Emile Buisson, le tueur aux yeux noirs, et René Girier, le casseur gentleman, s'évadent de l'hôpital psychiatrique de Villejuif où ils avaient réussi à se faire transférer en simulant la folie. Le 24 septembre, Antoine Sinibaldi, le tueur séduisant, fausse à son tour compagnie aux agents marseillais : il saute du taxi qui le conduisait à l'Evêché, et en guise de souvenir, leur abandonne ses souliers neufs. Deux jours plus tard, le complice du « bel Antoine », Jo Gerban, sprinte dans un couloir du quai des Orfèvres, sème ses gardiens et prend le large.

Comme fouetté par ces exploits, le Milieu fait du zèle. Les indics tombent au champ du déshonneur : Gilbert Deschamps, Jo Ferrand sont abattus. Les agressions se multiplient. La plupart portent la marque de Pierre Loutrel.

Pour mieux affronter ces courses-poursuites exténuantes, je me suis ruiné en achetant une paire de chaussures à semelles de crêpe : je marche, j'interroge, je suppute, je galope, je téléphone, je questionne, je planque, je bois, je rédige des rapports, je fonce, je menace, j'épie, je m'époumone, je me fais engueuler par mes chefs. Ma vie amoureuse est au point mort.

Le soir ou la nuit, lorsque je regagne mon logement montmartrois, je n'accorde qu'un pauvre regard morne à Marlyse qui passe et repasse devant moi dans un déshabillé semi-transparent, sans parvenir à ressusciter ma libido défaillante. Si je suis éreinté, je m'abats sur mon lit pour m'endormir instantanément. S'il me reste un brin de force, une parcelle de courage, je planche sur les manuels de droit car, malgré l'hostilité du divisionnaire Gillet, je veux me présenter au concours d'officier de Police judiciaire. Pour justifier mon insuffisance sentimentale, j'explique à Marlyse :

« Tu comprends, ça me permettra de devenir un auxiliaire du procureur de la République. Bien sûr, je dépendrai toujours du ministère de l'Intérieur mais je serai autorisé à rédiger, à mon nom, les procès-verbaux qui font foi jusqu'à inscription de faux.

— Formidable ! Tu pourras ainsi rédiger mon abandon de domicile », conclut Marlyse avec un regard étincelant de mépris.

L'année 1948 a débuté mal et bien. Mal parce que Marlyse a préféré passer le réveillon du Jour de l'An chez ses parents plutôt que de rester avec un flic qui se rongeait les ongles en attendant le résultat du concours. Bien parce que le 6 janvier je suis reçu à l'examen. Pendant deux mois, l'humilité n'étant pas ma vertu principale, exalté, grisé, transporté par ma nomination, je rêve à mon avenir. Je me vois déjà, dans un costume sur mesure, installé à un bureau directorial, meublé en Napoléon Ier, entouré de secrétaires et de subalternes, un gros berger allemand à mes pieds, distribuant mes ordres, engueulant mes collaborateurs, résolvant les cas les plus insolubles. Mon délire dure jusqu'au 4 mars. Dans la matinée, alors que je regarde, assis à mon bureau, la neige tomber sur Paris, le sous-chef de service, René Camard, me ramène à la réalité. Mon téléphone sonne :

« Borniche, venez me voir. »

Je raccroche, inquiet. Celui qu'on a surnommé spirituellement « l'œuf à écailles » à cause de sa calvitie et de ses lunettes à grosse monture, ne convoque que dans les cas graves. Je descends donc au premier étage dans l'étroite pièce où travaille inlassablement Camard.

« Vous vous êtes déjà occupé de Loutrel, paraît-il ? »

A travers les grosses lentilles, son œil marron me scrute.

« Je ne fais que cela, monsieur le principal !

— Alors, prenez connaissance de ce message du directeur. »

La traction avant noire quinze chevaux, six cylindres, immatriculée 8649 RN 5 file sur la route nationale. Elle a dépassé Montagnac et se dirige vers Pézenas. Au lieu dit Le Tournant de Marenne, les gendarmes Claparède et Aninat effectuent un contrôle routier. Tandis que son collègue se tient momentanément debout contre un arbre, Claparède, bras levé, intime à la voiture l'ordre de s'arrêter. Le chauffeur obtempère. « Contrôle de papiers », dit le gendarme en se courbant.

Le conducteur présente une carte grise au nom de la *Compagnie Cinématographique Algérienne,* mais les inscriptions portées à l'encre rouge ont éveillé les soupçons de Claparède.

« Je voudrais voir les numéros de châssis et de moteur », ordonne-t-il.

Il s'apprête à soulever le capot lorsque le chauffeur pointe un Colt contre sa poitrine :

« Tu es trop curieux, poulet, dit-il. Appelle ton collègue sans faire le con, sinon je te brûle. »

L'homme ne plaisante pas. Sous la menace, Claparède obéit. Aninat s'est approché. Lorsqu'il réalise la gravité de la situation, il est trop tard. Les deux autres occupants de la voiture, l'un d'une taille de mastodonte, l'autre râblé, aux cheveux et à la moustache roux, braquent sur lui leurs armes. Le rouquin déleste aussitôt le gendarme de sa mitraillette qu'il portait en bandoulière et de son pistolet. C'est à ce moment dramatique que la Simca 5 de la Gendarmerie surgit pour relever Claparède et Aninat. Elle s'arrête à quelques mètres du groupe. Le chef de brigade Olive vient à peine d'en descendre qu'une rafale de mitraillette l'abat.

Le brigadier Bitadeau tente d'intervenir, mais une balle de Colt l'atteint au sommet du crâne. Il s'écroule à son tour.

Les gendarmes Claparède et Aninat ont réussi à s'abriter derrière des platanes. Ils voient la traction des bandits démarrer à toute allure et disparaître. Sur les lieux, vingt-quatre douilles percutées et une balle sont retrouvées. L'examen des photos anthropométriques permet l'identification de Danos Abel et Naudy Raymond.

Conclusion de la police : le troisième homme était certainement grimé. Or qui dit Naudy ou Danos, dit Loutrel !

Le sang n'a pas fini de couler.

Le 1er mars, à dix-neuf heures, le commissaire Curty a dressé un barrage à l'entrée de Fréjus avec ses gardiens Felez et Huiban. A 19 h 5, une traction noire est arrêtée. Si la carte grise correspond au numéro minéralogique du véhicule, le nom de la Société est incomplet. Le chauffeur prétend avoir oublié ses papiers d'identité. Poliment, il propose de téléphoner à son patron. Malgré le ton courtois, le commissaire a un doute. Il prie le conducteur de venir au commissariat et ordonne au gardien Huiban de prendre place dans la traction avec les deux voyageurs. Lui suivra. A peine l'agent a-t-il refermé la portière arrière, la Citroën effectue un démarrage foudroyant.

Aussitôt le passager braque un Colt sur la poitrine de Huiban. « Fais pas l'idiot, flicard, ou je te flingue ; donne ton képi, ton arme et lève les mains. » L'agent ne se le fait pas répéter deux fois : il obéit. Devant lui, la route de Fréjus à Saint-Raphaël défile à une vitesse vertigineuse, il sait qu'il n'a aucune clémence à espérer : il est emmené en belle.

Soudain, les freins ont grincé. Huiban est brutalement projeté vers la banquette avant. De justesse, la voiture a évité une femme enceinte qui traversait la chaussée. La vitesse ayant diminué, le conducteur a rétrogradé, prêt à relancer le régime. Pour Huiban, c'est le moment ou jamais, l'occasion de la dernière chance. Il ouvre la portière arrière gauche, roule sur le sol. Sa tête heurte la bordure du trottoir, tandis qu'une rafale de balles crépite sur la pierre. Incrédule, Huiban se relève indemne, court vers le commissariat de Saint-Raphaël où l'alerte est donnée.

Le maréchal des logis Joseph Boix, de la brigade d'Agay, a reçu l'appel alors qu'il se préparait à passer à table. Tous ses gendarmes sont en tournée, il ne peut donc dresser le barrage souhaité. Il saisit sa mitraillette et quitte la gendarmerie.

« Fais attention, tu es seul, s'écrie sa femme affolée. Mets au moins ton casque. »

Joseph Boix est à peine sur la route que la traction signalée arrive à folle allure. Le maréchal des logis se place au milieu de la chaussée, agite le bras. La Citroën fonce sur lui, le gendarme n'a que le temps de faire un saut de côté.

A travers le pare-brise qui a volé en éclats, le canon d'une mitraillette apparaît. Boix essaie de relever le cran d'arrêt de la sienne. Trop tard. Une rafale l'a soulevé de terre, disloqué comme un pantin. Quand il retombe, son corps a reçu onze balles, dont neuf mortelles. La voiture est retrouvée à Valescure, en rase campagne. Une mitraillette Thomson, un chargeur vide, trois grenades sont cachés sous les sièges avant. Le gardien Huiban reconnaît sans hésitation ses deux agresseurs. Il s'agit d'Abel Danos et de Raymond Naudy. Tout laisse supposer que, malgré les barrages et les recherches, ils ont réussi à franchir la frontière italienne.

Il n'y aura pas de « Cocorico-ter ».

La grande pêche à la baleine blanche est recommencée. Nos collègues italiens s'époumonent à leur tour à traquer les rescapés du gang de Pierrot le Fou qui écument leurs nouveaux territoires de chasse de l'Italie du Nord. Les policiers de Gênes puis ceux de Milan nous harcèlent dans l'espoir d'obtenir des renseignements qui pourraient leur permettre de repérer les complices italiens des tueurs français.

Une fois de plus je me suis retrouvé aux archives en train d'éplucher le dossier de Loutrel. Un détail qui nous avait échappé à tous me frappe soudain. Sur le dos d'une photo je lis : Loutrel, Pierre, puis, plus bas : Raymond, Bernard. Je tique. Bernard est bien le deuxième prénom du tueur, mais pourquoi Raymond ? Je cherche dans ma mémoire : Raymonde est le deuxième prénom de Marinette. Ce qui a dû apparaître aux innombrables lecteurs du dossier comme une erreur négligeable et négligée, ne serait-ce pas plutôt l'indication d'une fausse identité portée, jadis, par un collègue perspicace ? Fébrile, je demande le dossier de Bernard, Raymond. Miracle, il y en a un. Il est mince : un rapport de la police de Marseille relate l'évasion de l'Evêché du nommé Raymond Bernard qui, au cours de sa fuite, a laissé entre les mains de la police une fausse carte d'identité et un carnet noir. Ces deux pièces figurent dans le dossier. Je m'empare de la carte d'identité : la photo est bien celle de Loutrel. Le carnet d'adresses ne pouvait que lui appartenir.

Me voici de nouveau, le harpon à la main, dans le sillage de la baleine blanche. Je relève tous les noms, je déchiffre toutes les adresses. Pendant des semaines, obstinément, je retrouve et j'interroge le tailleur, le dentiste, le bottier, le chemisier qui fournirent Loutrel. Mais mes investigations ne vont guère plus loin : il y a longtemps qu'ils ne l'ont plus revu. Sur ma liste, je coche les noms. Il ne m'en reste plus que deux. Mon avant-dernière visite, je la réserve à un certain Auguste Témano. Son casier judiciaire a été défloré par des condamnations pour outrage à la pudeur et des escroqueries multiples durant l'Occupation.

Des yeux de reptile ,le front fuyant, les cheveux poivre et sel, la stature d'un fort des Halles, quarante-neuf ans, Monsieur Auguste a débuté dans le proxénétisme, tenu un meublé à Pigalle, puis un café très spécial dans le quartier de la Madeleine où la prostitution fait recette. Les archives m'ont révélé que dans l'appartement cossu qu'il occupe près de l'avenue de Versailles, il vit depuis cinq années avec une femme niçoise qu'il a récemment épousée.

Dès qu'il me voit pénétrer dans son garage, avec ma tête de flic, Témano veut alerter son avocat, maître Carboni, qui, coïncidence, est aussi le défenseur de Jo Attia. De justesse je l'en empêche, et il me faut employer la menace pour parvenir à l'emmener jusqu'à mon bureau.

Sans perdre de temps, je lui présente les photographies de Loutrel et de Marinette.

« Vous connaissez ce couple ?

— Bien sûr que je les connais. Ce sont Pierre et Marinette. Il n'y a pas de doute possible. »

Il repose les photos sur le bureau, apparemment tranquille. Je poursuis :

« Depuis quand les avez-vous vus ? »

Témano, les yeux au plafond, semble réfléchir, puis son regard se pose sur moi.

« C'était le lendemain de l'affaire de Champigny.

Loutrel a débarqué chez moi en prétextant que c'était un règlement de comptes politique. Comment vouliez-vous que je me méfie de lui ? J'ai connu Pierre, en 1941, je l'ai revu à la Libération, en lieutenant de l'Armée française. Il fréquentait un bar à flics, de la rue des Saussaies, où il avait, paraît-il, des contacts : le *Santa Maria*. Il garait même sa voiture dans la cour du ministère pour pas qu'on la lui vole. »

Malgré moi, j'encaisse le coup.

« Et puis ?

— J'ai prêté une chambre à Pierre, à Marinette, au cocker ; plus tard, ils ont déménagé sans rien dire. Peut-être trois mois après, j'ai reçu une carte de Guinée anglaise ainsi rédigée : "*Sommes bien arrivés — Amitiés à tous — Pierre.*" J'ai donné le timbre au fils de ma concierge.

— Vous souvenez-vous de la date de l'expédition ?

— Je crois que c'était début décembre 1946. Le fils de la pipelette a gardé le timbre. »

« Chouette, s'écrie Marlyse, à qui j'ai raconté mon audition de Témano. Puisque ton Loutrel est en Afrique, ou ailleurs, nous allons être enfin tranquilles. »

Elle frotte son nez sur le mien, à la manière des Esquimaux. Doucement, je l'écarte.

« Ne te fais pas trop d'illusions : si Naudy et Danos écument le Midi, Loutrel est avec eux. Attia et Boucheseiche viennent d'arriver à Fresnes, je vais aller les interroger. »

27.

Le corps gisait contre un massif de roses, recroquevillé, les mains plaquées contre les oreilles, à croire que Henri Starke n'avait pas voulu entendre les détonations, comme si le silence pouvait le préserver. La première balle, il l'a reçue dans le genou ; la seconde dans la cuisse ; la troisième balle a agrandi son nombril ; la quatrième s'est logée dans l'épaule ; la cinquième balle lui a perforé la gorge, la dernière, entrée dans la bouche, a fait exploser la nuque. Les yeux dilatés révèlent une fin atroce que la mort même n'a pu gommer. Une puanteur d'excréments se dégage du cadavre. La peur, avant le trépas, a dilaté les sphincters.

Henri Starke, dit le Parisien, était "la donneuse" de Jo Attia. Dans le sentier fleuri qui domine la mer, sur la colline marseillaise, il a payé sa trahison. La nouvelle de l'exécution, le raffinement avec lequel elle s'est déroulée, la lenteur de l'agonie ont vite fait le tour de la prison de Fresnes où Attia et Boucheseiche viennent d'être transférés en ces premiers jours d'avril 1948. Et le prestige du Grand Jo et du Gros Georges s'est accru. Depuis qu'ils occupent des cellules voisines, dans la même division, leur allure de matamore, leur réputation, leur complicité avec Loutrel, leur force en ont fait les nouveaux seigneurs de la maison d'arrêt : ils en imposent aux matons, ils suscitent l'admiration des détenus.

L'un et l'autre ne sont pas des rêveurs. Depuis leur arrestation, ils ont vite pris la mesure de l'univers carcéral où leur destin les a conduits. Fatalistes, ils se sont accommodés de la nudité de leur cellule d'où, à travers la lucarne garnie de barreaux, ils distinguent les toits de tuile rouge et les moellons granitiques de la prison. Avec philosophie, ils acceptent leur sort. La Justice, pour les condamner, a besoin de preuves. Or, jusqu'à présent, elle ne possède que de vagues témoignages. Les policiers n'ont rien pu tirer d'eux : autant interroger ou brutaliser des murs. Les coups n'ont jamais effrayé le gestapiste et le déporté. A Fresnes, ils vivent nimbés de gloire et de respect.

Les colis somptueux qu'ils reçoivent et qu'ils partagent avec les moins favorisés, les visites fréquentes de leurs avocats aux noms célèbres, les marques de déférence dont les gratifie le personnel de surveillance et de direction prouvent leur puissance. Tout, dans leur comportement, signifie clairement qu'ils sont de passage, que leur détention n'est qu'une péripétie transitoire, qu'ils exigent les égards dus à leur rang. Leurs exploits passés exercent une pression permanente sur les infirmiers, les bibliothécaires, le coiffeur, les cuisiniers, enrôlés comme agents de liaison précieux. Par eux, les deux lieutenants de Pierrot le Fou tiennent la prison sous leur domination, font respecter les consignes de silence, échafaudent des tactiques de défense qui désorientent les magistrats.

Malgré leur isolement, Attia et Boucheseiche se sont érigés en tribunal de la pègre : aucune instruction ne leur échappe, aucun détenu ne part pour le Palais de Justice sans avoir sollicité leur avis. Derrière les murs de Fresnes, une justice s'est installée qui plagie la vraie : elle rend ses verdicts au nom d'une loi sans pitié, celle du Milieu. Le délateur ou le faible sont soumis à des brimades morales et physiques, perverses et cruelles, sans que l'administration pénitentiaire intervienne.

Quelques exemples pratiques. Quand la paire de gifles lancée à toute volée ne l'étourdit pas dès qu'il a pris place sur le fauteuil du coiffeur, le détenu peut s'en sortir avec une estafilade au visage. C'est l'avertissement au rasoir. Quand les corvéables de soupe ne crachent pas dans sa gamelle lors des distributions, il peut assister, impuissant, à la mise à sac de ses colis ou à leur dégustation par les plus déshérités ; quand il n'est pas mis en quarantaine, il peut se voir infliger, plusieurs fois par jour l'obligation de répéter, les mains jointes et agenouillé sur le sol : « Aujourd'hui, je suis une donneuse. Faites que demain je ne devienne pas un macchabée. »

Le Grand Jo et le Gros Georges font la loi. Pour communiquer ils utilisent les tuyaux du chauffage central : malheur à celui qui ose interrompre leur conversation. Ils ont à leur disposition des gardiens complaisants qui ferment les oreilles lors de la promenade quotidienne, lors des soins dentaires, lors de l'office dominical auquel ils assistent régulièrement. Au parloir, chaque semaine, leurs femmes, Marguerite et Marie-Louise, reçoivent des instructions précises.

Ce sont ces deux caïds que j'ai décidé d'affronter avec l'espoir de découvrir la retraite de Loutrel. En premier : Jo Brahim Attia.

Dans un costume bleu marine croisé, bien coupé, en chaussons fourrés, une cravate noire largement dégraffée, le Grand Jo s'est assis devant moi, à l'immense table au tapis vert du prétoire où s'installent, habituellement, le directeur et ses assesseurs pour régenter la discipline. Il a un visage ouvert, les traits bien dessinés, la bouche sensuelle, l'attitude attentive du félin en embuscade. Si je ne connaissais son passé de mauvais garçon, il pourrait m'inspirer confiance.

La partie sera difficile. Je n'ai aucun moyen de pression contre lui et, depuis son incarcération, il n'a jamais rien livré, ni un détail ni un nom. Malgré sa personnalité impressionnante, il me faut l'attaquer. Mais c'est lui qui frappe le premier :

« Vous devez être sérieusement fatigués, les poulets ? » dit-il.

Sa voix enrouée a l'accent faubourien. Dans le col ouvert de sa chemise de soie, une touffe de poils bruns apparaît.

« Pourquoi ? dis-je, surpris.

— A courir après des pauvres mecs. A votre place, j'en aurais marre ! »

Satisfait de ses propos, il me dévisage avec toujours cette étincelle horripilante dans le regard. Il s'installe aisément sur sa chaise, tire une cigarette de sa poche, l'allume, rejette un nuage bleu. Il a envie de s'amuser avec moi, cela se sent.

Pour lui, je ne suis qu'une distraction destinée à rompre la monotonie de sa détention et, peut-être, un moyen d'en savoir davantage sur les enquêtes qui le concernent. C'est à mon tour de me méfier si je ne veux pas me faire tirer les vers du nez.

« Je ne comprends pas.

— C'est pourtant pas difficile à comprendre, reprend-il avec morgue. Vous n'arrêtez pas de cavaler après quelqu'un. Quand vous l'avez coffré, innocent ou coupable, vous foncez, coudes au corps, sur un autre. Ça ne vous dégoûte pas de faire un métier pareil ? »

Sa cigarette danse entre ses doigts jaunis. Piqué au vif, je réplique :

« Et vous ? Ça ne vous dégoûte pas de faire le vôtre ? »

Un sourire féroce déchire son visage.

« Vous êtes nerveux, petit. Quel âge avez-vous ?

— Vingt-huit ans.

— J'en ai trente-deux. Mais je ne suis pas un néophyte. Profession : voleur. Voler une banque est pas voler. C'est remettre le fric en circulation. »

Attia soulève ses larges épaules, tire une nouvelle fois sur sa cigarette.

« Mon idéal est simple : piquer l'argent aux profiteurs. Ecoutez-moi, petit, la société est divisée en trois clans : les riches, les « caves » et les truands. Une arithmétique de maternelle. Où voulez-vous que nous prenions l'argent ?

— En travaillant, fais-je.

— Dans ce cas, nous devenons des caves et vous, les poulets, que vous reste-t-il ? Sans truands, plus de police, donc plus de prisons, donc plus de boulot. Une mathématique implacable. Est-ce que vous pigez, au moins ? »

Je dévisage Attia avec étonnement :

« Vous n'êtes pas un peu anarchiste ? »

Il approuve d'un signe de tête.

« Si vous voulez. Mais je serais plutôt syndicaliste s'il y avait un syndicat des truands. Hélas ! ces cons-là ne savent pas s'organiser. Ce serait pourtant simple de mettre en commun le produit de tous les coups, d'être à égalité dans le partage, de fonder une caisse de prévoyance pour ceux qui vont en taule !

— Ça devient du communisme...

— Mais non. Le communisme est fondé sur le travail. Je ne veux pas devenir un stakhanoviste du braquage à la chaîne. »

Je le regarde rejeter vers le plafonnier un nouveau jet de fumée. A son auriculaire étincelle une bague avec un diamant.

« Vous êtes tout simplement un asocial, dis-je. Avec un tel état d'esprit, jamais vous ne pourrez vous reclasser !

— Je n'en ai aucune envie, me lance-t-il goguenard. Vous êtes flic, moi truand. J'ai le destin qu'on m'a tracé. Truand je suis, truand je mourrai. A mon enterrement on pourra compter sur le bout des doigts les honnêtes gens derrière mon corbillard. A part, bien sûr, vos collègues présents en observateurs pour repérer mes copains. »

Le sourire s'est effacé, une sorte de tristesse a soudain envahi le visage du Grand Jo. Tandis qu'il fume en silence, les communiqués de presse à la suite de l'assaut de Champigny me reviennent en mémoire : « Attia, le résistant, mêlé aux gangsters de la Gestapo. »

Le truand Attia était déporté sous le numéro 34483, au camp de Mauthausen, dans l'indifférence générale. Le truand Attia en est revenu et, toujours discrètement, a repris son métier de hors-la-loi. Tout autre que lui aurait recherché honneurs, décorations, embrassades officielles : dans ce camp de 378 000 âmes d'où 48 000 seulement échappèrent à l'agonie, le Grand Jo a fait preuve d'une abnégation exemplaire. Il ne s'en est jamais vanté, il n'en parlera jamais. Pour avoir dérobé un sac de pommes de terre qu'il destinait à ses camarades, il a été condamné à la pendaison. Une alerte l'a sauvé. Au cours des marches de la mort de mai 1945, les déportés tombaient exténués, les S.S. les achevaient. Les étapes étaient jalonnées de cadavres. Bien qu'à bout de résistance, le Grand Jo empoignait les plus faibles, les soutenait, le temps de récupérer. Il ne connaissait pas ceux qu'il aidait. Pour lui, c'étaient des hommes, des riches, des pauvres, des Juifs, des catholiques qui souffraient. Dix-sept lui doivent la vie.

Au-dessus de la porte du prétoire, la grosse horloge égrène les heures.

« Vous avez travaillé avec Pierre Loutrel, dis-je soudain. Un gestapiste ! »

Le Grand Jo écrase sa cigarette dans le cendrier, laissant un moment l'index sur le mégot.

« Vous savez, fait-il en relevant la tête, quand j'ai connu Pierre, j'avais vingt ans. Pendant la guerre, il a mené sa vie, moi la mienne. Nous nous sommes retrouvés en 1946. Un copain des Bat' d'Af', ça ne s'oublie pas. Nous avions partagé trop de malheurs et de coups durs.

— Et puis, vous aviez aussi quelques belles affaires à votre actif : la rue de Maubeuge, l'avenue Parmentier, la poste de Nice...

— Et quoi encore ? m'interrompt-il. Mettez-moi sur le dos tous les braquages depuis la Libération, pendant que vous y êtes ! »

Je fais machine arrière, de peur de l'avoir vexé.

« Je ne suis pas chargé de ça. Ces dossiers-là intéressent mes collègues de la Préfecture. Moi, je suis de la Sûreté nationale. Ce que je veux savoir... »

Son rire énorme résonne dans le prétoire :

« ... Où est passé Pierrot le Fou, hein ? Si vous comptez sur moi : loupé. Loutrel, je ne sais pas où il est. Peut-être en Italie, peut-être en Afrique, peut-être en Amérique, peut-être ailleurs. Depuis longtemps, je n'ai pas eu de ses nouvelles. Voilà.

— Et ça ne vous manque pas ? »

Jo me dévisage et, tout à coup, me tutoie.

« Petit malin, dit-il, peut-être qu'un jour je te raconterai ma vie, tu as une bonne frime. Pour l'instant, c'est un peu prématuré, tu ne crois pas ? »

Sa lèvre découvre son incisive d'or. Jo me tend son paquet de Gauloises. Je décline l'offre de la main.

« Tiens, dit-il soudain avec fougue, si tu veux vraiment faire ton métier de poulet, prouve mon innocence !

— Quoi ? »

La flamme de l'allumette éclaire son visage :

« Ecoute, flic : ni Loutrel ni moi n'étions à Champigny. Tes copains de la P.P. ont flingué pour rien deux pauvres types. Pour sauver la façade, ils m'ont fait inculper de "tentative de meurtre sur agents de la force publique" ; il paraît que mon Colt a été trouvé là-bas et que les douilles ramassées sur place correspondent aux stries du canon. Alors, écoute-moi : je te donne ma parole d'homme, tu entends, et la parole de Jo Attia elle compte, que mon arme n'a pas tiré : je n'y étais pas !

— Allons, l'identité judiciaire ne se trompe qu'une fois sur mille et encore...

— Je suis ce cas-là.

— C'est que vous aviez prêté votre arme à quelqu'un. »

Attia secoue négativement la tête, se lève, me prend par l'épaule, me reconduit jusqu'à la porte du prétoire où il me tend sa large main :

« Etablis mon innocence. C'est ton destin de flic. »

Nous nous quittons. Le Grand Jo ne m'a rien dit.

28.

C'EST un palier, ni très long, ni très large, sur lequel s'ouvrent quatre portes capitonnées violet. La rambarde est en fer forgé, verni de noir. Le sol est recouvert d'une moquette grenat protégée par un tapis criard, représentant des cupidons soufflant dans des trompettes. Le tableau d'une Vénus nue, au bain, est suspendu au mur peint en rose bonbon. Une lanterne vénitienne diffuse une lumière tamisée, couleur fraise. Depuis une heure, avec mon collègue Hidoine, nous faisons le palier. De temps en temps, à tour de rôle, nous collons notre oreille à la porte en face de l'escalier : des soupirs brefs, des plaintes d'extase nous parviennent, estompés. Boucheseiche et Marie-Louise s'aiment pendant que nous montons la garde.

« Il est insatiable ! » murmure admiratif Hidoine, bien que cette attente l'exaspère.

Le Gros Georges, après dix mois de chasteté carcérale, prend son temps, flâne, caracole sur les sentiers de la tendresse. Avant qu'il ne referme la porte de la chambre dite *La Bonbonnière,* de la maison de rendez-vous, rue de Chateaubriand, Hidoine a vérifié que la fenêtre du quatrième étage ne permettait aucune fuite. Par mesure de sécurité, j'ai amarré un bracelet des menottes à un montant de fer du lit, l'autre demeurant enserré autour du poignet du prisonnier. Nous sommes sortis dignement. Lui et elle sont restés seuls. Hidoine et moi avons pris notre faction. Par moments, un couple venant de l'étage supérieur ou sortant de l'une des chambres du palier passe, furtif et gêné, devant nous. Par trois fois, nous avons reconnu des collègues, car la maison clandestine que j'ai choisie pour permettre les retrouvailles entre le Gros Georges et Marie-Louise comprend, parmi ses habitués, un bon lot de policiers.

L'idée de manigancer cette rencontre biblique entre le tueur et son amie, c'est Marlyse qui me l'a fournie. Seule une femme, perceptible aux faiblesses masculines, pouvait imaginer un traquenard aussi efficace. C'était le soir, après ma rencontre infructueuse avec Attia. La perspective d'affronter Boucheseiche me tourmentait passablement. Le Grand Jo avait su, en ancien boxeur, esquiver mes pièges de débutant avec tranquillité et bonhomie. D'avance, je savais que le Gros Georges, tout aussi intelligent et rusé que son complice, opposerait à mes questions un silence indifférent. Dans la cuisine, pendant que Marlyse lavait la vaisselle que j'essuyais, un tablier enroulé autour des hanches, j'ai dit soudain, pour libérer mon anxiété :

« Comment je vais m'y prendre, avec celui-là ? »

Les mains toujours dans l'évier, Marlyse m'a lancé, avec un regard de commisération :

« Qu'est-ce qui fait flancher un mâle ? Une femelle ! Je suis sûre que si tu provoquais une rencontre entre ton Boucheseiche et sa concubine, il serait moins grognon avec toi. »

Sidéré par la suggestion, j'étais resté avec mon assiette à demi mouillée entre les doigts. L'idée était bonne. Mais difficile à réaliser.

« Je ne peux quand même pas installer un lit de camp dans mon bureau ! avais-je marmonné.

— Ah ! vous les flics, s'était insurgé Marlyse, il faut que ça vous tombe tout cuit entre les menottes. Réfléchis, c'est ton travail ! »

J'ai réfléchi et conclu qu'il me fallait procéder par étapes. D'abord faire ami-ami avec Boucheseiche. Ensuite, au bon moment psychologique, proposer le donnant-donnant. C'est pourquoi j'ai extrait trois fois le détenu de Fresnes sous bonne escorte. Je l'ai amené jusqu'à mon bureau où Marie-Louise l'attendait. La première fois, il m'a regardé, surpris ; la seconde, il m'a jeté un coup d'œil reconnaissant ; à la troisième rencontre, il dévorait des yeux Marie-Louise. Assis à mon bureau, j'ai assisté, lors de chaque étreinte, au crescendo de son martyre amoureux. Le Gros Georges, troublé au paroxysme, était à point. Ce fut en le reconduisant à Fresnes, après la dernière rencontre, que je lui proposai :

« Si tu m'aidais, moi je pourrais t'aider. »

Soumis au pouvoir de son succube, qui a les traits de Marie-Louise, le Gros Georges a soulevé ses paupières.

« Ça veut dire quoi, au juste ?

— Tu me parles de Loutrel, dis-je avec suavité, je te garantis un bon moment de solitude avec ta femme. »

La voiture de Crocbois approchait de la maison d'arrêt. Le cœur battant j'attendais sa réponse.

« D'accord, se décide Boucheseiche, mais Marie-Louise d'abord, et les questions ensuite.

— Marché conclu ! »

Et c'est ainsi qu'en cachette de Baniel, avec mon complice Hidoine en renfort, nous veillons sur le palier de la maison de rendez-vous.

Précédé d'une femme de chambre en tablier blanc, à la jupe plissée noire très courte, un couple s'engouffre dans une chambre voisine. La servante, assez jolie, empoche son pourboire et redescend sans même nous accorder un regard. Je consulte ma montre. Le Gros Georges et Marie-Louise sont ensemble depuis quatre-vingt-dix minutes. Cela me paraît suffisant. Ce genre d'excès risquerait de ramollir la mémoire de Boucheseiche. Je frappe à la porte par décence. J'attends quelques secondes, j'ouvre, je passe la tête. Un bras derrière la nuque, son amie au creux de son épaule, mon prisonnier me regarde avec les traits détendus de l'homme satisfait.

« C'est fini, Georges, il faut partir. »

J'avance jusqu'au lit, je défais les menottes tandis qu'Hidoine le surveille, la main dans la poche, fermée sur son pistolet. Nu comme un ver, Boucheseiche pose un baiser sur le front de Marie-Louise, quitte le lit, commence à s'habiller. Dès qu'il est prêt, je lui repasse les menottes. Il s'approche du lit, se penche sur Marie-Louise qui a remonté les couvertures jusqu'au menton. Il l'embrasse longuement, la regarde avec tendresse, lui sourit, enfin marche vers la porte. Une vingtaine de minutes plus tard, nous sommes dans mon bureau, assis face à face, à ma table de travail.

« J'ai tenu parole, Georges. A toi, maintenant.

— Bon. Que voulez-vous savoir ?

— Où est Loutrel ? »

Son regard soutient le mien. Enfin, de sa voix grave, il me répond :

« Comment voulez-vous que je le sache ? Je suis taulard depuis dix mois, bientôt. Quand aurais-je eu de ses nouvelles ? Et par qui ? Pierre, si vous l'aviez connu, n'est pas le genre à laisser son adresse.

— Allons, Georges, tu dois bien savoir comment le contacter !

— Erreur ! Loutrel, on ne le contacte pas. C'est lui qui contacte. Vous avez été brave avec moi et je veux bien essayer de vous dépanner. On était cinq à le fréquenter dans le temps : Attia, Naudy, Danos, Fefeu et moi. Attia, Fefeu et moi, on est bouclés. Si vous repérez les deux autres, vous avez Pierre. Mais, je vais vous donner un conseil, parce que pour un poulet, vous me paraissez un brave type. Si vous les approchez, méfiez-vous, c'est des méchants ! »

Il est indéniable que je suis floué. Le Gros Georges, repu d'amour, se dérobe à mes questions avec habileté. Malin, il devine ma pensée et, en guise de consolation, me dit :

« Faites pas cette tête-là, monsieur l'inspecteur. Je vous promets que, dès que j'ai un tuyau, je vous le fais savoir. »

De sa part, c'est une façon courtoise de mettre fin à notre entretien. Il ne me reste plus qu'à le reconduire à Fresnes. Je fais une dernière tentative :

« Tu es sûr que personne n'aurait reçu une confidence sur sa planque actuelle ? »

Boucheseiche a un regard énigmatique, il pousse un long soupir :

« Vous savez, monsieur Borniche, Pierre, c'est une tombe ! »

29.

« *SEI matto di ritornare in Francia !* » explose Carmela Disposito.

Non, Naudy n'est pas fou de vouloir rentrer en France. En cette fin d'octobre 1948, Pierrette est enceinte jusqu'aux yeux, Raymond veut que leur enfant naisse sur le sol de la patrie. Carmela Disposito, la tigresse sicilienne qui commande la filiale de la Mafia, spécialisée dans les trafics de stupéfiants et de cigarettes débarqués à Naples à destination de New York ou de Paris, *via* Gênes ou Milan, renonce, à bout d'argument, à raisonner son tueur préféré.

« *Bene, Raymond, vattene.* »

Naudy lit le dépit sur le visage pincé de la patronne. Mais les spaghetti lui sortent par les oreilles. Certes, les Italiens sont de remarquables complices, cruels à souhait, mauvais soldats sans doute, mais incomparables forbans, d'un culot et d'une malice qui dépassent l'imagination. Cependant, ni Naudy ni Danos ne parviennent à s'adapter à leur désinvolture, à leurs retards, à leurs combines tortueuses. La méthode de travail de

Loutrel, précise, minutieuse, à laquelle ils ont été entraînés et qui s'est révélée si efficace, leur manque. Chaque jour, Abel ne cesse de répéter :

« Les Ritals, c'est aussi bordelique que les Nègres... »

Il n'empêche qu'en peu de mois les Français se sont rempli les poches. Abel, sa maîtresse et ses deux enfants, installés dans un coquet hôtel milanais proche de la Porta Venezia, à deux pas du zoo, vivent largement, sans rien se refuser. Raymond et Pierrette ont loué un appartement meublé dans le Corso Vittorio Emmanuele, près de la Scala. Pour eux, c'est aussi la vie de cocagne. Seul, Pierre Loutrel n'est pas dans la capitale lombarde. Et il leur manque. Depuis longtemps, Raymond a gommé de sa mémoire l'algarade de chez *Prunier*. Le spleen du pays s'est peu à peu insinué en eux. Bien sûr, ils ont passé des mois tranquilles dans une villa de Viareggio, au bord de la mer, et ils s'y sont follement amusés. Entre deux opérations, les hommes venaient retrouver leurs amies, déversaient joyeusement de leurs poches des liasses de billets de banque, partaient en goguette, bras dessus, bras dessous, jouaient aux boules, se gavaient dans les bons restaurants. Pour les Italiens en vacances, le bonheur des *Francesi* faisait plaisir à voir. Jusqu'au soir où, dans une boîte de nuit de Milan alors qu'ils dansaient avec leurs compagnes, Abel, le regard dans le vague, dit soudain :

« Pierre envisageait un nouveau coup contre le Comptoir des Métaux Précieux.

— Excellente idée, approuve Naudy. On rentre ?

— On rentre ! » exulte Danos.

Le retour au pays a été décidé sous l'effet de ces impulsions qui bouleversent parfois la destinée des hommes. Le lendemain, peu avant midi, Naudy s'est installé dans le salon aux persiennes vertes encore closes où Carmela trempe ses *panini* dans son *cappuccino*. Il n'a aucun scrupule, Raymond, à lui signifier sa démission. Depuis qu'ils se sont connus grâce à des amis marseillais, Naudy a rempli ses missions sans jamais rechigner, sans jamais poser de questions, en professionnel consciencieux. Et même s'il a bénéficié de tarifs et de primes élevés parce que Carmela n'est pas restée longtemps insensible au charme du jeune Français qui a accepté, à sa demande, de laisser pousser sa moustache à la Clark Gable, il se sent quitte envers elle. Il a tué, elle a payé. Les affaires sont les affaires. Maintenant, il va retrouver sa patrie, reconstituer l'équipe avec ses amis de Paris, attendre la naissance de son héritier la perspective d'une fille ne l'effleure même pas —, ensuite, il verra : l'Amérique ou l'Afrique ne sont pas loin.

« *Addio Raymond, stai attento* », dit Carmela en se levant et en le fixant avec un regard triste.

« Adieu, Carmela, fais attention, toi aussi. »

Il se lève, lui tend la main. Carmela s'approche, passe ses bras nus autour de son cou, attire son visage contre le sien, pose ses lèvres sur les siennes. Sous la soie de la parure de nuit, Naudy sent le corps mince et nerveux de la jeune femme. Troublé malgré lui, il s'en détache avec douceur puis, sans un mot, sans se retourner, il quitte la pièce.

Il est évident que lorsque des personnalités de l'envergure de Naudy, de Danos ou de Loutrel franchissent une frontière, ils ne l'envisagent pas munis d'un passeport, fût-il merveilleusement imité par ces artistes que sont les faussaires italiens. D'autant plus qu'en ce 30 octobre 1948, la police italienne est en effervescence : elle a capturé Ernesto Balzaretto et Fulvio Simuela, des mercenaires de Carmela qui, vigoureusement passés à tabac, ont révélé la présence de tueurs français ; elle a ensuite retrouvé la Citroën grise, volée à la famille du roi Farouk, pilotée par Abel, que la bande a abandonnée avec un arsenal abondant et du matériel de cambriolage dans le coffre. Les *carabinieri*, les *guardie di Publica Sicurezza* sont sur les dents. Des barrages sont dressés, les frontières filtrées. Carmela, qui a ses informateurs à la Questura, a alerté Raymond de la trahison des uns et de la vigilance des autres.

« Ne t'inquiète pas, la rassure Naudy, on a une combine sûre. *Grazie, Carmela.* »

La combine est simple. Les Français avec famille, armes et bagages, se rendront en autocar à Vintimille, comme de vulgaires touristes. Dans un bar de la place du grand marché, dominée au nord par les Alpes, bordée au sud par la Méditerranée, ils ont rendez-vous avec deux marins-pêcheurs, des amis d'amis. Tandis que les femmes et les enfants se promènent sur la plage de galets gris, avant l'heure du déjeuner, Raymond et Abel marchandent le prix de leur passage clandestin par la mer. Assez vite, les quatre hommes tombent d'accord : l'appareillage est fixé à vingt-trois heures, le débarquement se fera à Menton. Naudy, en bon élève de Loutrel, pense à tout. Il aime régler les opérations dans leur moindre détail. Le voyage en barque avec les bagages ralentira l'accostage qui doit s'effectuer rapidement. La chance veut que l'un des pêcheurs italiens connaisse un chauffeur de taxi mentonnais, Charles Arrigo, qui se trouve précisément dans la salle à une table. Charles a conduit des touristes britanniques à Bordighera et, sur la route du retour, s'est arrêté pour siroter un verre. On l'appelle. Il vient. Naudy lui confie ses valises.

« Eh ! Il n'y a pas de contrebande là-dedans ? demande, soupçonneux, Arrigo. Parce qu'à la douane, on ne sait jamais !

— Que du linge ! le rassure avec un sourire angélique, sa spécialité, Naudy. Sois tranquille. Tu nous attends à minuit à Menton, devant l'hôtel de l'Amirauté. »

Là encore, l'affaire est conclue. Le chauffeur reçoit six mille francs pour la course. Raymond et Abel l'aident à empiler les sacs et les valises dans le coffre de la voiture. On lui serre la main.

« Minuit, n'oublie pas, lance Naudy.

— J'y serai, pile », assure Arrigo.

Avec une bonne demi-heure de retard sur l'horaire prévu, la barque de pêche approche de la côte française. Recroquevillés sur l'étroit pont arrière, Pierrette, mains croisées sur son gros ventre, Hélène, l'amie d'Abel, et leurs deux enfants grelottent dans leurs manteaux malgré les cirés gluants et lourds qu'elles ont posés sur leurs épaules. Le froid, en cette nuit du 30 octobre, est particulièrement piquant mais personne ne se plaint. La mer est clémente pour la saison, juste un peu de clapot qui n'a incommodé aucun des passagers.

« *Accosteremo al pontone* », indique, bras tendu dans l'obscurité, l'un des marins.

L'autre, à la barre, manœuvre avec tranquillité. Ce n'est pas la première fois que les deux Italiens effectuent le voyage. Moteur coupé, glissant sur son erre, la lourde embarcation vient drosser contre le ponton. Lestement, un pêcheur saute sur les planches, enroule une aussière, aide les hommes, les femmes et les enfants à débarquer. L'aussière est larguée, le moteur relancé : en reculant, la barque s'éloigne, épaisse silhouette sombre à peine visible dans la nuit. Raymond soutenant Pierrette, Abel tenant ses enfants par la main, Hélène en fin de peloton, se dirigent vers la plage, en contrebas du quai où les attend Charles Arrigo. Ils parviennent à l'escalier de pierre, essoufflés, les chevilles tordues par les galets. Quand le groupe débouche sur le quai Gallieni, Abel arrête son monde d'un geste de la main, scrute longuement les alentours, aperçoit le taxi, lanternes allumées, qui les attend.

« Ça va, il n'y a personne », chuchote-t-il en se remettant en marche, suivi de sa petite troupe transie.

Abel s'est trompé. Herman Libessart et Paul Massone les ont aperçus. Les deux gardiens de la paix effectuaient une ronde de routine quand ils ont vu le bateau accoster, débarquer des passagers à une heure suspecte et regagner le large. Pour Libessart et Massone, il ne peut s'agir que de contrebandiers. Cachés derrière les palmiers du quai, ils assistent à la lente progression du groupe qu'ils voient s'engouffrer dans un taxi. Alors, les deux policiers décident d'intervenir. Au moment où le véhicule démarre, ils bondissent sur la chaussée. Charles Arrigo s'arrête.

« Papiers », demande Massone.

Arrigo les présente, il est en règle. Pourtant le policier n'est pas satisfait. Ces inconnus avec deux enfants en bas âge, qui débarquent furtivement de nuit, qui se tiennent entassés sur la banquette et les strapontins du taxi, qui ne le quittent pas des yeux, lui et son ami Libessart, tout cela lui paraît louche. Massone pourrait les interpeller, il serait fixé sur leur compte. Mais quelque chose le retient, le pressentiment que ces hommes, exagérément impassibles, dont il sent les regards rivés à ses gestes, sont dangereux. Extrêmement dangereux. Soudain, une sorte d'angoisse l'étreint. Il sent un creux pénible dans son estomac, sa gorge se serre. Il avale sa salive et, d'une voix qu'il voudrait autoritaire, ordonne à Arrigo :

« Roulez jusqu'au commissariat. »

Massone s'installe sur le marchepied du taxi. Libessart en fait autant de l'autre côté. Arrigo met le moteur en marche mais il n'a pas le temps de démarrer. Naudy et Abel ont échangé un coup d'œil. Entre eux, cela est suffisant. Ils se connaissent depuis trop longtemps pour ne pas avoir besoin, en certaines circonstances, d'utiliser la parole. Simultanément, leurs mains droites sortent, fulgurantes, de leurs poches. Les deux Colt aboient en même temps. Libessart ouvre démesurément la bouche, ses yeux s'arrondissent comme frappés de surprise. Juste au milieu du front, un trou noir, gros comme une pièce de cent sous, est apparu duquel sort un mince filet de sang. Mais le haut du crâne a éclaté : la balle tirée par Abel lui a arraché le cervelet. Le hasard a parfois des déroulements grand-guignolesques : Libessart retombe sur la route, mais il reste debout. Brusquement, il se met à tanguer, parcourt une cinquantaine de mètres, laissant un sillage ondoyant de sang. Enfin, il s'affale, mort.

Massone a eu plus de chance. La balle que lui a tirée Raymond dans le ventre est ressortie par la partie postéro-latérale de la cuisse. Mû par un étrange réflexe, il penche la tête pour voir sa blessure : la deuxième balle que Naudy, descendu de voiture, dirige vers son front, siffle à son oreille. Massone se laisse tomber à terre. Malgré la douleur qui lui broie le ventre, il dégaine et vide son chargeur sur son agresseur.

Cinq fois, le corps de Naudy rebondit sous les impacts. La première balle le touche au poumon, la seconde à l'épaule, la troisième à la cuisse, la quatrième au ventre. La cinquième l'achève. Avec un rictus ou un sourire, Raymond s'affale sur le sol. Une sixième détonation explose : dans le taxi, une femme pousse un cri strident, blessée au poumon gauche, juste au-dessus du cœur.

Dès le début de la tuerie, Charles Arrigo a déserté son volant. Il a ouvert la portière et, plié en deux, il s'est enfui, terrifié, vers le commissariat.

Pour la première fois de son existence tumultueuse, le Mammouth perd la tête. Il enjambe le dossier, s'installe aux commandes. Tandis que son aîné pleure, agrippé au cou d'Hélène, que Pierrette geint en se tenant le ventre, Abel, les mains tremblantes, cherche, avec des gestes désordonnés, le contact, le trouve enfin. Il lance le moteur, se trompe de vitesse, enclenche la marche arrière, freine brutalement, reçoit sur l'épaule le pistolet déchargé que Massone, rendu furieux par la souffrance, lui a lancé. Au bout de ces secondes de frayeur, Abel trouve la première. Il démarre follement, le pied au plancher. Le moteur rugit.

Pendant une quinzaine de minutes, Abel erre avec son pitoyable équipage dans les rues de la ville endormie. Il est désemparé, il claque des dents, il bredouille des mots incompréhensibles. Il achève enfin sa fuite en rond dans une ruelle proche de la gare. Par la portière, avec avidité, il aspire une grande goulée d'air. La voix douce d'Hélène s'efforce d'apaiser les enfants qui sanglotent. Lentement, Abel parvient à retrouver sa maîtrise. Il quitte sa place, fait le tour de la voiture, ouvre la portière et, à voix basse, ordonne à Hélène :

« Viens, filons !

— Et Pierrette ? » dit-elle.

Abel regarde la compagne de son ami mort. Elle git, le buste affalé, brisée en deux. Danos se penche à l'intérieur de la voiture, ouvre le manteau de Pierrette qui gémit faiblement et le fixe du regard vide des mourants. Il referme la portière.

« Elle n'en a plus pour longtemps ! Viens, Hélène. »

Tandis qu'il l'entraîne, portant un enfant dans chaque bras, Hélène, à bout de forces, l'interroge.

« T'en fais pas, répond-il. J'ai un ami infirmier. Il nous ramènera à Paris avec son ambulance. »

Pierrette n'est pas morte. Tandis que Danos et sa famille marchent vers leur salut, la jeune femme écarquille soudain les yeux et ne peut contenir un cri guttural, presque inhumain, de souffrance : au feu qui lui dévore la poitrine et la consume, se sont ajoutés des spasmes douloureux qui lui déchirent le ventre. Malgré sa faiblesse, malgré cette lourdeur qui lui opprime l'esprit, l'empêche de raisonner, une peur plus forte que la peur de sa propre mort la bouleverse : son fils, cet ultime lien de chair qui la réunit à Raymond va mourir, lui aussi. Ces convulsions régulières qui lui labourent les flancs sont les prodromes de l'accouchement. La volonté farouche de sauver son enfant communique à son être une énergie désespérée. Avec des efforts inouïs, elle parvient à quitter la voiture. Pendant un laps de temps infiniment bref, elle réussit à tenir debout, puis vaincue par la douleur et l'épuisement, elle s'abat sur le trottoir. Elle lève la tête. A une centaine de mètres, une distance qui lui paraît infranchissable, une lumière brille à une fenêtre. Pierrette sent ses forces décliner. Elle rampe, mètre après mètre, les yeux rivés sur ce rectangle éclairé, elle s'approche. Souvent elle est contrainte de s'arrêter, de rouler sur son côté droit, d'attendre la fin d'une nouvelle douleur qui lui écarte les jambes. Et puis, elle reprend, en souffrant, en pleurant, en perdant son sang, sa lancinante progression. A une dizaine de mètres de la fenêtre illuminée, à bout de forces, elle capitule. Elle réussit une dernière fois à se hisser sur ses coudes et appeler au secours. Sa voix est faible et pourtant, dans la rue silencieuse, ses appels sont entendus. La fenêtre s'ouvre.

Une tête d'homme, puis un visage de femme apparaissent, se penchent, la découvrent. Pierrette entend l'inconnu dire : « Ne descends pas, appelle les gendarmes. » Ensuite, elle s'évanouit. Quelques minutes plus tard, elle met au monde un enfant mort-né : une fille, que la police, avec délicatesse, déposera sur la même table de marbre, près de son père. A la morgue.

30.

La baleine blanche a refait surface.

Après la mort de Naudy, Abel Danos, sans ressources, aux abois, lâché par le Milieu, s'est fait ceinturer, le 5 novembre 1948, rue de la Boétie, par un sapeur-pompier après qu'il eut tenté, dans sa déchéance, de dévaliser une chambre de bonne : il a rejoint à Fresnes ses amis Attia et Boucheseiche. Lui aussi a désigné maître Carboni comme avocat. Et de quatre. Du redoutable gang des tractions avant, il ne reste en liberté que le chef, Pierre Loutrel, introuvable. Que ce soit pour les hommes de la P.P. ou pour ceux de la Sûreté nationale, le mystère demeure entier : le tueur a disparu avec femme et cocker. Pour tout compliquer, une vague rumeur circule dans les milieux policiers, prétendant qu'il se serait fait remodeler le visage grâce à la chirurgie esthétique. A l'introuvable, s'ajoute le méconnaissable.

Les mois ont passé. Stoïquement, je subis les quolibets du commissaire divisionnaire Gillet, les sarcasmes du commissaire Baniel, nommé maître de Loge, les railleries des inspecteurs Durieu et Gueltel qui m'ont baptisé : le super-flic. Seule,

Marlyse est ma consolation. Naïvement, je compte sur la reconnaissance de Jo Attia. Grâce à moi, il a obtenu un non-lieu dans la procédure que le Parquet, après l'affaire de Champigny, avait engagée contre lui : tentative de meurtre sur agents de la force publique. Le juge d'instruction, compréhensif, m'a remis une commission rogatoire, j'ai pu reprendre l'enquête à zéro et confondre mon adversaire : Emile Nouzeilles ! Je passe sur les détails. Disons qu'à la suite d'une indiscrétion, j'ai pu interroger celui qui m'avait humilié en m'arrêtant un soir d'automne. Le béret basque enfoncé jusqu'aux yeux, Nouzeilles m'a avoué que le pistolet d'Attia, trouvé dans la Delahaye abandonnée, avait été manipulé pour justifier les victimes.

« Comprenez, me dit-il avec colère, mes gars avaient perdu la tête et bousillé deux innocents. Il fallait expliquer notre intervention. Alors, on a tiré deux balles avec l'arme d'Attia. De bonne foi, l'identité judiciaire a conclu que les douilles éjectées, récupérées près de *L'Auberge*, provenaient du Colt que le Grand Jo avait perdu dans sa fuite, donc qu'il avait tiré sur nous. »

Attia a accueilli avec une joie évidente la décision du juge que je lui ai communiquée.

« Chapeau, petit ! me dit-il.

— Et Pierre Loutrel ?

— Dès que j'ai des nouvelles, je te ferai signe. »

Bons baisers, à dimanche à la messe ! Le Grand Jo s'est levé, m'a serré la main et a regagné, avec indolence, sa cellule. En ce qui me concerne, ma vie professionnelle est d'une monotonie désespérante : je cours après Emile Buisson volatilisé, je cours après René Girier qui s'est évadé une fois de plus, je cours toujours après Pierre Loutrel qui ne donne plus signe de vie. Tel un jeune chien qui courrait après des os lancés dans des directions différentes, je suis un pauvre flic essoufflé qui croit toujours aux miracles, à la chance, au hasard, au labeur récompensé.

Un jour, enfin, à force de flairer dans tous les coins, j'attrape un os, à l'entrée du métro Concorde. Il s'appelle Marcel le Résidu. C'est un petit homme à la moustache incolore, paré d'un volumineux *naevus* sur la pommette gauche. Il était routier. Il est devenu, une unique fois, le chauffeur de Jo Attia lors d'un cambriolage de pneus. Dans mon rapport concernant cette affaire, je l'avais ménagé afin qu'il n'écope pas d'une peine trop lourde. Il suffit parfois de savoir tendre la main pour remettre un apprenti voyou sur le chemin de la vertu. C'est Marcel qui m'interpelle :

« Je vous offre un pot, monsieur Borniche ? »

Nous allons nous accouder au zinc d'un bistrot proche de chez *Maxim's* où nous dégustons des demis de blonde. Marcel m'égrène ses déboires : sa femme partie, durant sa courte détention après le cambriolage, avec un flic ; pas de travail ; des rhumatismes. Bref la poisse.

« Enfin, conclut-il, vous au moins vous m'avez pas salé.

— Non. Pourtant, pendant les interrogatoires, tu n'avais pas été très coopératif. Mais je ne t'en veux pas. Je comprends qu'un truand comme Attia te fasse peur.

— Il y a de quoi ! Vous avez vu ce qui est arrivé à Henri Starke ? A ma place, vous auriez la trouille.

— Bien sûr, Marcel. Mais entre nous, où avez-vous entreposé les pneus volés ? »

Marcel baisse la tête, démangé par son cas de conscience : doit-il ou ne doit-il pas aider le flic qui a été si bon et si humain envers lui ? La gratitude l'emporte.

« Chez Cornélius, à Champigny. Grâce à ce tuyau, si vous vous débrouillez bien, vous pouvez coincer le Grand Jo. Ça lui apprendra à m'appeler résidu de bidet, parce que je suis petit. Mais ne dites pas que ça vient de moi : je serais obligé de démentir. »

Coïncidence heureuse : Cornélius est le dernier nom sur la liste du carnet noir de Loutrel.

Amené dans mon bureau, avec les menottes aux poignets pour l'impressionner, Cornélius, impavide, ne me quitte pas des yeux, m'observe avec cette intensité qu'il devait avoir jadis, sur les rings. Le Boxeur est sur ses gardes, mais ne craint pas le combat. Son cerveau, rôdé aux interrogatoires de flics chevronnés qui l'ont malmené dans le passé, est en éveil, prêt à toutes les parades, toutes les esquives, tous les coups défendus. Ce n'est pas pour rien qu'on l'a surnommé le Prince des non-lieux. Cette fois-ci, accusé de recel, il risque de tomber au trou, de perdre son confort et Cécile, mais il ne se trouble pas. Petit mais vaillant, Cornélius ne baisse pas les bras. J'ai beau lui répéter interminablement : « Alors, ces pneus de Jo Attia ? » Cornélius lève sa garde, ignore tout, nie, proclame son innocence, se prétend la victime d'une vengeance inique. Avec lui, échaudé par mes expériences malheureuses avec Attia et

Boucheseiche, je n'ai pas lésiné sur les moyens ; j'ai mis le paquet comme on dit en jargon policier ; arrivée en force à *La Bonne Oseille*, perquisition méthodique, fouille de la cave et des dépendances, froncement de sourcils à la découverte d'un pneu neuf, descente dans le somptueux appartement de Cécile, quai de Tokyo, nouvelle fouille, séance à l'anthropométrie, photos de face puis de profil, bouclage en cellule durant trois heures (pour la mise en condition), fastidieuse énumération des antécédents paternel, maternel, filiaux. Tout l'éventail que le bon policier doit déployer pour tendre douloureusement les nerfs d'un suspect, mettre son esprit en ébullition, un traitement psychologique qui n'a rien de raffiné, mais qui a fait ses preuves. Je relance mon leitmotiv qui l'énerve, le fait sursauter comme si je le piquais avec une épingle, le fait soupirer avec un regard pathétique de bon comédien :

« Alors, ces pneus ? Ton silence ne sert à rien, tout le monde a parlé. Même ton ami Attia. Que tu sois le receleur, ça ne fait plus de doute. Reste à savoir si tu veux être seul à payer la note puisque tu es le seul solvable de la bande. Et crois-moi, la note sera salée car, par le commissariat de Nogent, et plus particulièrement grâce à l'inspecteur Achille qui te connaît, non seulement tu es un receleur, mais aussi un individu dangereux.

— Dangereux, pourquoi ? me demande-t-il sans se troubler.

— A cause de ta clientèle, Cornélius. Tu avais des consommateurs qui se nomment Attia, Boucheseiche, Naudy et même Loutrel. Avec ces bonnes relations, tu expliqueras aux Assises que tu étais un honnête homme. »

D'autres que Cornélius, face à l'inventaire des ennuis qui les attendent, s'inquièteraient, fléchiraient. Pas lui. Cornélius encaisse les coups, mais ne bronche pas. Au contraire, loin de s'affoler, il remise en contre.

« Je suis un commerçant, inspecteur, qui a l'habitude des affaires. On ne mélange pas des saucissons avec des locomotives. Or vous mélangez tout : recels, tueurs, pneus, Assises. C'est de la confusion mentale », me débite-t-il avec une insolence suave.

A mon tour de le contrer. Son arrogance, son indifférence m'exaspèrent. Je brandis le carnet noir.

« Tu vois ce calepin ? dis-je d'un ton cassant, il appartenait à Loutrel. Ton nom et ton adresse y figurent, avec en plus celle de l'appartement marseillais que Guérini t'avait prêté. Plus celui du quai de Tokyo. Alors, de deux choses l'une : ou tu m'aides, ou je t'envoie au trou et j'emballe ta Cécile, en prime. »

De nouveau ses yeux se braquent sur moi. Si ma menace l'a atteint, le Boxeur n'en laisse rien transparaître. D'une voix toujours posée, il me demande :

« Vous aider comment ?

— Tu parlais de commerce, je te propose un troc. J'oublie ta participation dans l'affaire des pneus. Tu me dis où est Loutrel.

— Si je suis mis en cause par les autres, le juge me fera quand même plonger, constate Cornélius, avec logique, sans se départir de son calme.

— Pas si j'interviens en ta faveur. Je le connais, le juge, et il m'écoute. Comme il s'intéresse aussi à Loutrel, tu peux te concilier ses bonnes grâces.

— Et vous me relâcheriez tout de suite ?

— Tout de suite. »

Une expression rusée parcourt fugitivement le visage de Cornélius, dont je ne me méfie pas. Comment deviner les pensées qui s'agitent dans sa tête ? Le patron de *La Bonne Oseille* réfléchit : Attia, Boucheseiche, Danos sont en prison. Naudy est mort. Loutrel est Dieu sait où. Rusé, Cornélius calcule : en livrant une parcelle de ce qu'il a appris, sans nuire à ses amis, il ne se conduira pas comme une donneuse. Alors, l'âme rassérénée, il se décide à parler.

« Voyez Edouard Bourgeois, il habite la villa *La Titoune* à Porcheville. Moi, je ne sais rien. Mais il est probable que Bourgeois puisse vous dire quelque chose à propos de Loutrel. C'était un de ses copains des Bat' d'Af', comme Attia.

— Qu'est-ce qu'il fait ce Bourgeois ?

— C'est un éleveur de chiens. Seulement, dépêchez-vous de le rencontrer. Il est très malade, depuis le mois de février. Vous risquez d'arriver trop tard ! »

Avec ses cheveux longs et jaunes qui tombent en broussaille, avec ses sourcils plongeants, ses paupières mi-closes et ses joues molles, Edouard Bourgeois ressemble à un saule pleureur. Tel l'arbre, quand il se tient debout, l'éleveur ondule légèrement comme agité par une brise continue. Il a dû être fort et solide. Mais son teint livide, le tremblement qui secoue ses mains, son regard abattu et inquiet à la fois dévoilent un être qu'un tourment intérieur, un mal profond, une crainte incessante rongent inexorablement. Tout en lui révèle un homme traqué, broyé par une destinée dont il pressent l'écrasement imminent. Avec Hidoine qui m'a accompagné dans cette balade sur les bords de la Seine nous l'observons, incapables de déterminer jusqu'à quel degré Edouard Bourgeois est un truand. Ma première impression serait de le classer dans le lot des pauvres bougres fourvoyés parmi les mauvais garçons.

« Vous m'excuserez, dit Bourgeois d'une voix chevrotante en s'asseyant lourdement sur un divan recouvert de velours mais j'ai de la température. Avant votre arrivée, j'étais couché. Vous venez pour Loutrel ?

— Pour Loutrel, en effet, dis-je en l'examinant avec attention, me demandant aussi s'il n'amplifie pas sa maladie.

— Je voudrais ne l'avoir jamais connu, soupire-t-il en sortant d'un tube deux cachets qu'il porte à sa bouche et avale avec une grimace. Excusez-moi, c'est le la quinine, j'ai attrapé le paludisme quand j'étais dans le Sud. »

Il y a des circonstances où le métier de flic me répugne. Mais il y a trois ans que je cours après Loutrel comme tant d'autres policiers. L'homme que j'ai devant moi, canaille ou non, inspire la pitié. Et pourtant, il va me falloir, malgré moi — et je dis cela sans me chercher de justifications hypocrites —, il va me falloir le brusquer odieusement. Il est à bout. Je vais lui porter l'estocade.

Malgré ses cachets, la sueur commence à inonder le front de Bourgeois. Ses yeux s'enfoncent dans leurs orbites et il claque misérablement des dents. Tout son être secoué par de violents frissons, il me supplie soudain :

« Je voudrais me recoucher, ma crise recommence.

— Non ! »

Ma voix a claqué. Hidoine, qui n'approuve pas ma dureté, se lève, ramasse une vieille couverture qui sent le chien, en entoure les épaules de l'éleveur. Puisque j'ai commencé mon numéro de salaud, autant aller jusqu'au bout :

« Bourgeois, dis-je sèchement, je me fous de votre paludisme. Ou bien vous me dites tout, absolument tout, sur Loutrel, ou bien je vous emballe et vous vous ferez soigner en taule. Ou vous y crèverez. A vous de choisir. »

Aux crispations de ses mâchoires, je devine que l'éleveur raidit ses muscles, se cabre de toute son énergie pour endiguer les frissons qui le martyrisent. La sueur maintenant ruisselle sur son visage. Avec peine, il porte un nouveau cachet à ses lèvres. Il lève vers moi des yeux perdus, puis vers Hidoine. Quelques chiens aboient dans les chenils, derrière le pavillon, dans le parc. Un petit cocker noir entre dans le salon. Edouard Bourgeois murmure :

« Je vais tout vous raconter. »

31.

SOIRÉE du 10 novembre 1946.

Le grondement des milliers de spectateurs s'est enflé démesurément dès que le speaker, Georges Berretrot, a annoncé une prime de mille francs au vainqueur du sprint qui se prépare. La salle du restaurant du Vélodrome d'Hiver est comble. Installés à une table du bord de piste, proche des cagnas des coureurs, Danos, Attia et Boucheseiche sablent le champagne. A les voir, aucun des invités de la course à l'américaine ne pourrait soupçonner que ces élégants voisins sont de redoutables forbans.

« Tu nous as fait venir pourquoi ? » demande Attia que le vacarme de la foule agace.

Danos, en entendant la cloche tinter, a un geste d'impatience :

« Une seconde, Jo, dit-il, mon pote Dédé est bien placé. »

Il tend son cou de bovidé vers la piste, son regard se rive sur André Pousse qui mène le sprint. En grondant, le peloton bariolé passe devant lui, s'étire en haut du virage. Danos serre nerveusement ses gros poings. Il se lève d'un bond :

« Fais gaffe au Rital, Dédé ! » hurle-t-il avec son accent berrichon.

Soudain, l'anxiété le paralyse. Il voit le brun Vanni plonger avec astuce à la corde, passer en frôlant son ami Dédé, équipier de Lapébie. Pousse semble avoir été surpris par la manœuvre acrobatique de son concurrent.

Les mâchoires crispées, arc-bouté sur ses pédales, Pousse se déhanche pour reconquérir le terrain perdu, son énergie décuplée par les deux grammes de strychnine qu'il a avalés sur un sucre. Au prix d'un effort fantastique, il remonte, mètre par mètre, l'Italien qui se retourne et l'aperçoit. Dans le Vel' d'Hiv' enfumé, vingt mille poitrines encouragent les deux cyclistes qui se livrent un furieux coude à coude.

« Bouffe le Rital, Dédé ! » crie Abel, les mains en porte-voix.

La cloche sonne sans discontinuer, les vociférations du public s'amplifient, l'arrivée n'est plus qu'à une trentaine de mètres. Pousse et Vanni tanguent sur leur machine. Les hurlements de la foule atteignent leur paroxysme, couvrent le tintement de la cloche. Un ultime coup de reins et Pousse, d'un quart de roue, distance l'Italien sur la ligne. Les applaudissements crépitent. Danos s'essuie le front avec son mouchoir, exhale un long soupir et se rassied, le sourire aux lèvres.

« Il n'y a vraiment rien de plus beau que le vélo ! » décrète-t-il.

La bicyclette a été la première passion du Mammouth adolescent. Il a disputé plusieurs épreuves d'amateurs, qu'il a gagnées, avant de se lancer dans le crime et de mériter son premier surnom : le Sanguinaire.

« Dis pas de conneries, se rebiffe Attia, la boxe, ça c'est du vrai sport ! »

Le Grand Jo a, lui aussi, connu la consécration sportive, du temps de sa jeunesse. Sa taille, son allonge, sa mobilité, sa frappe faisaient de lui un bon poids moyen amateur qui étalait ses adversaires pour le compte.

« On n'est pas là pour comparer vos exploits », les interrompt Boucheseiche.

Danos jette un coup d'œil sur la piste. Le relais a été passé dans de bonnes conditions. Lapébie est en lice tandis que Pousse récupère, la pédale molle, les mains en haut du guidon. A contrecœur, car l'américaine n'est pas terminée, Danos consent à quitter le vélodrome. Il pose un billet sous le seau à champagne, se lève, imité par les autres.

« Où va-t-on ? questionne Attia.

— Dans ma bagnole. Elle est garée sous le pont du métro. Faut qu'on parle. »

Emmitouflés dans leurs manteaux de bonne coupe, les trois hommes se sont installés dans la traction. Danos et Attia ont pris place à l'avant ; Boucheseiche, à l'arrière, s'est accoudé aux dossiers des deux sièges. Un métro aérien passe, dont le grondement déchire le silence de la nuit, puis le calme revient.

« Alors ? » demande une nouvelle fois Attia.

Abel a oublié le Vel' d'Hiv', la foule, son copain Pousse et les coureurs. Le visage soucieux, il annonce :

« C'est à propos de Pierre. »

Boucheseiche fronce le sourcil.

« Qu'est-ce qui te tourmente ? dit-il. Depuis le ratage Sarrafian, il est tranquille dans sa clinique.

Jo et moi, on n'arrête pas de se relayer à son chevet. Le toubib affirme qu'il s'en tirera.

— Justement ! réplique le Mammouth.

— Quoi, justement ? s'énerve Attia.

— Ça m'étonne que des types marioles comme vous n'ayez pas pensé aux risques qu'il court. »

Boucheseiche s'impatiente à son tour :

« Mais puisqu'on te dit qu'à la clinique, il est en lieu sûr !

— Et moi, reprend Danos, je vous dis qu'il est en danger ! Un de ces jours, quelqu'un, un toubib, une infirmière, une fille de salle, je ne sais pas, moi, le reconnaîtra et le balancera aux poulets. Et vous avec, en prime. »

Attia et Boucheseiche se regardent, sidérés. Le Mammouth, le gros balourd, a raison : la sécurité de Loutrel est précaire.

« Vous n'y aviez pas pensé ? » demande Danos, stupéfait que deux « pros » aient pu commettre une telle négligence.

Attia tente de se justifier :

« Non, reconnaît-il. Tu sais, quand Pierre s'est logé la balle dans les tripes après l'affaire du bijoutier, on n'a pas eu tellement le temps de réfléchir ! On a paré au plus pressé.

— Seulement ça fait quatre jours que Pierre est à la clinique, s'obstine Danos comme chaque fois qu'il a une idée. Vous auriez pu chercher une solution. »

Boucheseiche secoue la tête à plusieurs reprises.

« Juste, lâche-t-il, on a déconné mais qu'est-ce qu'on peut faire maintenant ? On a bien envisagé de le déménager mais le toubib s'y est opposé. Il prétend que si on le déplace, Pierre pourrait claquer pendant le voyage. »

Danos se tait. Une veine gonfle sur son front. Le regard perdu, il dit, comme s'il se parlait à lui-même :

« En l'enlevant de la clinique, il a une chance de s'en sortir. Si les flics le piquent, il a toutes les chances de passer sous le couperet.

— Si tu raisonnes comme ça, évidemment ! » bougonne Boucheseiche.

Danos le stoppe d'un ton sec :

« Qu'est-ce que nous sommes ? Des hommes en sursis qui font du rab de vie. Moi, je suis condamné à mort depuis longtemps et mon boulot chez les Boches n'a rien arrangé. Georges, c'est pareil : les braquages et le travail à façon pour la rue Lauriston. Toi, Jo, avec ton passé de déporté, tu as des possibilités d'y échapper mais tu es bon pour perpète. Quant à Pierre, n'en parlons pas ! S'ils pouvaient le découper, ils le feraient. Pensez ce que vous voulez, mais moi, je ne laisserai pas un copain tomber aux mains des flics. Même si ce doit être son dernier voyage, je préfère qu'il le fasse avec moi, plutôt qu'encadré de matons, le col de la chemise échancré.

— Tu as raison, dit Attia conciliant. Alors qu'est-ce que tu proposes, Abel ?

— On va déménager Pierre en vitesse.

— C'est bon, on est avec toi », approuve Attia.

Il est une heure du matin. En cette nuit du 11 novembre, lugubre et glaciale, Paris ressemble à une ville abandonnée. Dans l'avenue Daumesnil déserte, une ambulance vire lentement, avance jusqu'à un immeuble bas et carré en pierre de taille. De la lumière filtre des fenêtres du rez-de-chaussée. Trois hommes en blouse blanche descendent du véhicule. Déguisés en ambulanciers, Attia, Boucheseiche et Danos pénètrent dans la clinique. Tandis qu'Abel et Georges portant un brancard, se dirigent vers la chambre de Loutrel, Jo, sous le regard du gardien de nuit, marche vers le bureau administratif. Il entre sans frapper dans la pièce chichement éclairée, aux murs ripolinés, et se plante devant l'employée somnolente.

« On vient chercher le 19, M. Chaplain », annonce-t-il avec calme, comme s'il était normal d'emporter un malade à cette heure avancée de la nuit.

La jeune femme, que rien ne surprend en ces années étranges, consulte par acquit de conscience les fiches étalées sur son bureau.

« Ils auraient pu m'avertir, marmonne-t-elle.

— Sans doute, fait Attia, mais c'est ainsi. Nous, on exécute. Le docteur Bourély a décidé de le transférer. La famille m'a remis de quoi régler les honoraires et les frais d'hospitalisation. Préparez-moi la note.

— Bien », fait l'employée avec lassitude.

Jo attend debout. Il entend les pas prudents de ses amis qui transportent Loutrel vers la sortie. La jeune femme fait crépiter sa machine, tend la facture : 47 500 francs.

De sa poche, Attia extrait une liasse de billets, règle, franchit la porte. Il s'est mis à crachiner. Loutrel a été allongé sur la civière. En pyjama bleu ciel, il repose, enroulé dans une couverture. Son visage est livide. Attia prend place au volant près de Boucheseiche, met le contact, branche les essuie-glaces et démarre. Par les boulevards extérieurs, l'ambulance se dirige vers le pont de Saint-

Cloud. Les trois amis ont décidé de cacher le blessé à Porcheville, dans la villa *La Titoune* d'Edouard Bourgeois. A tour de rôle, ils interrogent Loutrel du regard. Pierre a mal. Il gémit faiblement. Le transport l'exténue, l'ambulance ne dispose pas de chauffage. Il frissonne.

« Fais gaffe aux cahots ! » recommande Danos.

Attia ne répond pas. Il roule à faible allure, ne dépassant pas le soixante à l'heure. Il ralentit dès qu'il s'engage sur les pavés luisants, mais il ne peut éviter toutes les secousses et chaque cahot lui arrache un juron de dépit. Sur la route de Mantes, le brouillard fait son apparition. Parfois, trompé par les détours de la Nationale, Jo doit donner des coups de frein qui font geindre Loutrel. Personne n'a le cœur à parler. De temps à autre, le mouchoir de Danos éponge les larmes qui glissent sur les joues de Pierre. Avec douceur, sa grosse voix murmure : « Courage, Pierre, on arrive. » Dans la traversée de Mantes, Attia est contraint de freiner brutalement pour éviter un poids lourd qui a émergé de la brume. Loutrel pousse un cri déchirant, écarquille les yeux, reste un moment la bouche ouverte comme s'il cherchait de l'air, comme si la douleur qui vient de lui labourer le ventre l'étouffait. De nouveau ses paupières se referment ; sa respiration, dès lors, devient arythmique.

« Tu crois qu'il va tenir jusqu'au bout ? » interroge Jo à voix basse.

Le visage fermé, Boucheseiche hausse les épaules. Danos renifle, essuie du revers de sa main les larmes qui inondent son visage. Quelques kilomètres après Mantes, l'ambulance quitte la Nationale et s'engage sur une départementale. Le panneau indique : *Porcheville 4 kilomètres.* La pluie a redoublé de violence. C'est une pluie fine et drue qui tombe de travers et cingle la carrosserie ; les vents de Sud-Ouest secouent les arbres aux branches nues. Dans ce paysage sinistre, Attia a encore ralenti. Malgré sa concentration, il ne peut éviter, sur cette route bosselée et crevassée, les cahots de l'ambulance. Loutrel a entrouvert les yeux. Des gouttelettes de sueur perlent à son front. Il se plaint désormais sans arrêt, profère des mots inintelligibles, tourne sa tête de droite à gauche, en proie à la douleur qui lui tenaille le ventre et qui augmente. Abel, atterré, devine sous la couverture la crispation de ses doigts. Brusquement, la mélopée de Loutrel devient un cri continu. Les yeux révulsés, le blessé se tortille sur la civière, tente de se redresser, exhale un gémissement guttural, inhumain comme la souffrance qui le harcèle. Il s'efforce d'échapper aux mains de Danos qui le maintiennent immobile, de Danos bouleversé qui répète : « Seigneur, le laissez pas crever. »

Sur le pare-brise, les essuie-glaces couinent sans parvenir à balayer la pluie qui se déverse avec un regain de rage.

« On arrive ! » soupire Jo.

Et ces mots dits d'une voix brisée expriment sa détresse. Les phares éclairent les rues boueuses, les maisons basses, noires, hostiles, la petite place de la Mairie, l'escalier de pierre de l'église, puis de nouveau la campagne. Enfin, sur la berge, la silhouette trapue de la maison de Bourgeois se distingue. A peine garé, Attia ouvre la portière et saute du véhicule. Ses pieds pataugent dans une large flaque d'eau « Je vais prévenir Edouard ! »

hurle-t-il à Boucheseiche pour couvrir le sifflement continu du vent. Dans le noir, il s'avance en s'éclaboussant jusqu'à la grille. La tempête se déchaîne, mais le Grand Jo préfère ce vacarme aux gémissements de Pierre. Il secoue plusieurs fois la sonnette dont il perçoit le tintement à l'autre bout du jardin. Il attend. La pluie a imbibé ses vêtements, plaqué ses cheveux. Il grelotte. Jo actionne encore la sonnette. Au premier étage, une lumière s'allume, puis une seconde qui éclaire l'escalier et le palier du rez-de-chaussée. La porte s'ouvre enfin. Dans le rectangle, Jo reconnaît la carrure de Bourgeois qui scrute la nuit. Attia s'époumone mais le vent et la pluie effacent tout. Bourgeois a descendu le perron et il a été aussitôt avalé par les ténèbres. La tête enfoncée dans les épaules, les bras croisés, efforts dérisoires pour résister au froid, Jo attend. Soudain, à moins de deux mètres de lui, l'ombre de Bourgeois, enroulée dans une bâche militaire, demande avec méfiance : « Qui est là ?

— C'est moi, Jo Attia ! Grouille-toi. »

Bourgeois avance d'un pas et Jo peut distinguer le revolver pointé sur lui. Bourgeois se rapproche encore, reconnaît enfin son ami. Il rengaine son arme. Quand il ouvre la grille, il aperçoit l'ambulance.

« Qui est dedans ? demande-t-il étonné.

— Loutrel. Prépare vite une chambre et téléphone à Bourély qu'il rapplique d'urgence. Nous, on va rentrer Pierre. »

Une heure s'est écoulée. Dehors, le vent rivalise de fureur avec la pluie qui noie le paysage. Dans le salon du rez-de-chaussée, aux meubles vieillots, usés et bon marché, Loutrel repose sur un divan recouvert d'un tissu à fleurs rouges et roses, hideux.

Une odeur écœurante de chien mouillé flotte dans l'air. Bourgeois a rempli jusqu'à la gueule un poêle à charbon qui fume légèrement. Loutrel râle. Attia se mord les lèvres, impatient de voir le médecin arriver ; Danos, à genoux, étanche avec une serviette le visage blafard et en sueur de Loutrel. Boucheseiche, impassible, se tient en retrait, le dos à la fenêtre.

Soudain, la porte d'entrée s'ouvre, laissant passer le vacarme du vent et de la pluie. Elle est refermée avec violence. Le docteur Bourély s'arrête sur le seuil du salon, s'ébroue, secoue son chapeau trempé, frotte ses semelles sur le paillasson, entre dans la pièce. Son regard se pose sur Loutrel. Pendant un long moment, le médecin demeure pétrifié. Quand il parvient à parler, tout ce qu'il peut dire c'est :

« Qu'avez-vous fait ? »

C'est Danos qui ose répondre à l'agressivité de Bourély :

« On ne voulait pas qu'il tombe aux mains des flics ! »

Le médecin, irrité, lui lance un regard sombre, puis s'approche et se penche sur Loutrel. Avec des gestes précis, il découvre le ventre du malade qui a pris une vilaine teinte bleutée. Il palpe un peu les chairs, prend les extrémités des deux sondes qui dépassent. Enfin, il se relève.

« Il s'en tirera, toubib ? » demande Attia.

Bourély ne lui répond pas tout de suite. De nouveau, il se baisse vers le blessé, regarde les chairs tendues, gonflées, referme la veste du pyjama, rabat la couverture, se redresse encore :

« Non, Jo. Il est perdu. »

Rares sont ceux qui acceptent le verdict ultime. Jo appartient à cette race-là. D'une voix brisée, il insiste :

« On ne peut rien essayer ?

— Non. En le transportant, vous avez déplacé les sondes que nous lui avions mises à la suite des dégâts que la balle avait provoqués à la vessie et à l'intestin grêle. Il a maintenant une occlusion intestinale. »

Bourély se tait, contemple le malade, puis ajoute :

« Au point où il en est, on pourrait tenter une nouvelle intervention. Il faudrait le transporter à l'hôpital de Mantes et opérer en catastrophe.

— Pas question ! tranche Danos.

— Alors, il va mourir.

— Alors, toubib, on n'a plus besoin de vous, conclut Danos.

— Mais enfin ! s'exclame Bourély révolté par l'attitude d'Abel, quêtant un soutien d'Attia et Boucheseiche, vous n'allez pas le laisser agoniser sans rien faire ? Il va souffrir atrocement ! Jo, dis quelque chose.

— Bon retour, toubib, dit avec résignation Attia. Désormais, c'est notre affaire. »

32.

ATTIA a vu la mort, chaque jour et chaque nuit, à Mauthausen. Il a vu des êtres qui partageaient son sort, à qui il s'était attaché, d'autres qui lui étaient indifférents, s'abattre soudain ou ne plus se relever. Il a vu des grands yeux vides fixer à jamais le néant ou le Dieu de leurs espérances.

Boucheseiche aussi a vu la mort mais, lui, l'a souvent provoquée. Il a vu des hommes et des femmes torturés, hurler, cracher leur sang. Il a vu leurs yeux exorbités par des souffrances indicibles soudain se figer après un ultime frissonnement, délivrés par le dernier soupir.

Danos, également, a connu la mort. Il était souvent l'exécuteur, celui qui d'une simple pression sur la détente interrompait la vie.

Aucun d'eux n'a jamais assisté à l'agonie d'un ami. Sans doute est-ce la raison pour laquelle ils se sentent désemparés, horrifiés par leur impuissance. Pierre a déliré. Des phrases hachées, décousues, certaines sans aucun sens, avec toujours, de plus en plus rapprochés, ces deux mots : « J'ai mal. » Figés sur leur chaise, ils attendent, silencieux, se perdant par instants dans des pensées confuses, des souvenirs, des regrets aussi, rappelés à la réalité par les plaintes et les contorsions, lentes comme des vagues, du mourant. Maintenant, Loutrel râle. Les yeux mi-clos, aux paupières bleutées, la barbe déjà drue, le teint marbre, il respire par brèves saccades, suivies de longs halètements. Et toujours ces mouvements ondulatoires d'un corps qui essaie d'échapper à sa souffrance. Ils le regardent. Et malgré l'amitié qu'ils lui vouent, et qui lui vaut ce martyre avant le trépas, ils se mettent égoïstement à espérer que le ciel, là-haut, leur épargnera cette mort cruelle.

La fin approche. Les lèvres ouvertes de Pierre découvrant dans un rictus affreux ses dents du bonheur qui plaisaient tant aux filles. Il se cambre en arrière, le cou rigide, cherchant avidement de l'air. Ses bras se tendent, ses doigts crochent le tissu du divan. Loutrel pousse un dernier cri, un dernier râle. Les ultimes paroles qu'ils lui entendent dire, à peine audibles, sont : « J'ai peur. »

Ils se regardent. Pierre est mort.

Le vent est subitement tombé et il bruine à peine. Il est quatre heures. La nuit est noire. Le Mammouth ravale ses larmes et se signe, Boucheseiche joint les mains du mort, Attia lui ferme les yeux. Il défait sa cravate bleu, blanc, rouge, et la noue autour du cou de Loutrel. Pâle, Edouard demande, sur le pas de la porte :

« Et maintenant ? »

Le premier à surmonter son émotion, peut-être parce que le moins attaché à Loutrel, Boucheseiche propose :

« On n'a qu'à lui attacher un poids aux pieds et l'immerger dans la Seine.

— Jamais, Georges ! s'insurge Attia, Pierre aura un enterrement de chrétien.

— Je pense comme toi, Jo, dit Danos qui surmonte péniblement sa peine. Mais où ? Tu as une idée, Edouard, ou creuser un trou ? »

D'un buffet, Bourgeois a sorti quatre verres et une bouteille de cognac. Il propose, tout en servant :

« On pourrait l'enterrer dans l'île Gillier, à cent mètres d'ici. On le passerait dans ma barque. »

Tous approuvent de la tête, puis avalent l'alcool.

« Allons-y, décide Boucheseiche, il faut en finir avant le jour. »

Bourgeois disparaît vers le fond du jardin, à la recherche de pelles et de pioches. Il se dirige vers la rive, près de sa plate, en compagnie d'Abel. Jo et Georges enroulent le cadavre dans une couverture que leur a donnée Edouard, puis le portent jusqu'au ponton. L'air est humide et le froid perçant. Bourgeois, qui a endossé un blouson fourré de l'armée américaine, est le plus abrité. Les autres ont revêtu leurs blouses blanches pour protéger leurs costumes encore gorgés de pluie.

A cause de la petite taille de l'embarcation, ils ont assis le corps de Pierre sur le banc arrière, entre Danos et Attia qui le maintiennent. Boucheseiche a pris place à l'avant, les pioches et les pelles entre ses cuisses. Bourgeois s'est installé sur le banc de nage et a empoigné les avirons.

« Largue l'amarre, Georges », commande-t-il.

La barque s'écarte du ponton et dérive aussitôt sous l'effet du courant. Edouard tire avec force sur les rames. Il lui faut déployer des efforts considérables pour remonter la Seine. Il nage avec régularité, en respirant bruyamment. Déjà la berge qu'ils viennent de quitter a été happée par l'obscurité. On n'entend que le clapotis de l'eau contre la coque, le grincement des avirons dans les dames. Enfin, la masse basse et sombre de l'île leur apparaît. Luttant contre les remous, Edouard accoste dans une petite anse. Boucheseiche empoigne une branche, exerce une traction et, lentement, parvient à faire éviter l'embarcation contre la grève.

Les quatre hommes débarquent. S'enfonçant jusqu'aux chevilles dans la terre molle, ils escaladent une butte couverte de buissons. Le Mammouth a pris le corps de Pierre sur son épaule. Sa lampe de poche à la main, Bourgeois balaie la nuit, cherchant l'emplacement de terrain idéal. Son choix se porte près d'un arbre aux branches nues, écartelées comme une croix. Les autres le rejoignent aussitôt. Danos pose le corps de Loutrel contre le tronc, Bourgeois coince sa lampe entre deux branches. La pluie recommence à tomber. Dans la nuit lugubre, sans un mot, tous se mettent à l'ouvrage. Abel assène à la terre de terribles coups de pioche comme s'il voulait se venger d'elle qui va lui prendre son ami. Ahanant, rejetant avec méthode les pelletées de terre grasse, les hommes creusent la fosse sans s'accorder de répit. Le travail a chassé le froid qui les engourdissait.

« Ça ira ! » dit Attia.

Long de deux mètres, le trou a environ un mètre de profondeur. Ils reposent leurs outils, se frottent les paumes des mains irritées par les manches de bois. Abel se dirige vers le cadavre, le prend sous les aisselles et le traîne jusqu'au trou. Boucheseiche saisit les pieds nus et boueux du mort. Loutrel est mis en terre. Attia arrange le linceul autour du corps, recouvre le visage, se redresse puis joint les mains.

« Récitons un *Mea Culpa* », dit Danos.

Bourgeois et Boucheseiche l'imitent. L'un et l'autre ont oublié, depuis longtemps, les paroles de la prière, aussi répètent-ils après Abel. Attia s'est agenouillé et reste prostré, le front touchant presque l'herbe. Enfin, ils se taisent.

« Finissons-en ! » décident Boucheseiche.

De nouveau, ils se remettent au travail et le Grand Jo jette la première pelletée. Moins d'une heure après, crottés et fourbus, tous se retrouvent dans le salon de Bourgeois. Il est six heures. Dans le ciel, de lourds nuages charrient la pluie. Le vent siffle en rafales. Assis à la table ronde, ils dégustent, en manches de chemise, le café brûlant que Bourgeois a préparé.

Soudain, Attia rompt le silence :

« Il ne faudra jamais que les flics sachent que Pierre est mort ! » décrète-t-il.

Les autres lèvent la tête de leur bol, intrigués. Alors, Attia reprend d'une voix solide :

« Pour les flics, Pierre Loutrel est l'insaisissable. »

Au terme du conciliabule tenu à l'aube, il était convenu que le Grand Jo et Boucheseiche demeureraient planqués à *La Titoune*, tandis que Danos ramènerait l'ambulance à Paris, au copain qui la lui avait prêtée. Il était convenu également qu'Abel téléphonerait à Marinette sans lui révéler la mort de Loutrel. Le Mammouth annoncerait à la jeune femme, prévenue déjà de la blessure, que l'état de Pierre s'étant aggravé, sa présence près de lui était souhaitable, à Porcheville. Le motif de cette falsification ? Les trois hommes se méfiaient des emportements de Marinette, farouchement attachée à Loutrel. Ils craignaient que, sous l'empire du chagrin, elle ne révélât la vérité. En l'occurrence, pensaient-ils, il valait mieux l'avoir sous la main, loin de Paris, où elle risquait de se livrer à des confidences. Danos était donc reparti avant le lever du jour. Vers treize heures, il téléphonait. Bourgeois décrochait :

« Salut. Préviens les autres qu'elle arrive. Je l'ai déposée à la porte d'Orléans. Elle a pris un taxi.

— Et toi, tu reviens ?

— Non. Je vais mettre ma femme et mes enfants au vert, en province. Je serai là dans deux ou trois jours. »

Danos avait raccroché. Bourgeois avait transmis le message à ses deux amis occupés à nettoyer leurs armes et à en contrôler le fonctionnement.

Des nuages lourds et sombres se sont amoncelés dans le ciel, chassés par le vent qui souffle, de nouveau, en bourrasques. De-ci, de-là, de gros flocons de brume se détachent de la terre, se déchirent, découvrant des lambeaux de paysage, uniformément gris. Bourgeois, qui vient de terminer sa distribution de pâtées aux pensionnaires de son chenil, rentre, glacé, dans le pavillon. Il se sert un verre de gnole quand lui parvient le bruit grandissant d'un moteur. Attia et Boucheseiche tendent l'oreille.

« C'est sans doute Marinette », suppose Bourgeois.

C'est bien Marinette. A travers les rideaux de

la fenêtre, ils la voient régler sa course, enroulée dans ses renards argentés, prendre son chien noir dans ses bras, descendre avec précaution du taxi, éviter les flaques boueuses. Sans attendre, Edouard a quitté son salon, court à sa rencontre dans le jardin, lui ouvre la grille. Des chiens aboient. Tandis qu'ils reviennent, Attia se détache de la fenêtre et demande à Boucheseiche :

« Tu lui parles ou je lui parle ?

— Tu lui parles, Jo, tu es plus diplomate », se dérobe Boucheseiche.

Il y a le bruit familier de la porte que l'on ouvre, puis que l'on referme, ensuite celui de pas dans l'entrée. Marinette apparaît. Tendue, inquiète, elle jette un regard circulaire dans la pièce et, d'une voix qui trahit l'anxiété, interroge :

« Où est Pierre ? »

Les trois hommes la fixent, immobiles, le visage hermétique.

« Où est Pierre ? » répète-t-elle sur un ton strident.

Le Grand Jo se décide. Il est embarrassé, il ne sait comment il va s'y prendre pour annoncer l'affreuse nouvelle. Il lève les bras, mains grandes ouvertes, dans un geste qu'il voudrait apaisant.

« Assieds-toi, Marinette. Je vais t'expliquer. »

Ces paroles attisent l'angoisse de la jeune femme. Elle s'élance sur Jo Attia, agrippe sa chemise, tente de le secouer, de le forcer à avouer l'horrible vérité qu'elle pressent. Marinette est à bout. Depuis la tuerie de la rue Boissière, après que Pierre se fut blessé, elle s'est rendue à son chevet, craignant une issue fatale. Sa disparition de la clinique l'a bouleversée. Ce n'est que ce matin, par Abel, qu'elle a appris où il était. Au ton emprunté du Mammouth, elle avait compris que la vie de Pierre était en danger. Maintenant, elle redoute le pire, l'irrémédiable.

Avec difficulté, Attia se dégage de Marinette. Ses larges doigts enserrent les poignets de la femme qui s'agite puis, sous le regard sec de Boucheseiche, il l'entraîne vers le divan où il la contraint à s'asseoir. Le destin veut que les yeux de Marinette se posent sur le tissu, et que, parmi les fleurs coloriées, elle remarque une tache rougeâtre. Elle la fixe quelques instants, puis, ne dominant plus sa douleur, elle s'écrie :

« C'est le sang de Pierre. Où est-il ? Je veux le voir ! »

Impuissants, les trois hommes assistent à la crise de Marinette qui, entre deux sanglots, hurle :

« Vous l'avez tué ! Vous êtes des salauds. »

En vain, Attia tente de la calmer. En vain, lui répète-t-il : « Ecoute-moi, Marinette, écoute-moi ! » Rien n'apaise le chagrin terrifiant de la jeune femme. Brusquement, il fallait s'y attendre, les larmes noient son regard, glissent sur son visage. Elle se mord les mains, en proie aux convulsions incontrôlables de sa douleur. Puis peu à peu, la crise s'atténue. Les soubresauts et les sanglots agitent moins le long corps élancé. Marinette gît immobile, anéantie. Boucheseiche et Bourgeois se regardent, debout, figés, mais aucun d'eux, subjugués encore par le spectacle auquel ils viennent d'assister, n'ose bouger, parler, redoutant de briser cette trêve qu'ils devinent fragile.

Finalement, avec des mouvements lents, Marinette sort de l'engourdissement où l'avait plongé son désespoir. Elle se redresse. Son visage est un masque effrayant de haine. D'une voix blanche mais empreinte de fureur elle dit, n'ayant guère d'espoir dans la réponse :

« Il est mort, n'est-ce pas ?

— Oui, souffle Attia. Il est mort, Marinette.

— Je veux savoir comment ! »

Les mâchoires du Grand Jo tressaillent. Il n'aime pas du tout ces instants. Il redoute ceux à venir. Il regarde Boucheseiche : le visage du Gros Georges est impénétrable, mais Jo connaît trop son ami pour savoir que sa froideur apparente masque une impitoyable détermination.

Attia se décide. Il respire une grande goulée d'air puis, d'une voix atone, sans omettre un détail, il fait le récit du transport en clinique, de l'arrivée à Porcheville, de la mort. « Voilà, conclut-il, tu sais tout. » Pendant un long moment, Marinette ne dit rien. On n'entend que sa respiration sifflante. Enfin, elle parle :

« Il était ivre et vous l'avez quand même laissé attaquer la bijouterie !

— Ecoute, dit Attia conciliant, tu connaissais Pierre. Tu sais bien que lorsqu'il était soûl, rien ne le raisonnait.

— Naudy, lui, n'a pas marché et n'a pas eu peur de le lui dire !

— D'accord, Marinette, mais puisque Pierre était résolu à opérer, nous n'allions pas le laisser agir tout seul ! Et puis qui pouvait prévoir que ça tournerait si mal ? Ce n'était pas la première fois qu'il braquait avec un coup dans le nez, tu le sais bien, toi ! »

Butée, douloureuse, Marinette refuse de comprendre. Elle réfute toute indulgence, ne s'avoue pas vaincue.

« N'empêche que c'est vous qui l'avez tué ! »

Désarmé par son obstination, Attia lève les yeux au ciel, serre les poings :

« Je t'ai expliqué que nous ne voulions pas qu'il tombe dans les mains des poulets. Et je continue de croire qu'il vaut beaucoup mieux pour Pierre d'être mort, ici, que sur l'échafaud.

— Vous l'avez tué, s'obstine Marinette, vous ne l'emporterez pas au paradis, croyez-moi ! »

La menace fait plisser les yeux de Boucheseiche. Saisi par un début de panique, Bourgeois écarquille les yeux. Attia a sursauté et il a une expression mauvaise.

« Qu'est-ce que tu veux dire, Marinette ? »

Elle regarde les trois hommes avec un sourire teinté d'ironie et de méchanceté. Elle les regarde, consciente que ses propos les ont ébranlés, alors elle précise :

« Je vais vous balancer aux flics ! »

Un regard de Jo a empêché Boucheseiche de bondir. Ainsi, songe-t-il, le chagrin a transformé Marinette en ennemie. Jo ne se leurre pas. Il sait que dans l'état d'exaltation dans lequel se trouve la jeune femme, elle pourrait mettre sa menace à exécution. Il faut gagner du temps, l'empêcher par n'importe quel moyen de regagner Paris. Dans l'intervalle, Georges et lui trouveront une solution.

« Marinette, reprend Attia sur un ton conciliant, tu es trop brave fille pour nous trahir.

— Je ne suis pas une brave fille avec des salauds ! Pierre sera vengé. Appelez-moi un taxi. »

Poussé par une inspiration subite, Attia propose :

« Tu ne veux pas te recueillir avec nous sur la tombe de Pierre, avant de partir ? »

Marinette a un haut-le-corps. De nouveau, des larmes voilent son regard, sa colère s'évanouit, le chagrin la submerge. Elle hésite puis :

« Oui. Je voudrais tant...

— En plein jour, ce n'est pas possible, lui explique Attia. Voilà ce que je te propose. Tu montes au premier, tu te reposes quelques heures et, dès que la nuit est tombée, on t'y conduira. »

De la tête, Marinette refuse.

« Je reste ici où Pierre est mort. Laissez-moi. »

La nuit est enfin revenue. Le vent et la pluie ont cessé mais les étoiles sont toujours invisibles. Marinette a revêtu sa fourrure, enroulé ses renards argentés, chaussé des bottes de jardinier que lui a remises Bourgeois. Elle suit Attia et précède Boucheseiche.

Silencieux, le groupe longe la berge, atteint le ponton, embarque. C'est Jo qui s'installe aux avirons alors que Boucheseiche retrouve son poste sur l'étrave. Dans l'obscurité, Jo devine plus qu'il ne distingue le visage hostile de la jeune femme qui s'est assise à l'arrière, face à lui. La barque se détache, Attia rame en souplesse, remonte aisément le courant qui, depuis la nuit précédente, a perdu de sa force. Il ne lui faut pas plus de dix minutes pour atteindre la grève où ils avaient accosté quelques heures auparavant. Le Gros Georges débarque le premier et hale l'embarcation sur le sol mou. Jo descend à son tour, tend la main à Marinette, l'aide à quitter la barque.

Attia allume la lampe de poche que lui a confiée Edouard et il ouvre la marche. Une chouette crie. En peu de temps, ils sont au pied de l'arbre qui surplombe la tombe de Loutrel. Un rectangle de terre retournée apparaît dans le faisceau de lumière.

« C'est ici », dit simplement le Grand Jo.

Marinette se laisse tomber sur les genoux. Son chagrin la suffoque. Elle pleure en laissant échapper de petits cris douloureux, semblables à ceux des veuves mauresques. Sa souffrance est pathétique et Jo ne peut retenir son émotion. La jeune femme a oublié sa fureur et sa haine. Dans un murmure d'abord, puis d'une voix plus claire, elle récite la prière des morts.

« *De profundis clamavi ad te domine...* »

Après une brève hésitation, la voix grave de Jo, qui se tient près d'elle, égrène aussi une prière.

Derrière eux, la main de Boucheseiche quitte la poche de son veston. Elle s'approche avec lenteur de la nuque de Marinette. Quand le canon du Mauser n'est plus qu'à quelques centimètres de ses cheveux, l'index du gros Georges presse la détente. Projetée en avant, Marinette s'étale, bras écartés, sur la tombe de Pierre. Longtemps, la détonation roule dans la nuit. Quand le silence revient, Jo, livide, demande :

« Pourquoi ?

— Il le fallait », répond Boucheseiche.

Les deux hommes observent le corps disloqué de la femme.

« Et maintenant ? » demande Attia.

D'une voix sans timbre, Boucheseiche répond :

« J'ai tout prévu. A l'avant de la barque, il y a deux pelles et deux pioches. Et de la chaux vive : les flics ne retrouveront jamais Marinette. Elle reposera près de Pierre. *Alles kaputt.* »

GRADUELLEMENT, le visage de la Maharani a pâli. Ses yeux orangés, sans doute de la même teinte que ceux de son frère, me fixent avec intensité. Nous demeurons silencieux un long moment. Dans le couloir, les pas du planton s'éloignent, quelques portes claquent, des éclats de voix nous parviennent. L'obscurité commence à envahir mon bureau. Mentalement, je revis ces journées lointaines. Je me souviens de notre retour, à Hidoine et à moi, au siège de la brigade et de la réaction de Baniel à qui nous avons répété les stupéfiantes révélations d'Edouard Bourgeois. Après nous avoir écoutés sans nous interrompre, notre patron avait lâché : « Foutaises. Bourgeois vous a menés en barque ! » Il n'était pas le seul à douter de la mort de Pierre Loutrel. Le divisionnaire Gillet, mes collègues et moi-même, d'ailleurs, étions convaincus que Loutrel se faisait passer pour mort afin de faire classer le dossier. Presque à voix basse, je m'adresse de nouveau à la Maharani :

« Madame, cinq jours exactement après ma visite chez Edouard, soit le 6 mai 1949, le juge d'instruction Daniault et son greffier, les commissaires Durin, de Mantes, Tourne, de la P.P., l'offi-

cier de police Barrat, les inspecteurs Nouzeilles, Ricordeau, Pasteau, Vial, Lesigne et leurs collègues de l'identité judiciaire, se sont rendus à Porcheville. L'inspecteur Pasteau avait reçu l'information d'une prostituée de la Madeleine. Bourgeois leur a fait un récit identique au nôtre. Mais eux, l'ont cru. Ils ont débarqué dans l'île Gillier où ils ont fait creuser le sol. Le deuxième jour, un terrassier, François Hervé, a déterré un crâne, puis les restes d'un corps. »

D'une voix vibrante d'émotion la Maharani m'interrompt :

« Cela ne prouve pas que ce sont ceux de Pierre ?

— Non, madame. Pourtant, en un premier stade, la P.P. a affirmé qu'il s'agissait bien de votre frère. Parmi les ossements, on a retrouvé, en effet, les deux sondes que les chirurgiens lui avaient posées à la suite de sa blessure et qu'ils ont formellement reconnues. On a aussi découvert, à peu près intacte, la fameuse cravate bleu, blanc, rouge qu'Attia portait presque toujours. C'étaient là des pièces qui, s'ajoutant aux révélations de Bourgeois, tendaient à prouver que le cadavre était bien celui de Pierre Loutrel.

— Mais comment expliquez-vous la carte postale expédiée de Guinée ? m'interroge Viviane Loutrel.

— J'ai questionné une seconde fois Auguste Témano. Mais d'une façon nettement plus abrupte. Il a fini par avouer que votre frère lui avait remis cette carte, à Paris, avec adresse, texte, signature écrits de sa main, afin qu'il la fasse expédier d'Afrique. Cet aveu, pour nous, à la Sûreté nationale, confirmait nos soupçons : soit en se faisant

passer pour mort, soit en se disant en Afrique, Pierre Loutrel a embrouillé diaboliquement les recherches. A l'heure actuelle, non seulement mes collègues de la Police judiciaire, mais même le juge d'instruction qui refuse de signer le non-lieu, ne sont plus aussi affirmatifs en ce qui concerne le corps exhumé dans l'île Gillier.

— Mais enfin, inspecteur, mon frère est-il ou non décédé ?

— Vous seule détenez la réponse, madame.

— Moi ? »

La Maharani semble si décontenancée qu'elle en a presque crié. Une atmosphère oppressante s'est installée dans la pièce. Peut-être, grâce à cette femme, vais-je enfin découvrir la vérité. Je sors, de l'un des tiroirs de mon bureau, une photographie. Elle représente une mâchoire avec une denture dans laquelle on remarque aisément une incisive brisée en biseau. Je la tends à la Maharani. Longuement, elle l'examine, puis son visage abandonne son impassibilité.

« C'est la mâchoire de Pierre, n'est-ce pas ?

— Qu'est-ce qui vous fait dire cela, madame ?

— La cassure de l'incisive, répond-elle d'une voix soudainement douce. Je me souviens, enfants, nous nous amusions à grimper aux arbres. Un jour Pierre est tombé. En pleurant, il m'a tendu le petit bout de dent. Je l'avais consolé. C'est l'un des rares souvenirs tendres que j'ai de lui. Après, la vie nous a séparés. »

Viviane Loutrel, Maharani de Radjpoutana, a quitté mon bureau. A travers ma fenêtre à guillotine je l'ai vue monter dans sa Cadillac, puis la voi-

ture s'est éloignée. Je referme le dossier. Définitivement. L'affaire Loutrel est close. Grâce au témoignage de sa sœur, le tueur est « légalement décédé ».

Pendant trois années, comme Nouzeilles, comme Ricordeau, comme Pinault, comme Baniel, comme Mattéi, comme tant d'autres policiers, j'ai traqué un mort.

TABLE DES MATIERES